ANNIKA VON HOLDT

Schlaf, Kindlein, schlaf

Buch

Auf dem altehrwürdigen Golden-Oak-Friedhof werden Tote überirdisch bestattet. Der sumpfige Grund würde sie andernfalls hinaufschwemmen. Eines Abends hört der alte Friedhofswärter Charles Peabody undefinierbare Geräusche. Er nähert sich einem der mondbeschienenen Mausoleen – und was er darin findet, erschüttert ihn zutiefst: ein Kind! Lebendig begraben!

In derselben Nacht trifft die junge Máire Ann Mercer auf eine schwerst misshandelte Frau. Sie will Hilfe holen, doch als sie im Beisein der Polizei an den verabredeten Ort wiederkehrt, ist die Verletzte verschwunden. Und keiner glaubt ihr, dass es die Frau gegeben hat …

Autorin

Annika von Holdt ist Dänin, hat aber lange Jahre in den USA gelebt und in New York und in den Südstaaten als Model und PR-Managerin gearbeitet. 2001 fing sie an zu schreiben und wurde prompt mit einem Buchhandelspreis für den besten Thriller des Jahres belohnt.

Annika von Holdt

Schlaf, Kindlein, schlaf

Thriller

Deutsch von Nike Müller

blanvalet

Die Originalausgabe erschien 2009 unter dem Titel
»Sov som de døde« bei Lindhardt og Ringhof, Kopenhagen.

MIX
Papier aus verantwortungsvollen Quellen
FSC® C014496

Verlagsgruppe Random House FSC-DEU-0100
Das FSC-zertifizierte Papier *Holmen Book Cream*
für dieses Buch liefert Holmen Paper, Hallstavik, Schweden.

1. Auflage
Deutsche Erstausgabe Februar 2011 bei Blanvalet Verlag,
München, einem Unternehmen der Verlagsgruppe
Random House GmbH

Umschlaggestaltung: © HildenDesign
Umschlagmotiv: © Patricia Malina/shutterstock
Redaktion: Wiebke Rossa
lf · Herstellung: sam
Satz: Buch-Werkstatt GmbH, Bad Aibling
Druck und Einband: GGP Media GmbH, Pößneck
Printed in Germany
ISBN: 978-3-442-37617-9

www.blanvalet.de

Für Lukas, meinen Engel, mein Herzblut, Liebe meines Lebens. Wo immer Du bist, wenn meine Augen sich zum letzten Mal schließen, wird es Dein Gesicht sein, das ich sehe.

Als Kind habe ich oft von Hexen geträumt. Jeden Abend habe ich zu Gott gebetet, er möge mich vor den bösen Träumen in meinem Kopf und der hässlichen Hexe unter meinem Bett beschützen …

Ich hatte auch schöne Träume. Aber an die kann ich mich nicht erinnern.

Annika von Holdt

Charleston, South Carolina, 1982

Es war sechs Uhr. Die Sonne war untergegangen, und der Friedhof ruhte dunkel unter den Bäumen. Die Baumkronen schienen sich erdwärts zu neigen, und die Äste und Blätter verzweigten sich zu undurchdringlichen Dächern. Nur ein Zikadenchor durchbrach die Stille und sang ungesehen in der Nähe. Der Gesang hallte zwischen den Bäumen wider, ein Rad quietschte, und Kies knirschte unter einem Paar grüner Gummistiefel in Größe fünfundvierzig.

Die Gummistiefel gehörten dem alten Charles Peabody. Er war der Mann für alles, angestellt beim Golden-Oak-Friedhof. Wie ein dunkler Schatten seiner selbst ging er den verlassenen Kiesweg entlang, sein langes Haar lugte unter dem unförmigen Filzhut hervor. Hacke und Schaufel hatte er in die mit feuchter Erde gefüllte Schubkarre gelegt, die er vor sich herschob. Er holte tief Luft. Es fiel ein feiner Sprühregen, und er genoss den frischen Geruch von Erde und Gras, den der leichte Wind mitführte.

Mit einer Hand schlug er ein Spinngewebe beiseite, das ihm im Weg war, und bog langsam auf den Weg mit dem Rosenspalier ein, der in den alten Teil des Friedhofs führte. Verwelkte Rosenblätter fielen wie weiße Flügel auf den nassen Erdboden vor ihm.

»Paradies!«, flüsterte er und wischte die klebrigen Fäden an seinem Overall ab. An diesem unprätentiösen Ort ruhten alle, die er geliebt und mit denen er gerne geredet hatte.

Er hatte ein gutes Leben gehabt, aber jetzt träumte er oft vom Tod und davon, wieder mit Martha vereint zu sein: Der abgenutzte Ehering saß immer noch auf seinem linken Ringfinger, allerdings war er in den letzten paar Jahren immer lockerer geworden. Der Gedanke, dass der Tod bald kommen und ihn holen würde, machte ihn glücklich. Hoffentlich würde es bald so weit sein! Er hatte sich in jeder Hinsicht auf sein körperliches Ende vorbereitet, einen Grabstein bestellt und eine Grabstelle oben im neuen Oak ausgesucht.

In diesem Teil des Golden-Oak-Friedhofs wurde inzwischen niemand mehr begraben – das letzte Begräbnis lag Jahrzehnte zurück, und die, die hier ruhten, waren seit Langem vergessen. Besucher kamen nur selten, vielleicht mit Ausnahme von Allerheiligen, wenn der alte Friedhof der beliebteste Ort in der ganzen Stadt war und die Kinder über das hohe schmiedeeiserne Gitter kletterten, um Papierskelette und Laternen in die Bäume zu hängen und sich gegenseitig einen Mordsschrecken einzujagen.

Nach dreiunddreißigjähriger Dienstzeit auf dem Golden-Oak-Friedhof – zunächst als Totengräber, dann als »Mann für alles« – kannte Charles Peabody diesen Ort besser als die eigene Westentasche. Er kannte all seine Geräusche: den Gesang der Zikaden und Vögel, das Quaken der Laubfrösche, das Flüstern des Windes in den Baumkronen. Er kannte jedes Grab, jeden Baum und Strauch, jedes Moosbüschel auf den in Licht und Schatten getauchten Pfaden.

Jetzt blieb er in der Dämmerung stehen, denn er spürte plötzlich, dass irgendetwas nicht stimmte, ohne genau sagen zu können, was es war. Er legte den Kopf schief, um sich auf die Geräusche des Friedhofs zu konzentrieren, musterte die bröckelnde, mit Efeu bewachsene Mauer und die in Reihe stehenden Eichen auf der anderen Seite, die zur katholischen Kirche St. Mary führten. Ein Eichelhäher hüpfte in dem gigantischen schwarzborkigen Geäst hin und her, dass die Blätter plötzlich erzitterten, gerade wie es ihnen gefiel. Nichts Ungewöhnliches.

Charles Peabody kniff die Augen zusammen und ließ seinen Blick nach unten gleiten. Die Hitze lag schwer auf seinen Lidern. Er zog sein Taschentuch heraus und betupfte die Augen. Seine Sehkraft war nicht mehr das, was sie mal war – der graue Star hatte ihm nach und nach das meiste davon genommen –, aber er konnte gerade noch erahnen, dass das schmiedeeiserne Gitter von Eugenia Mayers altem Mausoleum aus gehauenem Marmor offen stand. Die Pforte quietschte leise wie ein Klageruf in den Angeln.

»Verdammte Bande!« Seine Miene verfinsterte sich, er setzte die Schubkarre ab und ging, um die Pforte zu schließen. Sternjasmin wuchs an den Seiten der Grabstätte hinauf und umrankte das grüne Eisengitter ringsum wie ein Kleid.

Als er die Hand auf das kalte Eisen legte und auf ein

Büschel weiße Blumen trat, stieß er ein leises überraschtes Lachen aus – oder eher ein ungläubiges Keuchen – und zog die Hand mit einem raschen Ruck wieder zurück.

Er starrte auf das Mausoleum.

Das perlweiße Steinhaus leuchtete in der Dunkelheit. Charles zwinkerte und merkte, wie eine Gänsehaut von den Fingerspitzen über die Arme bis zu seinem Rücken kroch.

War das Einbildung, oder hatte er gerade ein unheimliches, schwaches Jammern aus dem Inneren der Gruft gehört?

Nein. Das war unmöglich. Er schüttelte den Kopf. Ihm standen alle Nackenhaare zu Berge, aber die Logik sagte ihm, dass natürlich niemand da drinnen sein konnte – außer Eugenia Mayers kalte, entseelte Gebeine.

Charles stand wie angewurzelt und lauschte gebannt. Aber er hörte nur die Stille, die von dem lauten Schlagen seines Herzens unterbrochen wurde, das in seinem Brustkorb hämmerte.

»Ist da jemand?«, fragte er fast flüsternd. Er schluckte, wartete einen Augenblick und wagte noch einen Versuch: »Hallo?«

Nichts.

Charles hielt eine Weile in der schweren Stille inne, dann ging er den schmalen, überwachsenen Pfad zur Gruft entlang und stocherte an der Platte herum, die den Zugang zum Sarkophag verschloss. Er ging in die Knie, ergriff den Stein und versuchte, ihn anzuheben. All seine Knochen schmerzten. Er stöhnte laut auf, aber der Stein bewegte sich keinen Millimeter.

Er seufzte und richtete sich wieder auf. Er rieb sich die Hände, und in seine Stirn grub sich eine tiefe Falte. Fast schien es, als wäre die Platte *festgeleimt*. Außerdem wirkte sie eigenartig deplatziert …

Langsam wurde ihm klar, was daran so merkwürdig war. Eine Gruft wurde mit Mörtel und Backstein versiegelt – so war es schon immer gewesen. Nicht mit Leim und Marmorplatten.

Charles Peabody hielt den Atem an und spürte seinen Puls an den Schläfen. Er kratzte mit dem Fingernagel an der Fuge zwischen Marmorplatte und Steinwand. Er kniff die Augen zusammen, bis aus den Falten in seinem länglichen Bluthundgesicht tiefe Furchen wurden: Wenn die mal nicht festgeleimt worden war. Genau das war sie! Und bei näherem Hinsehen wollte er wetten, dass die Oberfläche der Marmorplatte verriet, dass sie nagelneu war. Jetzt wusste er, wenn er die Platte lösen würde, käme dahinter nicht das typische Mauerwerk zum Vorschein. Dieses Grab war geöffnet worden, das war so sicher wie das Amen in der Kirche – geöffnet und *wieder verschlossen* worden.

Und es befand sich jemand da drinnen. Das spürte er mit einer instinktiven Gewissheit, die keinen Zweifel zuließ.

»Hallo, ist da jemand?«, fragte er zaghaft.

Er trat gegen die widerspenstige Platte und versuchte erneut, sie zur Seite zu schieben. Seine Finger und Zehen begannen zu schmerzen, eine Erinnerung an seine Gicht, die immer schlimmer wurde, eine Erinnerung an sein Alter – eine Erinnerung, die er jetzt wirklich nicht gebrauchen konnte.

Er hielt einen Augenblick inne und lauschte den Zikaden. Vielleicht bildete er sich das alles nur ein? Vielleicht spielte ihm sein Gehör einen Streich? Oder vielleicht litt er auf seine alten Tage an Verwirrtheit?

Da durchbrach ein leiser Schrei die Stille. Dann noch einer … und sie stammten eindeutig aus dem Grabesinneren.

Charles schnappte nach Luft. Sein Puls wurde schneller. Seine Wangen röteten sich. Sein Unterkiefer klappte nach unten. »Du großer Gott.«

»Ahhh …«, tönte es aus dem Grab. *»Aaaa.«* Dieser schwache, wortlose Klageruf ließ Charles zusammenzucken. Angst und Schmerz hatten den Schrei ausgelöst.

Und was noch schlimmer war: Er klang wie der eines Kindes.

So schnell ihn seine schwachen Beine tragen konnten, stürzte er zur Schubkarre zurück und holte die Hacke.

Charles spuckte in die Hände, schwang die Hacke über den Kopf und ließ sie mit klingendem Geräusch abwärts auf den massiven Stein sausen; ein, zwei, drei Mal. Selbst mit der Hacke war das ein beschwerliches Unterfangen. Seine Muskeln in Schultern und Rücken knarzten wie rostige Scharniere, und ihm brach der Schweiß am ganzen Körper aus. Aber nach einer Weile hatte er eine kleine Ecke von der Platte abgeschlagen. Er bohrte das spitze Ende seines Werkzeugs in das Loch, zog und wurde mit einem schmatzenden Geräusch belohnt, als der Leim endlich nachgab. Charles legte die Hacke beiseite, sog Luft in seine Lungen und hielt die Platte an beiden Seiten fest. Dann stemmte er sie hoch und kippte sie zur Seite.

Wie er es sich schon gedacht hatte, war das alte Mauerwerk dahinter aufgebrochen worden und die Gruft war offen.

Er ging in die Knie, stützte sich mit der linken Hand am Grab ab, um das Gleichgewicht nicht zu verlieren, und blickte hinein. Zunächst dachte er, er wäre blind. Seine Augen waren offen, aber sie sahen nichts. Dichte, schwarze Finsternis hüllte alles ein. Und der alte Grabkammergestank war erdrückend.

»Hallo? ... Ist da jemand?« Seine Stimme war heiser von dem Staub und wurde als Flüstern von den Marmorwänden zu ihm zurückgeworfen.

Stille ... dann ein rasches, kaum hörbares Scharren. Das Geräusch kam aus der Dunkelheit.

Charles Peabody zögerte einen Augenblick, dann machte er sich noch kleiner und zwängte sich in den schmalen Gang hinein. Die Luft in der halb unter der Erde liegenden Kammer war zehn bis fünfzehn Grad wärmer, und er begann stark zu schwitzen. Abgesehen von dem penetranten Gestank nach Feuchtigkeit und Schimmel, der aus den Anfängen des vergangenen Jahrhunderts stammen musste, nahm Charles den Geruch von Exkrementen wahr. Der saure Gestank stach ihn in der Nase.

Er fingerte in der Brusttasche nach seinem Feuerzeug, fand es und hielt die andere Hand schützend vor die Flamme. Bis zum Erdboden war es noch ein Meter. Die klaustrophobisch kleine Katakombe war knapp drei Meter breit, vier Meter lang und wölbte sich etwa zwei Meter in einem gotischen Bogen. Am Boden stand auf einer kleinen Erhöhung der alte, verwitterte Sarkophag mit einem geschnitzten Kreuz auf dem Deckel.

Charles ließ sich vorsichtig auf den steinernen Boden der Grabkammer hinuntergleiten. Er konnte sein Herz klopfen hören, und ein Frösteln schüttelte seinen Körper, als er sich umsah. Neben dem Sarkophag lagen eine Wasserflasche, zwei fast heruntergebrannte Stearinkerzen und Verbandsmaterial mit Blutflecken. Das alles war neueren Datums. Charles fiel außerdem auf, dass im Erdboden um den Sarkophag herum Kratzspuren zu sehen waren, aber als er die Flamme seines Feuerzeugs größer stellte, begriff er, dass es sich um eine – wenn auch undeutliche – Inschrift handelte. Er konnte das Wort Grace entziffern.

Er runzelte die Stirn, machte einen langen Hals und lehnte sich über den Sarkophag.

Die spärliche Flamme flackerte und spendete nicht mehr viel Licht, aber dennoch hob sich hinter dem Sarg eine kleine, nackte menschliche Gestalt von der Dunkelheit ab.

Sie hatte keine Haare, deswegen konnte er nicht erkennen, ob es sich um ein Mädchen oder einen Jungen handelte, aber nach der Körpergröße zu urteilen, war es ein Kind. Die Gestalt bewegte sich, sie zitterte und hatte offenbar Schmerzen. In den Armen steckten blanke, metallische Gegenstände und die Haut glänzte wie rohe Leber.

»Oh großer Gott«, flüsterte Charles atemlos und musste sich mit beiden Händen am Sarkophag festhalten, um nicht umzufallen. »Allmächtiger!«

Es gelang ihm, das Feuerzeug nicht loszulassen, aber seine Hand zitterte so stark, dass die Flamme ausging.

In der Dunkelheit hörte er ein ersticktes Stöhnen, und im gleichen Augenblick griff etwas Feuchtkaltes nach seinem Handgelenk. Es fühlte sich ungefähr so an wie ein lebendiger Zweig. Er unterdrückte einen Schrei, und Angst überwältigte ihn. Unsanft setzte er sich und machte zitternd das Feuerzeug wieder an. Er blickte auf und sah eine kleine blutverschmierte Hand, die derart übel zugerichtet war, dass er das Feuerzeug wieder sinken ließ.

Grace White war mehr tot als lebendig, als Charles Peabody die grausame Entdeckung machte, und im Krankenwagen auf dem Weg in die Kindred-Klinik hüllte die ewige Finsternis sie barmherzig und für immer ein.

Während die Polizei etwas zu finden versuchte, was auf den Täter hindeuten konnte, wurde der Vorfall in den Spätnachrichten gebracht: »Ein lähmender Schock liegt heute Abend über unserer Stadt …«, sagte die Korrespondentin vor Ort, eine junge Frau in einem hellgrünen, maßgeschneiderten Hosenanzug. Die Kamera schwenkte langsam über den Golden-Oak-Friedhof, der in dem grellen Scheinwerferlicht von Polizei und Fernsehteams wie bloßgestellt aussah, weiter über den Pfad, der zur Nordseite führte, wo sich die Bäume behäbig neigten und das spanische Moos im Licht wie Silberfäden glänzte, und an der Kirche vorbei. Dann wurde das Bild von einem Schulfoto von Grace White abgelöst, auf dem sie schüchtern lächelte.

Die Reporterin berichtete, dass die elfjährige Grace White mit den Handflächen an einem Sarkophag festgenagelt und bei lebendigem Leib von ihrem Mörder begraben worden war. Außerdem wurde erwähnt, dass sie sexuell missbraucht worden war und der Täter sie drei Tage lang ungeheuerlichen Folterspielen ausgesetzt hatte, bevor er sie in der Hitze des bevorstehenden Sommers im Eiltempo hatte verrotten lassen wollen.

Der Police Detective trat ins Bild und erklärte: »Wir wissen noch nicht viel. Das Grab wird auf Spuren und Fingerabdrücke untersucht, mit denen wir weiterarbeiten werden, außerdem wird die Tote obduziert.«

»Wie würden Sie die Tat beschreiben?«

»Bestialisch und psychopathisch – außergewöhnlich brutal und bestialisch.« Der Police Detective schüttelte den Kopf. »Ich habe noch nie etwas Derartiges erlebt, und ich bin jetzt seit vierzehn Jahren bei der Polizei.«

Die Journalistin fuhr fort: »Grace White hat ihr Heim am Freitagmorgen verlassen, um in die Schule zu gehen, kehrte jedoch nie von dort zurück. Sie wurde heute Abend hier gefunden, misshandelt und verunstaltet zurückgelassen … zurückgelassen in einem Grab an diesem Ort des Todes, das bis jetzt sein Geheimnis für sich behält.«

»Im Namen des Vaters, des Sohnes und des Heiligen Geistes …« Die Stimme des Pfarrers erstarb, bevor er das Kreuzzeichen machte und sich bückte, um den letzten Akt des Begräbnisrituals auszuführen, und mit einer kleinen Schaufel dreimal geweihte Erde auf den Sargdeckel fallen ließ.

Der Himmel war bleigrau, und der Regen prasselte wie ein lautes Flüstern auf die riesigen Baumkronen der

Eichen auf dem Golden-Oak-Friedhof nieder. Das Trauergefolge hatte sich auf dem Rasen um das frische Grab herum aufgestellt, und die Gedenkfeier war soeben zu Ende gegangen. Schwarze Regenschirme wurden aufgespannt, die Kirchenglocken läuteten beharrlich und schicksalhaft.

Es war ein großes Aufgebot gekommen. Alle Schüler der fünften Klasse der katholischen Grundschule waren da, die Klassenlehrerin des toten Mädchens, ein Großteil der Eltern der Schülerinnen und Schüler und die Schulleitung. Die Schlagzeilen der *Charleston Post and Courier* sowie alle anderen Zeitungen des Staates hatten das ihre dazu beigetragen, dass Grace White eine letzte Reise zurücklegte, die der eines Rockstars glich. Horden von Schaulustigen strömten wie ein summendes Wespennest durch das Gittertor und stellten sich gemäß der polizeilichen Anweisungen an der Kirchenmauer auf.

Die Familie der Verstorbenen sowie ihre Freunde standen direkt neben dem Sarg, dicht zusammengedrängt, in vom Regen durchnässter Trauerkleidung – die Gesichter unter breiten Hutkrempen, Kapuzen und hinter Sonnenbrillen oder hauchdünnen Schleiern verborgen. Die Nachwirkungen des makaberen Verbrechens lagen wie eine ätzende Säure in der Luft über der Trauergesellschaft. Einige standen stumm vor Entsetzen und betrachteten den weißen Sarg, der seine Reise ins Erdreich angetreten hatte, die in der Tiefe mit einem deutlich hörbaren Aufprall endete, andere weinten, beteten und küssten sich die Hände, ein Mädchen musste sich in ihr Taschentuch übergeben. Die Eltern der Toten waren das Sinnbild unsagbarer Trauer. Der Vater schüttelte fortwährend den Kopf als Ausdruck eines stummen Protests, während er seine Frau stützte – eine geisterhafte Erscheinung in schwarzem Rock, mit leerem Blick und zitternden Händen, die aussah, als stünde sie kurz davor, das Bewusstsein zu verlieren, und als würde die Trauer sie mit in das offene Grab hinabreißen.

Unter den Trauernden standen zwei elfjährige Schüler mit gesenkten Köpfen, relativ unbemerkt in der Anonymität zweier ganz gewöhnlicher Buben. Sie wirkten harmlos und unverdächtig, obwohl ihre Augen die einzig trockenen waren. Wie zwei perfekte Chamäleons, allein mit ihren Erinnerungen – jeder von ihnen ein auserlesener, abenteuerlicher und spannender Teil der Erinnerungen; *Demütigung, Angst, Leiden … und Tod.*

Sie hatten ihr Geheimnis besiegelt. Einen Blutpakt. Es gab keinen Weg zurück, sie besaßen keinen moralischen Kompass, nicht die geringste Empfindung. Und obwohl sie die Gestalten von Elfjährigen besaßen, hatten sie nichts Menschliches oder Anständiges an sich.

Einer der Jungen hob leicht den Kopf und schielte zu seinem Mitstreiter hinüber – ein flüchtiger Blick, den keiner der Anwesenden bemerkte. Über sein Gesicht huschte ein zufriedenes Lächeln. Der andere unterdrückte ein verschmitztes Grinsen, schob unauffällig einen Kaugummiklumpen von einer Wange in die andere, senkte den Kopf und strich sich die Haare aus der Stirn.

Charleston, South Carolina, 1998

Er glotzte – ein aufdringliches, unverhohlenes Starren, das bei ihr ein Gefühl des Unbehagens auslöste. Er war den gesamten Abend durch den Raum geschritten wie ein ruheloser Geist, aber im Lauf der letzten halben Stunde hatte er sich näher herangeschlichen und stand nun neben ihr. Sie spürte das instinktiv, obwohl sie ihn in diesem Moment nicht sehen konnte.

Mark Knopfler und seine elektrische Gitarre dröhnten mit *Sultans of Swing* derart laut aus den riesigen Boxen, dass der Boden vibrierte und die Wände bebten. Das Wachs von Hunderten Kerzen in zitternden Leuchtern tropfte zu Boden und bildete kleine Berge von geschmolzenem Stearin auf dem Fliesenmosaik.

Chelsea Ford stand mit dem Rücken am Kaminsims hinter einer Traube junger Mädchen, die im Rhythmus der Musik ihre Hüften wiegten. Sie ließ den Blick durch den Raum schweifen. Im Saal drängten sich zahllose Gäste in Feierlaune, Zigarettenrauch und Gesprächsfetzen machten die Luft undurchdringlich. Chelsea kannte niemanden, sie war nur wegen Jasmin mitgekommen. Jasmin hatte irgendeinen Typen beim Chatten im Internet kennengelernt, den sie treffen wollte, und Chelsea fungierte als Rettungsanker, falls ihre Freundin sitzen gelassen wurde oder der Typ komplett verrückt war.

Chelsea war schwindelig und warm, und in ihrem Magen rumorte es wie in einer Waschmaschine. Sie hielt nach ihrer Freundin Ausschau, konnte sie aber nirgends entdecken. Chelsea drehte sich um und ging nach draußen, um dort nach ihr zu suchen …

Und lief geradewegs in ihn hinein.

Sie wusste, dass er das so eingefädelt hatte, auch wenn es natürlich wie ein reiner Zufall aussehen sollte. Er lächelte teuflisch und zog ihr mit seinem Blick den Slip bis zu den Knöcheln. Die Kerzenflammen flackerten in seinem diabolischen Blick, das einnehmende Lächeln kam nicht in seinen Augen an und verschwand wieder.

Er war kein grausamer Mensch – sicherlich nicht –, aber auch nicht besonders nett, obwohl er zweifelsohne zu denjenigen zählte, die viel Zeit damit verbrachten, vor dem Spiegel zu posieren. Man konnte gut und gerne sagen, dass er recht durchschnittlich aussah, wenn man seinen mit Steroiden vollgepumpten Körper außer Acht ließ. Aber es gab etwas, wodurch er sich von der Menschenmenge im Saal abhob. Etwas, das eine Gänsehaut verursachte.

Nach einem endlos langen Augenblick, in dem er ihr jedes Mal, wenn sie versuchte, an ihm vorbeizukommen, in den Weg trat, seufzte sie und fragte: »Was willst du?«

»Wenn man verrät, was man will, kriegen es die Leute manchmal mit der Angst«, entgegnete er mit leiser, seidenweicher Stimme, die überhaupt nicht zu seinem neunzig Kilo schweren, massigen Körper passte.

Sie hob die Brauen und musterte ihn kühl. »Ist es denn so gefährlich, was du willst?« Sie bereute ihre Frage sofort.

Er beugte sich vor und flüsterte ihr ins Ohr: »Ich würde dir fünfhundert Dollar geben, wenn ich dich ficken könnte.«

Sie zog den Kopf zurück. Er strahlte Selbstsicherheit und Selbstzufriedenheit aus. Sein schwarzes Haar war mit glänzendem Wachs zurückgekämmt, und sein hellgelbes Hemd bis zur Brust aufgeknöpft.

»Wie bitte?« Sie dachte, sie müsste sich verhört haben, war sich aber dennoch unsicher.

Er machte eine nickende Kopfbewegung in Richtung Treppenabsatz, wo die dunklen Stufen in einer Kurve nach oben führten. »Da oben gibt es ein schönes weiches Bett!«

Sie trat einen Schritt zurück und betrachtete ihn verächtlich. Sie hatte sich doch nicht verhört. »Das soll wohl witzig sein.«

Er lächelte schief und machte einen Schritt auf sie zu, sodass sein Glied unmittelbar vor ihrem Unterleib verweilte. Dann legte er eine Hand auf ihre Schulter und drückte sie leicht.

»Fass mich nicht an!« Chelsea spürte, wie der Rumgeschmack aus dem Magen in ihren Hals aufstieg, und die Alarmglocken schrillten in ihrem Kopf. Sie sah ihn nicht direkt an. Ihm in die Augen zu sehen, würde den Moment wirklicher machen. »Du bist widerlich und anscheinend geistig minderbemittelt, und ich würde lieber Rasierklingen essen, als mich von dir anfassen zu lassen!«

Sie versuchte, sich an ihm vorbei zu drängen, aber er trat wieder einen Schritt zur Seite und versperrte ihr den Weg.

»Wenn du deine Karten richtig ausspielst, kann es sogar sein, dass ich dich mit einer Rasierklinge *ficke!«* Seine Miene verzog sich zu einem breiten Grinsen. »In den Hintern. Vielleicht mache ich das ganz schnell. Wie die Karnickel. Vielleicht mache ich dir ein neues Arschloch.«

Ihr lippenstiftroter Mund verzog sich vor Entsetzen und Abscheu, und sie wandte sich so abrupt ab, als hätte sie sich verbrannt. »Verpiss dich, du ekelhaftes Schwein!« Ihre Stimme zitterte.

Er streckte den Arm aus, packte sie am Handgelenk und drückte ihre Handfläche gegen seinen erigierten Penis. Seine Fingernägel bohrten sich schmerzhaft in ihre Haut. »Fühl doch mal, was ich für dich in der Bonbontüte habe.« Er lachte.

Sie stieß einen heiseren Schrei aus und versuchte, den Arm wegzuziehen, aber seine starke Hand hielt ihn fest und er kam mit seinem Gesicht ganz dicht an ihr Ohr – so dicht, dass sie seine feuchte Körperwärme durch den Stoff seines Hemdes spüren konnte. Er flüsterte: »Du kannst dich auf eine ganz große Überraschung freuen!«

»Lass mich los!«, zischte sie und stieß ihn mit der freien Hand vor den Brustkorb. Er konnte sein Gleichgewicht nicht halten und stolperte in die Menschentraube direkt hinter ihm. Einige drehten die Köpfe, andere beachteten ihn gar nicht. Aber jetzt, da einige Gäste auf ihn aufmerksam geworden waren – zwei Mädchen hatten sich umgedreht und starrten ihn unverwandt an –, ließ er sie gehen.

Er sah ihr nach, während sie sich einen Weg durch den Saal bahnte. Sein Blick glitt zu ihrem Hintern, der hin und her wogte, und weiter ihre langen schlanken Beine hinab bis zu den Füßen, die in einem Paar turmhoher Silbersandalen steckten.

Dann sagte er leise zu sich selbst: »Du wirst meine Rasierklinge schon noch zu sehen kriegen, du Schnepfe, das verspreche ich dir.« Er lachte und nickte.

»Du weißt es nur noch nicht.«

Es war schon weit nach Mitternacht. Der Mond schwebte über den Magnolien, die feuchten glatten Blütenblätter glänzten. Die Luft war lau und duftete. Chelsea hatte zu viel getrunken. Ihr war übel, und sie hatte sich mit den silbernen Sandalen in der Hand nach draußen gesetzt. Im Haus dröhnten die hektischen Rhythmen der Musik und vermengten sich mit einer Kakophonie aus Gelächter, stampfenden Füßen und Wortfetzen, die aus den offenen Fenstern himmelwärts schallten.

Chelsea saß auf der Verandatreppe unter dem Blätterdach und hielt ihr verschwitztes Gesicht in die Abendluft. Doch die Luft war zum Schneiden, es ging kein Hauch. Sie betrachtete ihre Zigarette, der eine lange Aschennase gewachsen war, und warf sie fort. Die Glut erlosch in der Dunkelheit.

»He, pass auf, dass du nichts in Brand steckst!«, erklang eine leise Stimme hinter ihr. Sie gehörte jemandem, der mit gedehntem Südstaatenakzent sprach.

Chelsea erschrak nicht sehr, dafür waren ihre Sinne zu benebelt, aber ihr Herz machte einen Satz und schlug doppelt so schnell. Einen furchtbaren Augenblick lang glaubte sie, der Macho wäre ihr gefolgt. Sie fuhr herum und starrte auf das krumme Geäst der Eiche.

»Entschuldigung, ich wollte dich nicht erschrecken«, sagte er und trat in das schwache gelbliche Licht, das aus der geöffneten Verandatür strömte.

Die Zweige warfen Schatten auf sein Gesicht, sodass es nur als dunkles Oval in der Nacht erkennbar war, aber sie konnte sehen, dass der Mann ein eng anliegendes schwarzes T-Shirt und schwarze Jeans trug. Er war groß, hatte breite Schultern, war gut gebaut und ihr war sofort klar, dass er nicht der Muskelprotz von vorhin war.

»Schon gut, ich war in Gedanken«, sagte sie erleichtert und verscheuchte mit einer Handbewegung eine Feuerfliege, die sich von dem Licht angezogen fühlte.

Der junge Mann trat von einem Bein aufs andere, kam einen Schritt näher, sodass sein Gesicht nun von dem Lichtschein erhellt wurde. Er hatte ein schönes Gesicht – wohl das schönste, das sie je gesehen hatte –, markant wie das einer Statue, und es wurde noch schöner, als er lächelte. Er war blond und trug eine dieser modernen Langhaarfrisuren, die er permanent mit einer Hand in Form strich, als wäre er es gewohnt, dass ihm die Haare zu weit in die Stirn fielen. Er hielt ein Glas Wein in der Hand.

Wenn sie nicht schon Vincent lieben würde, der mit einem gebrochenen Bein in Baton Rouge lag und keine Ahnung hatte, wo sie war, hätte sie sich auf der Stelle in ihn verliebt.

Er setzte sich neben sie auf die Treppenstufe und fragte leise: »Und in welche Gedanken warst du so versunken?« Er reichte ihr sein Glas und bot schweigend den Wein an. Sie konnte sein frisch duftendes Haar riechen.

Chelsea lehnte ab. »Nein, danke«, sagte sie. »Ich hatte wirklich schon genug.«

»Ich auch.« Er schüttete den Wein aus, der auf die Steinplatten platschte, und stellte das Glas auf einer Treppenstufe ab. Dann sah er sie an. »Du siehst aus wie ein Engel, der aus einer Wolke gefallen ist.«

Ihr Gesicht fühlte sich brennend heiß an, der Puls pochte an ihren Schläfen, Schweißperlen standen ihr auf der Stirn. Sie presste die Fingerkuppen an die Schläfen und atmete stoßweise aus.

»Geht es dir nicht gut? Du siehst blass aus.« Er räusperte sich. »Kann ich dir irgendwas bringen?«

»Nein danke, schon gut. Ich muss nur etwas Luft schnappen«, entgegnete sie, ohne zu wissen, ob das wirklich stimmte. Sie spürte, wie sich wieder ihr Magen umdrehte. Und die Treppe schien wie bei hohem Seegang zu schwanken.

»Ein Glas Wasser? Einen Eimer? Ein feuchtes Tuch?«, fragte er.

Sie lächelte schwach. »Ein Glas Wasser vielleicht.«

»Schon unterwegs!« Er sprang auf, verschwand im Haus und kam kurz darauf mit einem großen Glas Wasser mit Eiswürfeln zurück. Der Glasrand war beschlagen.

Er lächelte, und während er sich dicht neben sie setzte, streifte sein Arm leicht den ihren.

Sie wäre beinahe zusammengezuckt.

Er schwieg einen Moment, dann sagte er: »Ich hätte mich gerne den ganzen Abend nur mit dir unterhalten.«

»Wirklich?« Sie nippte dankbar an dem Wasser und musterte ihn über den Rand des Glases hinweg. »Warum hast du es dann nicht getan?«

»Du hast so beschäftigt gewirkt.«

»Wie bitte?«

»Ja, mit dem Stiernacken mit den schmierigen Haaren.«

»Dieser Oberarsch? Meinst du den? Oder den Hirntoten auf zwei Beinen? So ein Idiot!« Sie schüttelte sich bei dem Gedanken an ihn.

»Du kannst ihn nicht leiden?«

»Mir läuft es kalt den Rücken runter.«

»Ich würde dich gerne wärmen.«

»Mir geht es gut«, entgegnete sie. »Ich friere nicht.«

»Wie schade«. Er lächelte sie an. »Wie heißt du?«

»Chelsea.« Sie trank einen großen Schluck Wasser. Die Eiswürfel klirrten im Glas. Ein Wassertropfen rann an ihrem Kinn hinab.

»Chelsea«, wiederholte er, legte den Kopf schief und trocknete ihr Kinn mit seinem Zeigefinger. Er musterte sie abwartend aus seinen dunklen Augen. Sie waren so dunkel, dass sie fast beängstigend gewesen wären, wenn er nicht dieses charmante Blitzen im Blick gehabt hätte.

Sie starrte ihn an und befühlte ihr Kinn. Dann räusperte sie sich: »Ja, Chelsea Ford. Und du? Wie heißt du?«

Sie nahm noch einen Schluck und spürte, wie das eiskalte Wasser in ihren Magen lief und das Übelkeitsgefühl wegspülte.

»Ich heiße Marlon.«

»Ja, das glaube ich«, sagte sie lachend. »Die Ähnlichkeit ist ja auch nicht zu übersehen.«

Er schwieg.

Sie musterte ihn und begriff, dass er nicht wusste, was sie meinte. Sie lachte wieder und erklärte: »Brando, natürlich. Marlon Brando. Du siehst ihm so ähnlich ... ja, als er jung war, meine ich. Du weißt schon, *Der Wilde!* Das ist dir doch wohl ein Begriff?«

Er schmunzelte schelmisch und zog die Schultern hoch.

Sie fuhr fort: »Also ehrlich, wie heißt du?«

»Ganz ehrlich, ich heiße Marlon«, gab er zurück.

»Deine Mutter hat wohl viel Sinn für Humor, was?«

Sein Blick ruhte auf ihrem Gesicht, dann drehte er den Kopf fort und schaute zu den funkelnden Sternen am Himmel.

»Entschuldigung«, Chelsea wusste nicht, was sie sagen sollte. »Ich habe nur versucht, witzig zu sein.« Sie ärgerte sich über ihre Bemerkung.

»Schon gut.«

Es entstand eine Pause.

Dann fragte er: »Du bist nicht von hier, oder?«

Sie schüttelte den Kopf. »Baton Rouge ... ich meine, eigentlich komme ich aus New York, aber da wohne ich zurzeit nicht.« Sie hielt inne und wollte dann wissen: »Fällt das so sehr auf?«

Er sah sie fragend an.

»Dass ich aus New York bin, meine ich.«

Er grinste und zuckte mit den Schultern. »Nein, aber man kann sehen und hören, dass du nicht aus Dixieland kommst.«

»Hmmm, ich bin ja auch nur ein Yankee«, sagte sie leise. »Und du? Wohnst du hier in Charleston?«

»Nein, aber ich bin ein Dixie, hier sind meine Wurzeln, das merkt jeder sofort an meinem Aussehen und meinem Dialekt. Eben ein waschechter Landbursche bis ins Mark.«

Sie lächelte.

»Bist du allein hier?«, fragte er.

»Nein, meine Freundin ist hier auch irgendwo.« Sie schüttelte den Kopf. »Aber ich weiß nicht, wo. Ich kann sie nirgends finden.«

»Vielleicht hat sie eine charmante Begleitung gefunden?«

»Ja, das sähe ihr ähnlich …« Sie lachte in sich hinein.

»Und was ist mit dir? Bist du auch auf nette Gesellschaft gestoßen?«, fragte er.

Chelsea öffnete den Mund, um etwas zu erwidern, aber plötzlich traten andere Gäste lärmend auf die Terrasse. Jemand musste sich übergeben. Der stechende Geruch wehte herüber und breitete sich aus.

Chelsea verzog das Gesicht. »Hm, wie lecker!«

»Sollen wir nicht lieber gehen?«, fragte er.

»Wohin willst du denn?«

»Was immer dir vorschwebt«, gab er zurück und schnitt eine Grimasse. »Weg von dem infernalischen Lärm … und diesem Gestank.«

»Ja, aber ich weiß nicht …«

»Auf der anderen Seite des Güterbahnhofs ist ein wunderschöner, kleiner Garten. Es gibt dort einen Teich mit einem Springbrunnen darin und …«

»Ich kenne dich doch gar nicht.«

»Nein, aber das kann sich ja ändern.«

Sie wusste, dass sie nicht einmal daran denken durfte, aber Tatsache war, dass sie sich zu ihm hingezogen fühlte. Sogar sehr. Was würde Vincent dazu sagen?

»Ich habe dir ja schon gesagt, wie ich heiße.« Er setzte ein hinterhältiges Lächeln auf. »Also gut, in Wirklichkeit heiße ich Theodor Bundy und bin ein Axtmörder.«

»War Ted Bundy nicht ein Serienmörder?«

»Habe ich das nicht gerade gesagt?« Er lächelte – ein sehr einnehmendes Lächeln. »Ich werde schon auf dich achtgeben, das verspreche ich. Hoch und heilig.« Er legte die Hand aufs Herz. »Großes Indianerehrenwort!«

»Ja, ja«, sagte Chelsea und seufzte. Sie zuckte mit den Schultern, leerte ihr Glas und schlüpfte in ihre Sandalen. Was Vincent nicht wusste, würde ihm auch nicht schaden. Und im Übrigen war ja wohl nichts dabei, einen Spaziergang zu machen …

Es ging ihr schon viel besser, aber als sie aufzustehen versuchte, schwankte sie trotzdem ein wenig. Marlon fasste mit beiden Händen um ihre schmale Taille und half ihr auf die Füße. Er musterte sie mit einem schwachen Lächeln. Chelsea wich seinem Blick aus, als sie die Gefühle wahrnahm, die in ihr erwachten – Gefühle, denen sie nicht recht traute.

»Was ist denn? … Warum siehst du mich so an?«

»Du bist sehr hübsch«, sagte er.

»Danke. Du auch.«

»Und groß!«

Sie lachte.

Eine verzauberte und verführerische halbe Stunde lang folgte sie ihm durch die verlassenen Straßen des Ortes, weg von der Uferpromenade und den Stadtvillen in der Meeting Street, weg von Rosen- und Gardenienduft.

Sie redeten über alles Mögliche, und er streichelte ihren Arm, während er mit ihr an den Bahnschienen entlangging. Sie gelangten auf die andere Seite des Bahnhofs, und Chelsea konnte sich nicht mehr orientieren – sie konnte sich auch nicht mehr genau erinnern, *wie* sie dorthin gekommen war. Es war, als würde die Dunkelheit ihre Wahrnehmung von Zeit und Raum verfälschen. Sie begann, müde zu werden, und ihre Füße schmerzten – *nur der Teufel selbst konnte hochhackige Schuhe erfunden haben!* Sie ging immer langsamer, hielt einen Augenblick inne und blickte auf den öden Weg mit seinen verlassenen, verfallenen Häusern und verwilderten Grundstücken zurück, die sich in der Finsternis verloren. Tintenschwarze Fenster starrten sie an wie geheimnisvolle Augen. Ihr schauderte unwillkürlich, und sie schlang die Arme um ihren Körper.

Es war erstaunlich still. Ein Insektenschwarm summte in der Hitze der Nacht und verschwand wieder. In der Ferne konnte sie Autos brummen und einen Hund jaulen hören, aber dieser Teil der Welt erinnerte sie an eine Geisterstadt oder die verlassene Filmkulisse eines Gruselfilms.

Sie hatte keine Angst vor Gruselfilmen oder der Dunkelheit, aber trotzdem begann sie zu spüren, dass es vielleicht dumm von ihr gewesen war, voller Vertrauen einem fremden Mann an diesen gottverlassenen Ort zu folgen, nur weil er gut aussah.

»Wo sind wir?«

»Wir sind gleich da«, sagte er.

»Vielleicht sollten wir besser umkehren?« Ihre Stimme klang ein bisschen so, als würde sie unter Wasser sprechen. Sie hätte beinahe angefangen zu lachen.

»Nein, nein. Es ist gleich da drüben«, entgegnete er und deutete auf einen smaragdschwarzen Umriss, der in Chelseas Augen aussah wie ein Eisenzaun, der ein transsylvanisches Schloss umgab.

Sie warf ihm einen amüsierten Blick zu. »An der Schwelle zum Unbekannten!«, rief sie und lachte theatralisch. »Ich hoffe, es gibt auch eine Bank im Unbekannten. Meine Füße fühlen sich an wie Hackfleisch.«

»Ja, es gibt eine«, versicherte er. »Mit Aussicht auf den See!«

Sie lachte wieder.

Sie betraten den Garten und gingen den Hauptweg entlang. Intensiver Jasminduft umhüllte sie. Der Perlkies knirschte unter ihren Schritten in der düsteren Stille. Das silberne Mondlicht fiel durch das Blätterdach der Bäume und warf ein unheimliches Schattenspiel auf den Weg. Oben in den Bäumen rief ein Vogel.

»Das ist ja fast wie in einem Geisterschloss oder einem Horrorfilm. Jetzt fehlt nur noch ein Gespenst ohne Kopf mit langen Beinen und rasselnden Ketten und …«

Die letzten Worte blieben unausgesprochen. Chelsea blieb stehen, drehte sich um und schaute sich um. Die kleinen Härchen auf ihren Armen stellten sich auf, und eine Gänsehaut lief ihr den Rücken hinab.

Hatte er nicht gesagt, dass das hier ein Garten sei?

Von hier aus konnte sie ein gutes Stück weit in alle Richtungen sehen. Schwacher Nebel stieg vom Rasen auf, auf dem die Grabsteine im perlmutternen Mondlicht schimmerten. Sie waren auf einem Friedhof. Das war so sicher wie das Amen in der Kirche.

»Was ... ist das hier nicht ein Friedhof?«

»Doch«, antwortete er. »Ist es nicht ein schöner Ort?«

»Oh, doch, ich weiß nicht recht ... hier ist es schon schön ... aber ich dachte ...«

Chelseas Müdigkeit schwand und wurde durch eine schlagartige Erkenntnis ersetzt. Sie war allein mit ihm – *mutterseelenallein auf einem verlassenen Friedhof mitten in der Nacht*. Und niemand würde sie hören können, *falls* ...

»Was hast du denn gedacht?« Er fuhr sich mit einer Hand durchs Haar und lächelte – das gleiche einnehmende und entwaffnende Lächeln wie vorhin. Er war außergewöhnlich schön anzusehen. Seine dunklen Augen glänzten, die Lippen schimmerten rot. Im Mondschein konnte sie die feinen Konturen seines Mundes und den schwachen Schatten von Bartwuchs auf seinen Wangen erkennen. Ein ganz gewöhnlicher Mann. Kein Mann, der bei Vollmond zum Werwolf wurde. Nur ein Mann, nicht mehr und nicht weniger.

»Wo sind wir? Hier ist es unheimlich«, sagte sie.

»Ja, ein bisschen vielleicht. Er hat auch einen gewissen *Ruf*, dieser Friedhof«, sagte er. »Hier wurde früher mal ein Mädchen eingesperrt in einem Grab gefunden.«

»Eingesperrt? ... Was meinst du? Begraben?« Chelsea sah ihn verblüfft an. *»Hat sie noch gelebt?«*

»Nein, nicht richtig, aber sie hat noch gelebt, als sie beerdigt wurde. Ja, also, sie wurde nicht *unter* der Erde begraben.«

»Was?« Sie sah ihn unsicher an.

»Einige Orte hier unten im Süden, zum Beispiel New Orleans, liegen fast auf gleicher Höhe wie der Meeresspiegel, und wo der Grund aus Marsch und Moor besteht, werden die Toten oft *über* der Erde bestattet«, erklärte er.

»Warum das?«

»Wie man in New Orleans sagt: *Einen guten Mann kann man nicht unten halten!*«

Sie sah ihn verständnislos an.

Er merkte, dass sie nicht begriff, und erklärte: »Ein gewöhnlicher im Sumpf begrabener Sarg würde wieder an die Oberfläche gedrückt werden, wenn die Flut kommt – zum Schrecken und Grausen der Hinterbliebenen und als Gefahr für die Gesundheit aller!« Er hielt inne, dann sagte er: »Aufgrund des subtropischen Klimas hier unten sind die Gruften genauso effektiv wie die Öfen der Krematorien.« Er nickte in Richtung einer Reihe kleiner Grabhügel entlang des Weges, an dem die Gräber regelrechten Gebäuden im Miniformat glichen, mit spitzen Dächern, dekorativen schmiedeeisernen Zäunen und Pforten, Vorgärten mit wunderschönen exotischen Blumen und Bänken für die Hinterbliebenen. »Ein Jahr später sind nur noch Knochen übrig.« Er warf ihr einen raschen Blick zu und fuhr fort: »Eine kleine Luke im Boden kann bei Bedarf geöffnet und die Knochen können beiseitegefegt werden. Dann ist der Ofen bereit für den nächsten entseelten Körper.«

»Uh, zum Teufel …« Ihr schauderte, sie sah über die verwitterten Gräber hinweg und musterte ihn erneut – sie spürte, dass ihre Augen zuzufallen drohten, und zwang sich, sie offen zu halten. »Du weißt eine ganze Menge über Bestattungen, oder?«

Er zuckte leicht mit den Schultern.

»Und wer hat das getan?«, wollte sie wissen. »Das Mädchen begraben, meine ich.«

»Das ist nie rausgekommen.«

Der Mondschein spiegelte sich in seinen Augen, die wie Wasser am Boden einer Tonne glänzten. »Die Polizei ist jedenfalls nicht so schlau, wie sie glaubt. Dafür aber verdammt selbstzufrieden.« Er lachte.

Chelsea sog die Luft ein und versuchte, ihre beunruhigte innere Stimme zu ignorieren, die mit den Insekten um die Wette zirpte.

Er hatte es sorgfältig vermieden, etwas von sich zu erzählen. Oder bildete sie sich das nur ein?

Ihre Gedanken ließen sich nicht richtig fassen. Sie sah ihn an und versuchte, sich zu konzentrieren. Sie hatte Kopfschmerzen, ihre Füße taten weh, und ihre Erschöpfung spielte ihren Augen offenbar einen Streich. Sie strich eine Haarlocke hinters Ohr und tupfte sich den Schweiß von der Stirn.

Hinter ihm raschelten Blätter im Wind. Die dünnen, elastischen Zweige schienen sich zu strecken und den Boden berühren zu wollen. Aber es gab gar keinen Wind, der die Bäume hätte zum Leben erwecken können – es war völlig windstill.

Chelsea kniff ihre Augen fest zu und öffnete sie langsam wieder. Das Ganze war unwirklich und real zugleich. Sie schwankte, als stünde sie auf einem Trampolin, und sah zu Boden. Nebelschwaden umhüllten ihre Füße wie kleine Geister, und einen Augenblick lang beschlich sie der wahnwitzige Gedanke, dass sie nun gar nicht sehen würde, wenn die Toten ihre verrotteten Hände aus der Erde emporreckten, um nach ihren Fußknöcheln zu greifen.

Verrückt!, sagte sie zu sich selbst und ermahnte sich, mit diesen Albernheiten aufzuhören.

Aber es war schon merkwürdig. Sie war mehrmals in ihrem Leben betrunken gewesen, hatte aber die Trunkenheit nie auf so besondere Art empfunden, teils bewusst, teils wie im Traum, wo sie kaum den Unterschied zwischen Illusion und Wirklichkeit kannte. Es war, als würde sie schweben oder hätte eine viel zu schnelle Karussellfahrt gemacht … oder hätte einen schlechten Trip …

Ein weiteres beunruhigendes Szenario fiel ihr ein: Vielleicht hatte Marlon ihr irgendetwas ins Wasserglas gemischt? Das war ja ein uralter Trick, vor dem ihre Mutter sie zahllose Male gewarnt hatte.

Chelsea trat einen Schritt zurück und starrte ihn an, als wollte sie in ihn hineinsehen. Aber nichts an seinem Verhalten verriet, dass es so war. Sie konnte in seiner Miene auch keine unlauteren Absichten ausmachen, während er dort stand und sie anlächelte.

Marlon kam einen Schritt näher und ließ seine Hände ihren Rücken hinabgleiten, bis sie in seinem Schatten stand. Chelsea schluckte geräuschvoll und sah ihn an. Ihr Kopf brummte, und sie bekam weiche Knie. Er lächelte noch immer und zog sie an sich. Chelseas Herz pochte schneller. Marlon beugte sich vor, küsste sie und seine Hände umschlossen ihren Hals. Sie spürte, wie sein Haar in ihr Gesicht fiel, seidenweich und duftend. Sie war wie benebelt, und ihr schwindelte, während sie an einen Eichenstamm gelehnt dastand, das Becken vorgeschoben, die Augen geschlossen. Eine Gänsehaut lief ihr den Rücken hinunter.

Marlon ließ eine Hand unter ihren Rock wandern.

Sie schob seine Hand weg. »Nein, ich kann nicht. Ich bin nicht ganz ich selbst.«

»Das ist nur die Hitze«, flüsterte er. Seine Hand glitt unter ihrem Rock weiter nach oben und berührte sie zwischen den Beinen.

Sie legte die Hände auf seine Brust. »Ich habe Nein gesagt!« Chelsea interessierte sich nicht länger für so etwas. Die Finsternis kam ihr auf seltsame Weise näher, als schaute sie in ein Kaleidoskop, in dem es nur Grautöne gab. Ihre Bewegungen erschienen ihr langsamer, kraftloser. Sie versuchte, einen klaren Kopf zu bekommen. »Du bist sehr hübsch und … und … attraktiv, aber ich möchte jetzt gerne zurück.«

»Es *gibt* keinen Weg zurück …«, sagte er mit weicher Geisterstimme. Er stand sehr dicht neben ihr, aber seine Stimme klang wie aus weiter Ferne. Sie konnte sein Gesicht in der Dunkelheit erkennen, aber es war nicht sein Mund, der die Worte formte. Seine Stimme klang auch irgendwie anders. Sie klang wie die Stimme des …

Ein gehauchtes Flüstern kam aus den Büschen hinter ihm. Die Bäume bewegten sich wieder. Chelsea reckte den Hals und sah eine massige Gestalt in den klaren Mondschein treten. Sein pomadiges Haar stand wie Stachelschweinborsten ab, die Augen funkelten. Mit erdrückender Angst sah sie, dass er nur einen Gürtel trug, sonst war er nackt.

Er war es, der widerliche Chauvi von der Party!

Sein Anblick traf sie wie ein Faustschlag. Einen kurzen Moment erstarrte sie zu einer Salzsäule.

Oh Gott, großer Gott!

Mit offenem Mund starrte sie ihn an, warf Marlon einen verständnislosen Blick zu. Der grinste breit. Ein krankes Grinsen, das von Ohr zu Ohr reichte. Das Gesicht schwebte vor ihr in der Dunkelheit.

»Lass mich!« Sie stieß ihn von sich, und er ließ sie los. Sie sprang seitlich weg, fort von den Bäumen. Ihr Herz hämmerte, und ihre Wangenmuskeln zitterten unkontrolliert. Eine ganze Reihe roter Alarmknöpfe leuchteten auf und blinkten in ihrem benebelten Gehirn.

»Komm jetzt, Kleine. Zeig uns deine Muschi …« Marlons Stimme klang hohl in der Nacht, und sie hörte seine Worte immer wieder wie ein Echo.

Sie stieß einen heiseren Schrei aus. Er hatte dieses abscheuliche Arschloch im Schlepptau. Sie machten gemeinsame Sache! Und er hatte ihr *doch* etwas ins Wasserglas gekippt und sie an diesen gottverlassenen Ort geschleppt. Deshalb fühlte sie sich auch so seltsam. Jetzt würden die beiden sie vergewaltigen … oder etwas viel Schlimmeres tun …

Sie spürte, wie ihr Adrenalinspiegel stieg, ließ ihre Hand rasch in ihre kleine perlenbesetzte Tasche gleiten, ohne die beiden Männer aus den Augen zu lassen, und suchte hektisch nach ihrem Pfefferspray. Dann fiel ihr ein, dass die kleine Flasche in ihrer Alltagstasche war (die im Augenblick bei ihr zu Hause auf dem Esszimmertisch lag). Sie fand ein Einwegfeuerzeug und schloss ihre Faust um die armselige Waffe. Vielleicht würde sie ihr nutzen, wenn die Männer ihr zu nahe kamen: Sie könnte ihnen die Haare anzünden, um Zeit zu gewinnen, und fliehen.

»Pass auf, dass du damit nichts anrichtest!« Marlon grinste boshaft und leckte sich die Lippen.

Chelsea versuchte, die Fassung zu bewahren, um nicht von Panik übermannt zu werden. »Was hast du mir ins Glas getan?«

Der widerwärtige Kerl antwortete: »Etwas, damit du die Dinge mal im rechten Licht siehst!« Er zog lautlos ein großes Messer aus seinem Gürtel, kam näher und klopfte Marlon mit der Bierflasche auf die Schulter, die er in der anderen Hand hielt. »Na, alter Junge! Es ist verdammt lange her! ... Ich dachte schon, dir hat irgendwer Abführmittel in dein Red Stripe geschüttet und dich im Klo runtergespült.«

»Leck mich am Arsch!« Marlon räusperte sich, nahm einen Schluck aus der Flasche und rülpste.

Sein Komplize brach in dröhnendes Gelächter aus. Offenbar litten die beiden an der gleichen eigenartigen Krankheit.

Mit der freien Hand zog er seinen Penis hervor. »Gib's doch zu, gib's zu, dass du Lust auf den hier hast.« Er sah an sich herunter, berührte sich und lächelte wie ein böser Onkel, der mit einem Lutscher lockt.

Schlotternd vor Angst trat Chelsea zurück ... schlüpfte aus ihren Sandalen, darauf vorbereitet, dass sie die Verfolgung aufnehmen würden, wenn sie losrannte. Sie waren sicher ungeheuer schnell.

Sie machte noch einen Schritt zurück.

Noch einen.

Dann stolperte sie, schrie unfreiwillig auf und stürzte. Wie eine Flutwelle schlug ihr der Geruch von frischem Blut entgegen. Chelsea sah zu Boden und schnappte nach Luft. »Oh, Gott!«

Jasmin lag zusammengesunken in einer Blutlache im Gras, die Beine gespreizt und den zerrissenen Rock über die Hüften geschoben, sodass ihr Unterleib zu sehen war. Die aufgerissenen, blutunterlaufenen Augen schimmerten wie matte Silbermünzen im blassen Mondschein. Ein Schlüsselbein ragte aus der Haut wie das Gabelbein bei einem Hühnchen. Der Kopf saß in unnatürlichem Winkel auf dem Hals, als wäre ihr die Kehle durchtrennt und der Kopf falsch herum aufgepfropft worden.

Chelsea streckte eine zitternde Hand aus, um ihre Freundin zu berühren. Die Berührung der kühlen Haut des toten Mädchens übertrug sich in ihren gesamten Arm, und sie fühlte sich wie gelähmt. Chelseas Beine wurden steif, ihre Arme so schwer, als hingen Bleilote daran. Vor ihren Augen tanzten rote Lichtpunkte, und sie spürte, wie ein Schluchzer gegen ihren Brustkorb drückte. Sie rang wieder nach Luft, ihr wurde schwindelig und übel. Sie zwinkerte unablässig, um die Tränen wegzublinzeln, unterdrückte den Brechreiz ... und das Bedürfnis zu schreien – zu schreien und zu heulen, sich wie ein Fötus gekrümmt auf die Erde zu legen und nach ihrer Mutter zu rufen. Sie *musste* einen klaren Kopf behalten, wenn sie auf ein Überleben hoffen wollte.

»Das war nur eine Runde zum Aufwärmen! Das war nicht persönlich gemeint, aber die Hündin wollte einfach nicht stillhalten. Sie hat gejault und gejammert wie eine Katze, die sich im Stacheldraht verfangen hat.« Marlon warf einen Blick auf Jasmins Leiche.

»Ja, vielleicht stellt sich die Yankeebraut besser an. Sie will's mit einem Rasiermesser treiben«, grölte der andere und machte eine onanierende Bewegung mit der Hand um sein Glied. »Das hat sie mir vorhin schon verraten.«

Chelsea schlug die Augen nieder. Wenn es so etwas wie Barmherzigkeit gab, dann hatte Jasmin sich den Hals gebrochen, bevor sie über sie hergefallen waren. Aber Chelsea bezweifelte das, und Trauer wallte in ihr auf, finster und kalt. Solche sadistischen Psychopathen erfreuten sich an der Unterlegenheit ihrer Opfer. Sie geilten sich an den Schreien, dem Schmerz und dem Blut auf.

Chelsea versuchte, sich aufzurichten, und kam irgendwie auf die Füße. Die Grasfläche schwankte bedrohlich unter ihr, und ihr Blick flackerte zwischen den Männern hin und her wie bei einem verrückten Spiel. Sie konnte ihre eigene Angst förmlich *schmecken*.

Als sie einen Schritt zurücktrat, verschwand der Mond hinter einer Wolke und die Schatten der Nacht legten sich über den Friedhof.

Jetzt oder nie.

Chelsea machte auf dem Absatz kehrt und stürzte blindlings in die Richtung, aus der sie ihrer Meinung nach gekommen war. Sie machte einen Abstecher in die pechschwarze Dunkelheit zwischen den Bäumen.

Einer der Männer schlug sich in die Büsche zu ihrer Rechten und riss an ihren Haaren. Sie warf sich nach links, aber nicht schnell genug. Ein starker Arm schlang sich um ihre Taille. Sie wollte schreien, aber ihr Schrei wurde von einer großen behandschuhten Hand erstickt, die Nase und Mund zuhielt.

Marlon flüsterte ihr ins Ohr: »Hey, Chelsea, wo willst du denn hin? Die Party fängt doch erst an! Du willst uns doch wohl nicht beleidigen und die Einladung ablehnen?«

In diesem Augenblick wusste Chelsea Ford, dass sie sterben würde, egal was sie unternahm.

Aber sie hatte nicht damit gerechnet, dass sie darum bitten und betteln würde und dass fast zwei Monate in unbeschreiblicher Angst vergehen würden, bis es endlich so weit war.

1

Savannah, Georgia, heute

Das letzte Licht des Tages begann der Dämmerung zu weichen, als sie den Geländewagen auf dem Parkplatz vor dem Bonaventure-Friedhof abstellte. Der alte Friedhof lag etwa dreißig Kilometer vom Zentrum Savannahs entfernt, still und geheimnisvoll, unter einem ewigen Schleier von spanischem Moos, eingefasst von einem hohen Zaun mit schmiedeeisernen Rosen.

Máire Ann Mercer stieg aus dem Auto, verscheuchte ein paar taumelnde Insekten mit der Hand und vertrat sich nach der fast fünfstündigen Fahrt von Charlotte in North Carolina die Beine.

Ihr fiel die Stille auf, die sich auf einmal über die Welt gelegt hatte und einem Vakuum glich. Es gab keine anderen parkenden Wagen, keine Besucher, keine Trauernden, keine Bestattung. Sie würde den Friedhof für sich haben in dieser düsteren Abendstunde.

Es war den ganzen Tag lang sengend heiß gewesen. Die schlimmste Hitzewelle seit 1986 ließ die Tage wie in einem Hitzeofen unter gnadenloser Sonne vergehen, windstill und feucht, mit Tagestemperaturen von bis zu vierzig Grad Celsius. Die Luft war schwer wie Dunst, es wehte nun ein schwacher Wind, und ein ganz feiner Nieselregen hatte eingesetzt. Am Himmel war ostwärts noch immer ein schmaler Goldstreifen zu sehen, aber im Westen waren schwarzviolette Wolken hinter den langen, melancholischen Schatten der Eichen aufgezogen.

Máire trug einen schwarzen Rock, flache Sandalen und eine schwarze, ärmellose Bluse, die sie vor dem Bauch geknotet hatte. Der einzige Schmuck, den sie trug, bestand aus einem dünnen Ehering am linken Ringfinger und dem Goldmedaillon ihrer Großmutter um den Hals. Sie löste den Knoten und versuchte, den krausen Stoff mit den Händen glatt zu streichen. Trotz der Wärme war ein entblößter Bauch auf einem Friedhof unangemessen.

Sie warf einen Blick auf ihre Armbanduhr. Sie musste sich beeilen. In einer knappen Dreiviertelstunde wurde der Friedhof geschlossen.

Sie warf sich einen dünnen, gestrickten Schal um die Schultern, griff nach ihrer Schultertasche und dem Strauß Wildblumen auf dem Beifahrersitz und schlug die Tür zu. Der kleine Strauß war etwas verwelkt, aber das spielte keine Rolle. Der Tote würde sich nicht beklagen, und alles außer einer New-Orleans-Blasmusikkapelle, einem Gospelchor und einer Parade wäre ohnehin Untertreibung.

Ihr Mobiltelefon piepte störend in der Tasche. Máire holte es heraus und klappte es auf. Ein blinkendes Symbol wies darauf hin, dass der Akku leer war. Schon wieder. Sie hatte es eigentlich gerade erst an ihrem Zigarettenanzünder aufgeladen. Sie drückte eine Taste und legte das kleine Gerät seufzend in die Tasche zurück. Sie musste den Akku bei Gelegenheit austauschen.

Máire wandte den Blick Richtung Eingang. Zwei imposante Granitsäulen flankierten das schmiedeeiserne Tor, als würden sie über die Knochen der Toten wachen. Sie nahm die Schultern zurück, holte tief Luft und der klebrig-süße Duft der Blumen und der Geruch der nassen Erde auf dem Friedhof stiegen ihr in die Nase. Mit schmerzhafter Wehmut erkannte sie den Geruch wieder, und sofort begann es, hinter ihren Lidern zu brennen.

Tausend Tage waren seitdem vergangen, ebenso viele Nächte und eine schrecklich große Menge an Minuten und Sekunden der Sehnsucht und Leere. Reichlich Zeit, damit die Wunden heilten, könnte man denken. Aber es gab trotzdem Tage wie diesen – Jesses Todestag –, an denen sie spürte, dass die Wunden noch immer nicht geheilt waren, und sie fühlte sich genauso verloren und einsam wie damals, als er seine Augen für immer schloss.

Einsamkeit war für Máire nichts Neues. Als sie neun war, verlor sie ihre Eltern, die ihr nichts als einen keltischen Namen mitgegeben hatten, den niemand aussprechen konnte, wenn sie ihn buchstabierte. Die ganzen zwanzig Jahre lang hatte sie sich allein gefühlt, bis sie Jesse kennenlernte. Er gab ihr das Gefühl, einen Platz zu haben. Er schlang schützend seine Arme um sie, wirbelte sie im Kreis durch die Luft, bis sie sich ganz schwach fühlte vor Glück …

Und dann hatte das Schicksal das seine gefordert.

Sie hatte eingesehen, dass sie ihn loslassen musste: Sie *musste* ihn vergessen … oder sterben.

Sie hatte sich langsam aus ihrer Handlungsunfähigkeit herausgearbeitet, sein Haus verkauft (das sie schon längst hätte verkaufen sollen) und sein Auto, und hatte beschlossen, ihren Ehering an seiner letzten Ruhestätte zurückzulassen. Heute – drei Jahre nach seinem Tod.

Máire trat durch die Pforte und folgte dem Kiesweg ein kleines Stück. Er war schattig und so breit wie eine Allee – damit auch Autos und Pferdekutschen in den Friedhof hineinfahren konnten.

Es war ein sehr schöner Ort, auch wenn der Verfall deutlich spürbar war. Sie ließ ihren Blick über uralte, grüne Eichenbäume schweifen, die beide Seiten des Weges säumten, hoch aufragten und ein so verzweigtes Geäst hatten, dass es hoch über ihrem Kopf ein grünes Himmelsgewölbe bildete – fast wie die Antwort der Natur auf eine gotische Kathedrale. Lange Büschel von spanischem Moos hingen wie Schleier von den Ästen. Sie bewegten sich wie Gespenster im ewig heißen Wind.

Máire ging an Sektion M vorbei, dem ältesten Teil des Friedhofs mit den grauen, gespenstischen Mauern, die von weißen Kletterrosen umrankt wurden. Dieses Gewölbe, das einer Klöppelarbeit glich, hätte genauso gut das Tor zum Ende der Welt sein können. Máire steckte den Kopf durch den Torbogen und sah hinein. Üppige Engelsstatuen mit blinden weißen Augen reckten ihre schlanken Arme hier und dort zwischen Blumen und Schlingpflanzen hervor. Diese düsteren Statuen hatten etwas Faszinierendes und gleichzeitig Abstoßendes, da sie mit der Zeit schwarz geworden waren und ihre Gesichter wie schmerzverzerrt wirkten. Sie sahen überraschend lebendig aus! Máire verspürte jedes Mal den verrückten Wunsch, die Arme auszustrecken, um sie zu berühren. Ihr schauderte unwillkürlich, und sie kehrte zu Sektion A zurück.

Ein Unwetter zog in der Ferne auf und kam rasch näher. Erste große Regentropfen fielen. Máire beschleunigte ihren Schritt und bog nach links in ein Labyrinth aus schmalen Pfaden ein, die zum Fluss hinunterführten. Sie kam an Grabreihen vorbei, an Mausoleen mit rostigen Ketten und schiefen schmiedeeisernen Pforten. Hunderte Kinder, Frauen und Männer, die keine Menschen aus Fleisch und Blut mit Bewusstsein mehr waren, waren zu kalten Knochen in modernden Särgen zerfallen.

Zwischen den verwitterten Grabsteinen, Gedenktafeln und Kruzifixen ragten vereinzelte Monumente in die mächtigen Kronen der Eichen.

Máire fand es beinahe komisch, dass sich einige selbst nach ihrem Tod noch so profilierten, während sich andere einer nahezu selbstauslöschenden Bescheidenheit befleißigten. Aber der Bonaventure-Friedhof war in seiner ganzen üppigen Südstaatenpracht im Grunde nichts für jene, die in aller Stille vergessen, verbrannt und zur ewigen Ruhe gebettet sein wollten.

Máire hielt bisweilen inne und betrachtete Bilder von Heiligen mit Glorienscheinen und Engeln mit Flügeln, die auf Wolken saßen, oder schlichte gerahmte Porträts auf den Grabsteinen. Sie las die Inschriften – zwei Daten und ein Name (die eines Tages auch von ihr bleiben würden) – mit fast morbider Faszination. Einige waren so alt und schwarz geworden, dass sie sich nur mit Mühe entziffern ließen.

Als sie zwanzig Minuten später am Ende des Pfades

anlangte, blieb sie kurz vor dem großen, eindrucksvollen Grabmonument von General Lawton stehen, das Jesus an der Himmelspforte zeigte, dann überquerte sie die Rasenfläche mit Espenlaub, die bis zum Wilmington River reichte. Am Ufer hielt sie inne.

Laubfrösche quakten im Chor. In ihrer Tasche piepte ihr Handy wieder, aber sie hörte es kaum. Schwarze Wolken zogen am Himmel über sie hinweg wie zerrissene Spinnweben, und die Dämmerung verdunkelte sich eine Sekunde lang.

Die Regentropfen, die nun dichter fielen, brachten Bewegung in die glatte Wasseroberfläche des Flusses, die sich in Tausende winzige zitternde und funkelnde Ringe verwandelte. Der kleine Blauregen und die Bougainvillea schlossen ihre Blüten und neigten anmutig ihre Köpfe. Máire bekam einen Kloß im Hals. Hier war es, genau an diesem Ort, wo sie Jesses Asche über dem Wasser ausgestreut hatte. Das war sein Wunsch gewesen. *Sein Ort!* Er hatte den Bonaventure geliebt und war als Kind zusammen mit seinem jüngeren Bruder immer gern hierhergekommen. »*Wir haben dort auf der Anhöhe gesessen mit Blick auf das schwarze Wasser des Flusses und uns gegenseitig Spukgeschichten vorgelesen, während die Schatten der Äste hinter uns immer länger wurden und wir uns immer mehr fürchteten, bis wir uns vor Angst fast in die Hose gemacht hätten, und der Bonaventure wieder von den Tausenden sehnsuchtsvollen Seelen heimgesucht wurde, deren Knochen und Asche unter den wispernden Blättern ruhen … ich schwöre, Máire, ein paar Mal konnten wir sogar den schlurfenden Schritt der Toten hören. Oft blieben wir bis zum Morgengrauen. Denn wenn der Morgen über dem Bonaventure dämmert, kann man die Asche der Toten in der Luft über dem Fluss flimmern sehen.«*

Bruchstücke ihrer Erinnerungen tauchten vor Máires innerem Auge auf. Ein sengend heißer Nachmittag. Schwarze, funkelnde Autos. Ein Flugzeug, das seinen Kondensstreifen am Himmel hinter sich herzog. Ein Blumenmeer, das den Boden bedeckte. Weiße Rosen und Lilien: der Geruch nach Tod und Beerdigung. Das leichenblasse Gesicht ihrer Schwiegermutter, tränenüberströmt, den Blick in weite Ferne gerichtet. Gesenkte Köpfe. Schwarz und grau gekleidete Menschen, Tanten und Großtanten, die sie bis dato (oder seitdem) nicht gesehen hatte, Fremde, die stehen blieben, um ihr ein paar Worte zu sagen und ihr die Hände zu drücken. Sie selbst: stumm, am Boden zerstört und vollkommen leer.

Auch wenn sie sich an den Großteil der Beisetzungszeremonie nicht mehr so genau erinnerte, hatte sich der schwere und bedrückende Augenblick, als sie die Urne leerte, für immer in ihr Gedächtnis eingebrannt. Sie würde nie vergessen, wie der graue Staub durch die Luft geschwebt war und sich nicht – wie es schien – auf der Wasseroberfläche hatte niederlassen wollen. Als hätte er die Naturgesetze außer Kraft gesetzt, um auf der Schwelle in die Ewigkeit zu verweilen. Dann schien der Staub an ihr zu kleben, an ihren klammen Kleidern und auf ihrem warmen Gesicht.

Lange, nachdem die Trauernden gegangen waren, konnte sie die Asche über dem Fluss in der Luft flimmern sehen und den Geruch in der Dämmerung einatmen … »*Wenn der Morgen über dem Bonaventure dämmert, kann man die Asche der Toten in der Luft über dem Fluss flimmern sehen.*«

Die Vergangenheit wich der Gegenwart, und Máires Augen füllten sich mit Tränen. Eine kühle Brise wehte um ihre Nase und zog an ihrer Bluse, sodass sich der feuchte Stoff mit einem schmatzenden Geräusch von ihrer Haut löste.

Sie senkte den Kopf und sprach ein Gebet für Jesses Seele … auch für ihre eigene Seele sprach sie ein Gebet, selbst wenn Gott vor langer Zeit schon in ihrem Herzen verblasst war – aber ein Gebet konnte schließlich nicht schaden … Sie brauchte Vergebung. Sie brauchte Seelenfrieden. Und dieser Friedhof mit seinem ganz eigenen, stillen, in sich gekehrten und malerischen Verfall hatte etwas an sich, das den Tod auf beinahe magische Weise romantisierte und den Glauben an Gott stärkte, obwohl Jesses Todeskampf überhaupt nichts mit Romantik zu tun gehabt hatte.

Und Gott war auch nicht da gewesen.

Jesse Mercer hatte sich in der Weihnachtszeit schlecht gefühlt. Am vierzehnten Juni wurde in seinem linken Oberschenkelknochen ein maligner Knochentumor in fortgeschrittenem Stadium diagnostiziert – eine seltene und aggressive Tumorart. Am ersten Juli wurde ihm das Bein unterhalb der Hüfte amputiert, darauf folgte eine Chemotherapie, die ihn so krank machte, dass man von Tierquälerei gesprochen und ihn aus reiner Barmherzigkeit eingeschläfert hätte, wäre er ein Hund gewesen. Danach streute der Krebs blitzschnell in beide Lungen und in den Brustkorb. Am siebten August, während er zitternd und wimmernd darum bat, sterben zu dürfen, gab sein spindeldürrer, vom Krebs gebeutelter Körper den ungleichen Kampf auf.

Er wurde dreiundvierzig.

Und Máire trat in den Schattenkreis des Witwenstandes, vier Tage vor ihrem dreißigsten Geburtstag.

Auch in schlechten Zeiten hatte Máire stets ihren Optimismus bewahrt, aber in den Wochen nach Jesses Tod hatte sie sich wie jemand benommen, der sterben wollte. Wenn sie wach war, dachte sie ununterbrochen an ihn und daran, wie er gelitten hatte. Sie sah sein Gesicht im Krankenbett vor sich, die schmerzerfüllten, dunkelblauen Augen, die schier durch sie hindurchblickten, und sie hörte seine gespenstische Stimme in ihrem Kopf widerhallen: *Du sollst nicht um mich trauern. Versprich mir das! Du sollst glücklich sein, Máire.* Und nachts träumte sie davon, wie er in dem mit grauem Samt ausgekleideten Sarg verbrannte. Das war unerträglich.

Mehrmals während der Stunde, in der Jesse mit dem Tod rang, und selbst auf der Schwelle ins Jenseits, kurz bevor das Licht in seinen Augen erlosch, er ihre Hand losließ und für immer außerhalb ihrer Reichweite war, hatte sie ihm versprechen müssen, dass sie ihn nicht unter der Erde verrotten lassen würde. Dieses Versprechen hatte sie gehalten. Sie hatte alles genauso gemacht, wie er es sich gewünscht hatte. Trotzdem musste sie daran denken, wie die Flammen ihn völlig vernichtet hatten … und daran, ob seine toten Glieder trotz allem etwas davon gespürt hatten.

Zu jener Zeit lebte sie zwar in dieser Welt, wollte jedoch lieber zusammen mit Jesse auf die andere Seite gelangen und Hand in Hand mit ihm in die Ewigkeit spazieren. Und die Todespforte stand offen: Sie stand weit offen. Der Schmerz über seinen Verlust war einfach zu groß, um ihn zu ertragen. Die Leere tat so weh, dass sie liebend gern ihr Leben dafür gegeben hätte, nur um darauf verzichten zu können, und sie tat sich selbst unermesslich leid. Sie begann zu trinken und Tabletten zu schlucken – oft beides gleichzeitig –, denn sie hatte ja keinen Grund mehr zu leben. Jedenfalls keinen Grund, der ihr zu dem Zeitpunkt eingefallen wäre.

Elf Tage nach Jesses Tod verlor Máire ihr Kind, ohne sich überhaupt darüber im Klaren gewesen zu sein, dass eine Schwangerschaft bestand. Und als sie eingeliefert wurde, wahnsinnig vor Schmerz und Trauer, hatte sie eine Woche lang nichts zu sich genommen – außer ihrem Cocktail aus Antibiotika, Alkohol und Antidepressiva – und war kurz davor, vollkommen zusammenzubrechen. Gefangen im Schmerz und dem schwarzen Abgrund, in den kein einziger Lichtstrahl fiel, saß sie in ihrer Zelle. Ihr Egoismus und das armselige Streben nach Selbstauslöschung hatten dazu geführt, dass sie ihr Baby verloren hatte: Jesses Erbe und Nachkomme.

Und danach kam sie jede Nacht an den Punkt, an dem die Vergangenheit in ihren Träumen zum Leben erwachte.

Nun, drei Jahre später, hatte sie einen Strich unter ihren Schmerz und ihre Trauer gezogen. Stabilität und Regelmäßigkeit bestimmten ihr Dasein, und ein Fünkchen Lebenswille war auch zurückgekehrt. Doch es gab noch immer vieles, was es zu überwinden galt. Zaghafte Träume nahmen mit der Zeit Form an, aber schon bei einem einzigen Wort schlug ihre Stimmung um. Sie nahm abends immer noch Tabletten, damit sie einschlafen konnte, und dennoch hatte sie seit Jahren nicht gut geschlafen.

Sie musste sich auch regelmäßig daran erinnern, dass ihre Zeit mit Jesse abgeschlossen war. Jetzt waren es nur die Gespenster, die mit ihren Ketten rasselten. Aber welche Frau würde nicht auf dem Höhepunkt des Glücks verweilen, wenn sie könnte – auch wenn das Wiedersehen mit dem Glück nur aus Erinnerungen bestand?

Máire ging in die Hocke und betrachtete das silbriggrüne Wasser des Flusses, das gegen das Ufer schwappte, und einen Augenblick lang dachte sie, Jesses vom Tod gezeichnetes Gesicht zu sehen.

Dann verschwand das Gesicht wieder.

Máire weinte, ohne es zu merken, und zog den dünnen, mit Brillanten besetzten Ring aus Weißgold, das Symbol ihrer Liebe, vom Finger. Sie musterte ihre Hände. Lange, schlanke Pianistinnenfinger. Sie hatten ähnliche Hände gehabt, das wusste sie noch, auch wenn seine viel größer als ihre gewesen waren. Sie umklammerte den Ring, dann öffnete sie ihre Faust und ließ ihren Blick auf dem kleinen, feinen Goldschmuck ruhen.

Der Regen strömte an ihren Wangen hinab und rann über ihre Finger, die Tropfen sammelten sich in einer kleinen Pfütze um den Ring herum.

Nie wieder würde sie gemeinsame Nächte mit Jesse erleben, nie wieder würden sie auf der Veranda am

Holztisch sitzen und Café au Lait trinken, den Zikaden lauschen und reden, bis die Sonne wieder aufging. Die überwältigende Kraft der Liebe war auf einen übermächtigen Gegner getroffen. Sie musste lernen, damit zu leben, sagte sie sich. Jesse war tot und nicht mehr da, sein Leben war unwiederbringlich vorbei.

Aber sie lebte weiter, ohne es zu merken, sie vergeudete Tage, Wochen und Jahre. Unterdessen schien es, als hätte sie eine Art Unsterblichkeit in ihrem Leben erlangt, mit dem sie inzwischen recht zufrieden war, aber gleichzeitig war sie dazu verdammt worden, ruhelos und ziellos auf der Erde umherzuwandern, wie ein anderes immaterielles Wesen, ein Geist.

»Wenn mir nur jemand helfen könnte«, flüsterte sie.

Máire tauchte ihre Hand ins Wasser und ließ den Ring langsam los. Wie kalt das Wasser war!

Der Himmel hatte sich über dem Fluss tiefgrün gefärbt, die Sonne war untergegangen und der Ring verlor sich sofort in dem dunklen Wasser, als hätten die Finger eines Phantoms ihn entgegengenommen.

Kniend warf sie die wilden Blumen auf das Wasser. *Leb wohl, Liebster ... vergib mir, was ich getan habe und nicht ungeschehen machen kann.*

Eine Feldlerche flog zwitschernd vorbei. So ätherisch wie ein Engel schwebte der kleine Vogel über die Wasseroberfläche, kreiste ein paar Mal neugierig um die Blumen, verlor dann das Interesse und verschwand mit drei raschen Flügelschlägen Richtung Gewitterhimmel.

Máire war fest entschlossen, auf Selbstmitleid zu verzichten, aber durch ihre Tränen hindurch, die immer weiter strömten, sah sie die Blumen wie winzige bunte Glasglocken auf dem Wasser schwimmen.

Am Horizont donnerte es, der Regen prasselte nieder, und Máire war so durchnässt, dass ihr langes blondes Haar tropfnass in ihr Gesicht hing.

Es war Zeit zu gehen.

Sie starrte noch einmal auf den Fluss und versuchte, Jesses Gesicht für immer festzuhalten, während sie sich mit dem Rücken ihrer nun ringlosen Hand über die Stirn wischte. Dann erhob sie sich, um den Bonaventure-Friedhof zum vierten Mal zu verlassen.

Und in Gedanken wandte sie sich um und ging, aber tatsächlich hielt sie inne. Sie blieb stehen, bis die Dämmerung in den Abend überging und die Stille von näherkommenden Schritten unterbrochen wurde und eine liebenswürdige Südstaatenstimme sagte: »Der Friedhof schließt in fünf Minuten, Ma'am!«

Máire schloss die Augen, Tränen rannen ihre Wangen hinab, und sie begann zu schluchzen, dass die Schultern zuckten.

2

Máire fuhr einen Land Rover, schwarz, geräumig und neu. Sie hatte ihn von einem Teil des Geldes gekauft, das sie beim Verkauf von Jesses Haus in New Orleans erhalten hatte. Máire hatte das Haus geerbt und hätte es gerne behalten, aber sie wusste, dass sie es nicht ertragen würde, darin zu wohnen. Es gab viel zu viele Erinnerungen.

Auf der Rückfahrt nach Charlotte während der Nacht hörte Máire Musik von Jimmy Buffett, der von Margaritaville, unvergesslichen Momenten und der dahingehenden Zeit sang. Sie liebte diese alten rührseligen Songs.

Sie befand sich auf einem schrecklich holprigen und kurvigen Fahrweg etwa fünfzehn Kilometer nordwestlich von Savannahs Stadtgrenze entfernt – glaubte sie zumindest: Das war das Ergebnis ihres dummen (und bislang missglückten) Versuchs, eine Abkürzung zu nehmen. Sie kannte sich nicht aus, ihr GPS funktionierte nicht mehr, und sie hatte keine Karte. Es gab keine Straßenbeleuchtung, und die Bäume zu beiden Seiten der Fahrspur waren kohlrabenschwarz.

Die Wettervorhersage im Radio hatte gemeldet, dass der Sturm noch nicht in die Orkankategorie eingestuft worden war, aber es fehlte nicht mehr viel. Er näherte sich mit einer Geschwindigkeit von einhundert Stundenkilometern, und es wurde empfohlen, zu Hause zu bleiben und nicht mehr Auto zu fahren. In Máires Augen glich der Sturm bereits einem Orkan. Hin und wieder wurde ihr Wagen von einer Windböe erfasst, sodass er schlingerte und sie befürchtete, er würde sich überschlagen. Die schmale Fahrbahn war übersät mit abgeknickten Zweigen und größeren Ästen.

Die dunkle Nacht drückte gegen die Scheibe, aber Máires Augen hatten sich so weit an die Dunkelheit gewöhnt, dass sie die Silhouetten der Bäume ausmachen konnte. Und auch wenn sie gegenwärtig nicht genau wusste, wo sie war – und der Abstand zwischen den einzelnen Häusern war größer und größer geworden –, war sie sich einigermaßen sicher, dass sie bald auf die Hauptstraße stoßen würde. Das Wasser musste sich zu ihrer Rechten befinden, hinter den Bäumen, und Beaufort auf der anderen Seite.

Sie schielte etwas nervös auf die Tankanzeige und bemerkte, dass die kleine rote Warnlampe nun konstant aufleuchtete: Zum Teufel, ausgerechnet jetzt musste ihr das Benzin ausgehen. Die Gegend war verlassen, das Wetter schlecht. Es waren mindestens zwanzig Minuten vergangen, seit sie andere Autos gesehen hatte.

Am späten Nachmittag, bevor das Unwetter losgebrochen war, hatte Máire in Richmond Hill in einem ländlichen Restaurant zu Mittag gegessen und anschließend getankt. Ihre Kenntnisse über Autos beschränkten sich darauf, Öl und Wasser nachzufüllen, aber sie weigerte sich zu glauben, dass sie in anderthalb Stunden vierundsechzig Liter Benzin verbraucht oder der Tank ein

Loch hatte. Entweder war mit der Benzinanzeige irgendetwas nicht in Ordnung, oder der junge Mann von der Tankstelle hatte sie angelogen, als er sagte, der Tank sei voll. Sie war geneigt, Letzteres zu glauben, und verfluchte ihn im Stillen. Sie drückte das Gaspedal tiefer durch, als wollte sie so weit wie möglich kommen, bevor der Tank leer war.

»Fünfunddreißig Zentimeter freie Höhe unter der Karosserie und Vierradantrieb«, hatte der Autohändler gesagt. Jetzt war sie froh über die hoch angebrachten Achsen und den Vierradantrieb, denn der Fahrweg war inzwischen von Morast und tiefen Pfützen abgelöst worden. Dieser Wagen war für schwierigeres Terrain gebaut, etwa für Unterholz oder Sumpf. Ein gewöhnliches Auto hätte sich im Matsch festgefahren oder auch in den im Weg liegenden Ästen und gewölbten Wurzeln der Eichen, die an manchen Stellen von einer Seite des Fahrwegs zur anderen reichten.

Obwohl das krachende Donnergrollen nur noch als Grummeln zu hören war und die Blitze nur noch gelegentlich am Himmel zuckten, fiel der Regen noch immer in Strömen. Die Scheibenwischer rasten auf höchster Stufe über die Windschutzscheibe, und Máire hatte Mühe zu sehen, wo der Wegesrand endete und der Straßengraben begann.

Sie kniff die Augen zusammen und beugte sich in ihrem Sitz ein kleines Stück vor. Die Landschaft erschien durch die verregnete Scheibe verschwommen und verzerrt. Die Äste der Bäume schlugen im Wind gegeneinander, und hinter den schwarzen Schatten der Stämme konnte sie vage einen Weidezaun aus Stacheldraht ausmachen, der an manchen Stellen umgeknickt war.

Plötzlich bemerkte Máire eine Bewegung zwischen den Bäumen, aber bevor sie erkannte, was es war, stürzte es auf die Fahrbahn. In einem schrecklichen Augenblick wurde ihr klar, dass sie nicht rechtzeitig bremsen konnte.

Trotzdem trat sie auf das Bremspedal, riss das Steuer scharf nach rechts und pflügte durch den Matsch, direkt auf den Graben zu. Das Auto schlingerte, Máire schlug mit dem Kopf gegen das Seitenfenster, und im nächsten Moment merkte sie, wie sie im Sitz hochgeschleudert wurde, so als würde sie zu schnell über eine Fahrbahnschwelle fahren. Danach kam der Land Rover abrupt zum Stehen, und der Motor ging aus.

Der Regen trommelte auf das Autodach, die Scheibenwischer sausten über die Scheibe und Jimmy Buffett begann mit *Brown Eyed Girl.*

Máire warf einen angstvollen Blick in den Rückspiegel, sah aber nichts als die roten Bremslichter, die sich im Schlamm hinter dem Auto spiegelten ... oder war das Blut?

Oh Gott, war es Blut?

Mit laut klopfendem Herzen stieg sie aus dem Wagen. Kalter Regen peitschte ihr entgegen und fühlte sich wie tausend winzige geballte Fäuste an, die ihr ins Gesicht schlugen. Ihre Bluse und ihr Rock wurden vom Wind gegen Rücken und Beine gedrückt und flatterten vor ihrem Körper wie Segel. Ein Schaudern durchfuhr ihre Gliedmaßen, und sie bekam eine Gänsehaut am ganzen Körper. Die Schultern bis zu den Ohren hochgezogen drehte sie sich um.

Die Situation glich einem Albtraum. Die Gestalt lag zusammengekrümmt unter einer großen Eiche im Matsch, deren Äste bis zur Erde hinabreichten. Den schlanken Gliedmaßen und dem langen schwarzen Haar nach zu urteilen, musste es sich um ein Mädchen oder eine junge Frau handeln. Sie trug einen knöchellangen Stofffetzen mit abstehender Halskrause, der Máire an ein zerlumptes Totenhemd erinnerte. Der Körper wirkte steif und starr, das Gesicht war verdeckt.

Máire selbst stand reglos da, eine ganze Nacht lang – so kam es ihr jedenfalls vor –, während der Regen auf sie niederströmte, ihre Kleider durchnässte und ihr das Haar ins Gesicht peitschte. Sie wartete darauf, dass sich die Gestalt rührte. Sie konnte einfach nicht glauben, dass sie sie getötet hatte: Sie glaubte nicht einmal, dass sie sie angefahren hatte.

Máire starrte wie in Trance auf die konkave Linie ihrer Wirbelsäule, die im Schein der Innenbeleuchtung ihres Geländewagens unnatürlich skelettartig aussah, und die Knochen zeichneten sich deutlich unter dem nassen Stoff ab.

Es geschah nichts.

Die Sekunden verstrichen.

Der Regen prasselte nieder.

Sie musste sich zusammenreißen.

Máires Beine zitterten, als sie sich unsicher in Bewegung setzte, so als watete sie durch eine Mauer aus Wasser. Drinnen im Wald brach krachend ein Ast. Máire schnappte nach Luft und spähte zwischen die massiven Stämme. Sie kniff die Augen zusammen, der Regen blendete, aber sie sah nichts außer Finsternis, verbogenem Stacheldraht und knorrigen Ästen, an denen der Wind zerrte.

Máire fror.

Die Nacht war ungewöhnlich kalt, und sie fühlte sich auf einmal unwohl. »Ist da jemand?«, rief sie. Ihre Stimme wurde von Wind und Regen übertönt. Sie schlang die Arme um ihren Körper und sah sich um, intuitiv wusste sie, dass da draußen jemand war.

Ein Wimmern.

Máire fuhr herum.

Die Gestalt bewegte sich.

Gott sei Dank! Sie lebte!

Máire lief zu dem zusammengekrümmten Körper und kniete sich in den Matsch.

Die Frau zuckte. Máire streckte den Arm aus und legte beruhigend eine Hand auf ihre Schulter. Kleid und Haar waren tropfnass, und sie schlotterte am ganzen Körper, als hätte sie Fieber.

Máire konnte ihre rasselnden Atemzüge durch den strömenden Regen hindurch hören und nahm einen unangenehmen, stechenden chemischen Geruch wahr, den die Frau ausströmte. Irgendwie kam er ihr bekannt vor. Etwas Ähnliches hatte sie schon mal gerochen: Kampfer und Alkohol vielleicht, oder Ammoniak gemischt mit verwesendem Fleisch. Sie atmete den Geruch tief und verwundert ein, konnte ihn aber trotzdem nicht genauer einordnen.

Die Frau stöhnte vor Schmerzen, und mit einer ungeheuren Kraftanstrengung drehte sie den Kopf, blinzelte in den Regen und fixierte Máire desorientiert.

Máire unterdrückte einen Aufschrei.

Das Gesicht glich einer Totenmaske an Karneval: Ein Netz aus spinnwebendünnen Adern zeichnete sich unter der nassen, frostweißen Haut ab. Lippen und Wangenknochen waren blauschwarz, als hätte sie irgendein verrückter Maskenbildner wie ein Vampir geschminkt. Die Fingernägel waren schwarz lackiert. Ein Auge war geschwollen und kaum noch zu sehen, aber in der Dunkelheit der Nacht wirkte es wie ausgestochen wie bei einem ausgehöhlten Kürbis. Sie war mager und schrecklich runzlig, obwohl sie noch nicht alt war, fünfundzwanzig vielleicht.

Der Anblick war unerträglich, Máire wandte sich ab und sah gen Himmel; die Frau sah aus wie eine Tote, die noch nicht tot war.

Máire holte tief Luft. Der Geruch, der fürchterliche Verwesungsgeruch, der den Eindruck noch verstärkte, als wäre die Frau gerade einem kalten Grab entstiegen, verursachten bei Máire Übelkeit und Brechreiz, aber der Regen war frisch und rein, und sie ließ seine Tropfen auf ihr Gesicht niederprasseln.

Dann schnitt sie beschämt eine Grimasse und zwang sich, ihren Blick wieder auf die Frau zu richten. Diese bewegte die Lippen, als wollte sie etwas sagen, sie brachte jedoch kein Wort heraus, weil ihre Zähne wie Kastagnetten klapperten. Der Lippenstift war verwischt, und die angetrocknete Farbe an ihrem Mund glänzte wie Blut.

Máire schauderte, aber sie wurde gleichzeitig von unbeschreiblicher Schwermut übermannt, von der gleichen Schwermut, die sie auch auf dem Bonaventure-Friedhof empfunden hatte. Sie rollte ihren Schal zusammen und legte ihn der Frau unter den Kopf. »Es tut mir wirklich leid … ich habe Sie gar nicht gesehen«, sagte sie mit belegter Stimme. »Sie haben … also, Sie haben sich im Gesicht verletzt … und ein Auge ist … Ich weiß nicht, ob das gerade eben passiert ist … Oder vielleicht ist Ihnen ein Zweig ins Gesicht geschlagen?« Máire atmete den widerlichen Gestank ein und schluckte.

Die Frau führte ihre Hand an die rechte, misshandelte Gesichtshälfte, sodass die weiten, mit Klöppelspitze besetzten Ärmel nach oben rutschten. Ihre Finger waren wie Rattenklauen nach innen gekrümmt, aber es waren ihre Unterarme, die Máires Aufmerksamkeit auf sich zogen, obwohl die dunkle Nacht gnädigerweise die schlimmsten Details verhüllte. Ein Arm sah steif aus und war genauso durchsichtig wie Sodawasser mit Eis. Der andere schien nur aus einem Netz von Stichverletzungen, Adern und geplatzten Blutgefäßen zu bestehen.

Máire starrte sprachlos auf ihre Arme. Bei dem Anblick drehte sich ihr der Magen um, und der Gestank machte die Übelkeit noch schlimmer. Irgendetwas daran kam ihr bekannt vor – so wie Spezialeffekte in Filmen. Aber das hier war kein Film. Es war Wirklichkeit – Wirklichkeit, die der Fantasie nur zu ähnlich sah.

Máire fiel auf, dass ein dünner farbloser Schlauch in ihre Nase hineinführte. Und ein eiskalter Schauer lief Máire langsam den Rücken hinab, als sie ihren Blick weiterschweifen ließ. Die Frau hatte Blut an den Beinen, und irgendwelche metallischen Gegenstände ragten aus dem Halsausschnitt ihres stockfleckigen Gewandes heraus. Máire musterte es einen kurzen Augenblick schweigend. Dann schob sie den Stoff vorsichtig zur Seite, voller Angst, was sie darunter entdecken würde.

Die Frau hatte eine seltsame Apparatur auf dem Brustkorb, die einer milchig-durchsichtigen Batterie in Übergröße glich, und ihr Körper war mit Pflasterstreifen versehen und mit blinkenden Apparaten sowie einem Wirrwarr aus Kabeln, Kupferdrähten und Messinstrumenten verbunden.

Máire unterdrückte die nächste Welle von Übelkeit. In der trüben Flüssigkeit der Batterie bewegte sich irgendetwas. Sie konnte nicht genau erkennen, was es war, aber es glich einer Schlange ... *Maden?*

Máire schlug die Hand vor den Mund.

Was zum Teufel ...?

Máire dachte an einen Cyborg, dessen Körperfunktionen von mechanischen oder elektronischen Apparaten gesteuert werden. Aber sie spürte instinktiv, dass hier irgendetwas nicht stimmte und dass es nicht nur um derartige Hilfsmittel ging, sondern um etwas ganz anderes. Sie dachte an medizinische Zusammenhänge, und auch wenn sie persönlich in Verbindung mit Jesses Krankheitsverlauf Zeugin einiger der schlimmsten Ungeheuerlichkeiten der Medizin geworden war, widersprach dies hier allem, was menschlich und natürlich war.

Sie schluckte, nahm vorsichtig die weiße Hand der Frau und fühlte das kleine bisschen Körperwärme, das noch geblieben war. Sie war so unendlich zerbrechlich.

»Was um alles in der Welt ist mit Ihnen passiert?«, flüsterte Máire. Ihr wurde sofort klar, dass ihre Frage nutzlos war. Aber die Frau antwortete – oder versuchte es zumindest. Sie stieß einen verzerrten, angstvollen Klageschrei aus und bewegte ihren geöffneten Mund, um ein Wort herauszubringen. Es bereitete ihr Mühe, die Wörter deutlich auszusprechen.

»Eingesperrt …«

»Sie waren eingesperrt? Wo denn?«

»Uh … unter der Erde! Sehr lange. Sehr, sehr lange.« Jeder ihrer Atemzüge war kurz, gehetzt und panisch.

Máire sagte: »Schsch, strengen Sie sich nicht unnötig an. Ich rufe einen Notarzt …«

Die Frau schüttelte den Kopf. *»Neinneinnein, sie kommen …«*, flüsterte sie eindringlich. Ihre Stimme war rau und hatte den typischen Tonfall von jemandem, der völlig panisch ist … oder Schlangen in der Cornflakes-Schachtel sieht.

»Sie kommen …«, schluchzte sie. Von ihrem unheimlichen Gesicht war nur ein Auge sichtbar. Ihr stand kalter Schweiß auf der Stirn. Die Frau begann, vollkommen unkontrolliert zu schlottern. *»Sie kommen … sie kommen! Sie dürfen uns nicht … nicht finden!«*

Máire sah sich um. Sie fühlte sich angreifbar und wehrlos. »Wer sind den *die?* Kennen Sie sie?«, wollte Máire wissen.

Die Frau versuchte etwas zu sagen, aber der Regen übertönte ihre Worte. Máire legte das Ohr an ihren Mund.

Die Frau flüsterte: *»Totenmänner!«*

»Totenmänner? ... Was ist das denn?«

»... furchtbare Sachen ... mit den Toten ... Totenporno!«

Totenmänner? Sex mit Toten? Was zum Teufel? Máire runzelte die Stirn. Wusste sie überhaupt, wovon sie redete?

Der Regen strömte herab, und der Wind heulte wie eine Meute Höllenhunde. Der Lärm wurde von einem lauten Knall übertönt, der aus dem Wald zu kommen schien. Zu ihrer Linken sauste so etwas wie ein silberner Blitz durch den Regen.

Máire erstarrte. Sie blickte zur Seite, ohne den Kopf zu drehen. Eine Sekunde verstrich, danach zwei, dann pfiff wieder etwas an ihr vorbei. Ein Blitz erhellte den Himmel, hell wie eine Sternschnuppe, die kurz darauf erlosch, und in dem flackernden Licht sah Máire einen Schatten zu ihrer Rechten aufscheinen. Im nächsten Moment kam von links ein anderer Schatten näher, und plötzlich schien es von Schatten, die sich bewegten, nur so zu wimmeln: Schatten von windgepeitschten Zweigen mit schweren Seilen aus spanischem Moos, die im Wind tanzten und sich gegenseitig und dem unruhigen Himmel das Licht streitig machten.

»Lauf!« Die Frau streckte einen Arm aus und rief mit belegter, verzweifelter Stimme in den Regen. *»Sie kommen ...«*

Bei Máire schrillten sämtliche Alarmglocken, ihr Gehirn arbeitete auf Hochtouren und ihr Herz raste, sodass ihr der Brustkorb wehtat. Sie konnte ein hysterisches, beinahe paranoides Gefühl von höchster Gefahr nicht unterdrücken. Obwohl sie weder anfällig für Hysterie noch für Paranoia war.

Dennoch redete sie beruhigend auf die Frau ein. »Sie brauchen keine Angst zu haben. Ich bringe Sie weg von hier. Wir müssen es nur bis zum Auto schaffen.«

Máire stand auf, packte die Frau resolut unter ihren schmalen Schultern und zog sie durch Matsch und Pfützen zu ihrem Geländewagen. Es war nicht einfach, das Gleichgewicht zu halten, denn die schwere Erde blieb an ihren Schuhsohlen kleben wie Treibsand und sie blieb mit ihren Sandalen ein paar Mal stecken. Aber schließlich gelang es ihr, die Frau gegen einen der breiten Reifen zu lehnen, ohne die Schuhe zu verlieren. Nun waren sie vom Wald aus nicht mehr zu sehen.

Máire konnte sie nicht hochheben. Sie schnaufte. »Wie heißen Sie?«

Die Frau zog die Augenbrauen hoch, als würde sie über ihren eigenen Namen nachdenken.

Máire streichelte ihre Wange.

»C.J.«, flüsterte sie.

»Sie müssen mir helfen, C.J. … glauben Sie, dass Sie das können?«

Die Frau nickte, holte tief Luft und krümmte sich vor Schmerzen. Ein hässlicher Blutfleck färbte ihr verschlissenes Hemd dunkelrot. Sie versuchte aufzustehen, doch sie konnte nicht. Ihr Gesicht war verzerrt, und sie wurde noch blasser: Es fehlte nicht viel, und sie würde das Bewusstsein verlieren.

Ein Windstoß erfasste Máires Haar, schlug es ihr ins

Gesicht, und aus dem Augenwinkel registrierte sie etwa dreißig Meter links von ihr eine Bewegung. Sie spähte in den Wald hinein. Schwarze Wolken fegten am Himmel über sie hinweg, Schatten schienen zu schweben wie riesengroße Fledermausflügel. Aber sie sah noch etwas anderes: Ein Schatten, kaum dunkler als die Nacht selbst, der aus seinem Versteck hinter einer Eiche nach vorn schoss, gebückt wie jemand, der einen Hexenschuss hat, und hinter einem anderen Baum verschwand.

Máire hielt den Atem an. Sie konnte auch die dunkle Verlängerung des Armes erkennen, ohne Zweifel eine Waffe: eine Flinte oder ein Jagdgewehr.

Jetzt bekam sie es wirklich mit der Angst. Irgendjemand da draußen schlich sich näher an sie heran. Máire wusste nicht, was das zu bedeuten hatte. Alles schien damit zusammenzuhängen, dass C.J. ein wichtiger Teil eines bösartigen wissenschaftlichen Experiments war. Oder der Täter hatte sie zu seinem eigenen perversen Vergnügen eingesperrt und misshandelt. Auch so etwas soll es bekanntlich geben.

Der Gedanke an die Grausamkeiten, denen die Frau ausgesetzt gewesen sein musste, und an die Person, die dieses widerwärtige Werk zu verantworten hatte, ließ Máire das Blut in den Adern gefrieren. Sie überlegte, wie lange der Kerl brauchen würde, um bis zu ihr vorzudringen. Sicherlich nicht besonders lange. Weniger als eine Minute? Weniger als eine *halbe* Minute?

Die Angst gab ihr Kraft, und sie legte vorsichtig C.J.s Arme um ihren Körper. Als würde das Mädchen kaum etwas wiegen, hob sie es auf den Beifahrersitz.

Máire schlug die Tür zu, lief um den Wagen herum, ließ sich auf den Fahrersitz fallen, verriegelte von innen die Türen und drehte den Zündschlüssel. Die Reifen drehten durch, dass der Matsch spritzte, dann griffen sie, und Máire trat das Gaspedal durch. Sie wollte nach Savannah.

3

Máire warf einen ängstlichen Blick über die Schulter und schaltete. »Guter Gott im Himmel! Ich glaube, er hat auf uns *geschossen!*« Es klang nicht so, als hätte jemand die Verfolgung aufgenommen, aber Dunkelheit und Regen machten es ihr unmöglich, das sicher zu wissen.

Der Regen wurde stärker und klatschte mit solcher Kraft gegen die Frontscheibe, dass sie kaum etwas sehen konnte. Die schmale Fahrspur war mit Wasser gefüllt und hatte sich an einigen Stellen in einen Fluss verwandelt, der in den Graben hinabrauschte. Tief hängende Zweige schlugen gegen Autodach und Seitenscheiben. Unter diesen Bedingungen konnte sie nicht schneller als fünfzehn oder zwanzig Stundenkilometer fahren. Sie dachte mit Schaudern daran, dass das kaum schneller war, als ein gut durchtrainierter Mann laufen konnte.

Máire atmete den furchtbaren Gestank ein, den C.J. ausströmte. Im Innern des Wagens war es, als würde man eine offene Kloake riechen. Máire öffnete ihr Seitenfenster so weit, dass ihr frische Luft ins Gesicht wehte, sie dabei aber nicht nass wurde.

Der Land Rover war nicht länger sicher. Er war eine Todesfalle. Sie schaltete die Scheinwerfer aus, damit ihr Wagen in der Finsternis unsichtbar war und eine schlechte Zielscheibe abgab, falls jemand darauf schießen wollte.

Sie gab Gas, musste das Tempo jedoch wieder drosseln. Der Wagen scherte so weit aus, dass sie einen Augenblick lang befürchtete, er würde umstürzen. Dann füllte Finsternis ihr gesamtes Gesichtsfeld.

Máire schaltete ärgerlich die Scheinwerfer wieder ein: Der Geländewagen war wieder eine erstklassige Zielscheibe in der Dunkelheit, aber es ließ sich nicht ändern. Dann fiel ihr das Mobiltelefon ein. Sie griff in ihre Tasche, holte das kleine Motorola heraus und klappte das Display auf.

Kein Netz. Auch das noch.

»Mist!«, rief sie – mit der unbehaglichen Gewissheit, dass sie nicht genug Benzin hatte, um bis nach Savannah zu kommen. Sie steckte das Handy rasch in den Akku, der mit dem Zigarettenanzünder verbunden war, und prüfte erneut, aber es gab auch jetzt kein Netz. Vielleicht hatte das etwas mit dem Unwetter zu tun? Sie wusste es nicht und versuchte, nicht in Panik zu geraten.

Sie legte vorsichtig ihre Hand auf die von C.J. und drückte sie leicht.

C.J. reagierte nicht. Máire warf ihr einen raschen Blick zu. Wie von der Welt vergessen und mit ausdrucksloser Miene saß sie da, die Augen traten aus ihren Höhlen. Aber sie bewegte die Lippen und stöhnte und wimmerte leise.

Máire gab mehr Gas, ohne dem roten Warnlämpchen Beachtung zu schenken, und der Motor beschleunigte. »Er kriegt uns nicht!« Sie sagte das voller Überzeugung, aber in ihr kroch die Furcht hoch, dass sie sich irrte.

Als sie einen Kilometer weit gefahren war, sackte die

Frau auf dem Beifahrersitz plötzlich in sich zusammen. Vielleicht schlief sie, vielleicht hatte sie das Bewusstsein verloren. Máire beließ es dabei – sie konnte ohnehin nichts unternehmen. Wollte sie sie retten, brauchte sie Hilfe. Sie probierte wieder ihr Handy. Immer noch keine Netzverbindung. *Verdammt noch mal!*

Sie blinzelte, damit ihr der Schweiß nicht in die Augen lief, aber die dunklen dichten Eichenbaumreihen zu beiden Seiten des Fahrwegs sahen ohnehin verzerrt und verschwommen aus bei diesem fast biblischen Wolkenbruch, und Máire konnte nichts zwischen ihnen erkennen. Sie schielte in den Rückspiegel und warf sogar einen Blick über die Schulter, denn sie rechnete jeden Augenblick damit, dass ein pfeifendes Projektil durch die Heckscheibe schlagen und eine von ihnen treffen würde.

Máire setzte sich kerzengerade hin. Vielleicht war C.J. von einer Kugel getroffen worden, die die Karosserie durchdrungen hatte? Vielleicht war sie deshalb zusammengesunken?

Sie musterte C.J. verstohlen, verwarf diesen Gedanken aber wieder. Das hätte sie gehört.

Doch dann geschah das Unglaubliche. Sie konnte gerade das verschwommene Lichtermeer von Savannah in der Ferne erkennen, als der letzte Tropfen Benzin verfahren war und der Motor aufgab.

Máire versuchte, Ruhe zu bewahren, aber sie spürte, dass ihr Herz schmerzhaft in ihrer Brust raste, und sie war kurz davor, in Panik zu verfallen. Jetzt musste sie die restliche Wegstrecke zu Fuß zurücklegen. Noch einmal warf sie einen Blick auf ihr Handy – wieder kein Netz.

Sie betrachtete C.J., die sich ähnlich wie ein Fötus in halb liegender Stellung zusammengekrümmt hatte. Máire versuchte, sie dazu zu bringen sich aufzurichten, aber es gelang ihr nicht. Máire konnte sie auch nicht bis nach Savannah tragen – nicht diesen weiten Weg, das war unmöglich.

C.J. konnte auf keinen Fall länger durchhalten. Sie konnte aber auch nicht im Wagen bleiben. Máire musste einen Platz finden, wo sie sie verstecken konnte, während sie Hilfe suchte.

»Kommen Sie, wir müssen in den Wald!« Máire sah sich um und sprang aus dem Auto. Der Regen prasselte nieder und versetzte ihr Stiche auf der Haut. Sie öffnete die hintere Tür und nahm eine alte Decke heraus, dann lief sie nach vorn, um C.J. aus dem Land Rover zu helfen.

Sie hob die halb ohnmächtige Frau vom Beifahrersitz in den strömenden Regen. C.J. schlug die Augen auf und stand schwankend auf ihren bloßen Füßen, während der Wind an ihren Kleidern zerrte und sie umzureißen drohte. Máire schlang die Decke um ihren zerbrechlichen Körper, hob sie hoch und trug sie zu den Bäumen am Waldrand. Máire blieb mit den Füßen in der nassen Erde stecken, konnte sich aber auf den Beinen halten.

Ein Schritt.

Noch ein Schritt.

Und noch einer.

Jeder Schritt war ein Kraftakt und eine unbeschreibliche Anstrengung. Rücken und Arme taten ihr weh, alle Muskeln und Glieder, sogar ihre Haut schmerzte. Auch wenn das Mädchen leicht war – vierzig Kilo etwa, das tropfnasse Hemd inklusive –, kam es Máire vor, als würde sie mit einem sperrigen Möbelstück auf einer Treppe balancieren.

Als Máire endlich den Wald erreichte, stolperte sie ständig über herabgefallene Äste und Wurzeln, die sich über den Boden schlängelten, und schließlich begannen ihre Knie zu zittern und versagten. Sie legte C.J. auf die nasse Erde.

Máire rang nach Luft und japste. Ihr Magen zog sich zusammen. Ihr Puls donnerte in ihren Ohren, und die Arme fühlten sich wie gespannte Gitarrensaiten an. Sie hatte gelesen, dass tote Menschen mehr wogen als lebendige. Hoffentlich war C.J. nicht tot.

»C.J., hören Sie mich?«, flüsterte sie.

C.J. gab keine Antwort.

»C.J.?«

Nichts.

Máire beugte sich herab und strich ihr über die Wange. Sie reagierte nicht. Máire legte zwei Finger an ihren Hals, um den Puls zu fühlen, und wurde mit einem schwachen, unregelmäßigen Pochen unter ihren Fingerkuppen belohnt. Sie spürte, wie ihr die Tränen in den Augenwinkeln brannten.

Einen Moment lang tat Máire nichts, sie stand vornüber gebeugt wie Quasimodo und versuchte, ruhig zu atmen. Ihr war klar, dass sie den gewonnenen Vorsprung schon wieder verloren hatten, und der Gedanke an die finstere Gestalt, die hinter ihnen her war, jagte einen neuen Adrenalinstoß durch ihren Körper. Sie sah sich um. Aber vor und hinter ihr gab es nichts zu sehen. Vielleicht hatte der Verfolger aufgegeben? Es ergab wenig Sinn, zu Fuß ein Auto zu verfolgen, und sie dachte etwas optimistischer an den einzigen Vorteil, der ihr einfiel: Der Verfolger konnte nicht wissen, dass der Tank so gut wie leer war.

Sie musste C.J. noch hundert Meter weitertragen, durch tückische Pfützen und Straßendreck, bis sie eine Stelle fand, an der die Baumkronen so dicht waren, dass der Regen nicht mit ganzer Wucht hindurchdrang. Dort legte sie C.J. vorsichtig ab. Máire sank neben ihr zu Boden. Sie brauchte eine Weile, bis sie sich gesammelt hatte und etwas sagen konnte.

»C.J., können Sie mich hören?«, wisperte sie. Sie erkannte ihre Stimme kaum wieder. »Sie müssen hierbleiben, weil ich Hilfe holen muss.«

C.J. stieß einen undefinierbaren Laut aus und verzog grotesk das Gesicht in dem Versuch, etwas zu sagen.

»Ich komme zurück, wenn ich Hilfe gefunden habe. Das verspreche ich!« Máire merkte, wie ihr die Tränen in die Augen traten und die Wangen hinunterrannen. Sie war alles andere als sicher, dass das Mädchen bei ihrer Rückkehr noch am Leben sein würde. Ihre Überlebenschancen waren ebenso trostlos wie der strömende Regen. Sie verspürte den großen Drang, sie zu beschützen. Und es war unfassbar deprimierend, dass sie ihr nicht besser helfen konnte. Máire zwang sich, nicht auf die innere Stimme zu hören, die ihr sagte, dass C.J. schon verloren war. Sie strich C.J. übers Haar und stand langsam auf, um keinen Krampf im Bein zu bekommen. »Ich komme wieder«, hauchte sie mit Nachdruck. »Ich schwör's!«

C.J. drehte sich plötzlich auf die Seite, streckte einen Arm in Máires Richtung und schrie auf. Máire bückte sich, nahm ihre dürre Hand und hielt sie fest.

»Schsch …« Máire sah sie an. Aus ihrem Mund tropfte Blut. Sie strahlte pure Angst und Panik aus, wie sie dort lag, leichenblass, mit bebenden Lippen und zitterndem, kraftlosem Körper, der vor allem einer mechanischen Vogelscheuche glich, deren Batterie fast leer war.

»Ich will mit …«

»Sehen Sie mich an, C.J. Ich werde Hilfe holen. Ich kann Sie nicht so weit tragen. Sie *müssen* hierbleiben. Verstehen Sie? Sie dürfen nicht weglaufen … sonst kann ich Sie nicht wiederfinden, wenn ich zurückkomme, ja?« Ihre Worte vermischten sich mit dem Sturzregen.

C.J. zog ihre Hand aus Máires und ruderte wild mit den Armen. Panisch, weil Máire sie zurücklassen würde, begann sie laut und gellend zu schreien.

»Schsch!« Máire ging wieder in die Hocke, nahm C.J.s Hand und zog sie an sich. »Ich bin hier, C.J. Ganz ruhig. Ich bin hier.«

Máire redete beruhigend weiter … von dem Haus in New Orleans, dass sie vor Kurzem verkauft hatte, von Dingen, an die sie sich erinnerte, von Orten, die sie besucht hatte, bis sie merkte, dass C.J.s Hand kraftlos geworden war.

Máire warf einen Blick über die Schulter. Wie lange hatte sie hier gesessen? Eine Viertelstunde? Zwanzig Minuten?

Es wurde kühl. Máire wusste, dass sie keine Zeit verlieren durfte, blieb aber noch einige Minuten neben C.J.

sitzen. Sie vermutete, dass sie an C.J.s Handgelenk vielleicht keinen Puls fühlen würde, und unternahm auch keinen Versuch.

Sie beugte sich über das Mädchen und wickelte sie in ihr zerschlissenes Hemd. Als C.J. vor dem Regen geschützt unter den Bäumen im Windschatten saß, rannte Máire los. Nordwärts, um Hilfe zu suchen.

4

Das alles glich einem fürchterlichen Traum, aber es war die unverfälschte Wirklichkeit. Ein Blitz erhellte den Himmel, und der Donner explodierte. Jetzt begann Poseidon, richtig zu toben. Der Wind blies in starken Böen vom Atlantik, brach Äste von den Bäumen und wirbelte sie durch die Luft.

Máire rannte und rannte, als säße ihr der Teufel im Nacken, aber es schien, als käme sie nicht vom Fleck. Der Wald war endlos, Savannah Lichtjahre entfernt. Auch der Regen schien schon seit den frühen Morgenstunden zu strömen und prasselte im Augenblick mit solcher Wucht herab, dass die Tropfen vom Boden abprallten und Matschspritzer Máires Gesicht trafen. Sie hörte den Regen und die Zweige zu Boden fallen und spürte jedes Mal einen stechenden Schmerz, wenn ihr die Blätter ins Gesicht schlugen. Sie lief so schnell sie konnte in ihren schweren, glitschigen Sandalen durch die Dunkelheit. Manchmal reichte ihr das Wasser bis zu den Knöcheln, dann wieder war der Erdboden verräterisch holprig und trocken an den Stellen, wo das dichte Blätterwerk der Bäume verhinderte, dass es durchregnete. Máire merkte, wie ihre Füße sich hoben, nach vorn schwangen und auf den Schlamm auftrafen. Jeder Atemzug bereitete ihr Schmerzen, und sie konnte den

Geschmack von Blut und Metall auf der Zunge spüren. Aber sie wusste, dass sie größere Probleme hatte als den Regen und ihre Schmerzen.

Die Vorstellung, dass jemand hinter ihr her war – dass alles nur ein Wettlauf mit der Zeit war –, ließ sie den Schmerz vergessen und die Panik in Schach halten.

In der Nähe – vermutlich hinter ihr – gab es einen lauten Knall. Ein Blitz zuckte durch die Luft und schlug in einen Baum ein, der mit lautem Krachen umstürzte. Sie glaubte, jeden Moment eingeholt zu werden, und wagte es nicht, sich umzusehen. War er ihr auf den Fersen? Oder hatte er aufgegeben? Der Wind heulte in den Baumkronen, und der prasselnde Regen übertönte ihre schnellen Schritte und ihren keuchenden Atem. Doch wenn jemand hinter ihr her war, würden auch die Geräusche seines Vorankommens übertönt werden.

Plötzlich bekam sie Seitenstechen und konnte nicht mehr weiter. Wenn sie die Beine hob, fühlte es sich an, als hätte sie Zement in den Schuhen. Sie versuchte, die schmerzenden Stiche hinter ihren Rippen zu ignorieren, atmete mit dem Zwerchfell, aber es tat immer noch weh, und sie musste langsamer laufen. Sie blickte sich um.

Sie konnte nichts erkennen. Nur die moosbehangenen, knorrigen Äste bewegten sich. Das hieß natürlich nicht, dass niemand da war. Es konnte ihr sehr wohl jemand auf den Fersen sein, im Schutz von Regen und Dunkelheit.

Sie entdeckte einen schmalen Pfad, der an einem Wasserlauf entlangführte. Nach einer kurzen Weile kam sie an eine Weggabelung – beide Wege schienen nach Süden zu führen, in Richtung der Lichter der Stadt. Sie lief durch ein paar tiefe, matschige Mulden im Erdboden auf eine Baumgruppe zu, die im Sturm hin und her schwankte. Sie lehnte sich an einen Baumstamm, stützte die Hände auf die Knie und holte Atem. Nach kurzer Unentschlossenheit wählte sie den rechten Pfad. Er schien der direkteste Weg zur Stadt zu sein.

Als sie sich umsah, um noch einmal einen Blick in die Nacht zu werfen, registrierte sie eine Bewegung im Augenwinkel. Máire schlug das Herz bis zum Hals. Die Gestalt war nur ein Schatten und schien von Baumstamm zu Baumstamm zu huschen, aber sie war sich sicher. Es handelte sich um die Umrisse eines Mannes in gebeugter Haltung, der mit langen federnden Schritten wie ein Dämon in einem bösen Traum voraneilte. Sie konnte nicht sagen, wie weit er entfernt war. Wie weit konnte sie sehen? Dreißig Meter? Zwanzig? Er war auf jeden Fall gefährlich nahe.

Máire geriet in Panik, ihr Magen zog sich zusammen, und sie drehte den Kopf. Obwohl sie durch den kalten, strömenden Regen die Stadt sehen konnte, wirkte sie nur wie ein blasser, unscharfer Lichtschein. Es war noch immer weit bis nach Savannah – sehr weit. Vielleicht war es auch immer noch weit bis zur nächsten asphaltierten Straße, bis zum nächsten Haus …

In dem Moment, als sie sich wieder umwandte, zuckte ein Lichtstrahl über den Baumstamm, hinter dem sie stand. Der Lichtkegel tanzte in zuckenden Kreisen und schickte seinen silbernen Widerschein bis zu den Zweigen hinauf. Zuerst nach Osten, dann nach Westen. Durch das grelle Licht schien der Wald lebendig und unheimlich, die Bäume mit ihren langen Girlanden aus hängendem Moos schwebten scheinbar schwerelos in der Nacht und verstärkten die Illusion, dass sie sich in einem Albtraum befand.

Máire war so erschrocken, nicht weit von dem ersten Lichtkegel einen zweiten zu entdecken, dass sie wie ein paralysiertes Tier wie angewurzelt stehen blieb. Sie war kurz davor, entdeckt zu werden, als der Lichtkegel einen Meter von ihren Füßen entfernt zwischen den Bäumen flackerte. Sie warf sich zu Boden, fiel in den Matsch und rollte zur Seite.

Sie waren zu zweit!

Die Panik raubte ihr alle Kraft. Aber sie wusste, dass sie einen kühlen Kopf bewahren musste ... sonst hätte C.J. nicht die geringste Chance.

Der Klang von Männerstimmen wurde hinter ihr laut.

Vielleicht hatten sie sie schon gesehen?

Vielleicht auch nicht. Der Wald gewährte ausreichend Deckung. Vielleicht war es auch ein gutes Zeichen, dass *sie* verfolgt wurde. Das bedeutete, dass sie nicht hinter C.J. her waren. Aber das hieß auch, dass sie keine einzige Sekunde Zeit verschwenden durfte. Die Männer waren garantiert schneller als sie. Und sie kannten die Gegend. Außerdem waren sie sich im Klaren darüber, dass sie es bis zur Stadt schaffen wollte.

Máire robbte rückwärts um die Bäume herum, dann rannte sie um ihr Leben. Sie preschte davon, lief noch schneller und beherrschte den brennenden Impuls, einen Blick über die Schulter zu werfen. Sie war sich sicher, dass sie C.J.s und ihr eigenes Todesurteil unterschrieb, wenn ihre Verfolger sie finden würden.

Erst als sie ein gutes Stück zurückgelegt hatte, sah sie sich um, aber sie lief nicht langsamer, obwohl ihre Beine immer schwerer wurden und ihr Magen sich zusammenkrampfte.

Über eine halbe Stunde lang lief sie in diesem schnellen Tempo und begann, sich wie eine Laborratte im Labyrinth zu fühlen. Dann überquerte sie einen kleinen Bach, der über die Ufer getreten war, und konnte eine weiße Hängebrücke und die Lichter der Stadt am Horizont erkennen.

Ihr war schwindelig, in dem Sturm und dem Regen stach und brannte der Schmerz in ihren Lungen. Sie blieb stehen, um zu verschnaufen und zu sehen, wie weit ihre Verfolger gekommen waren. Sie konnte die geisterhaften Gestalten nirgends ausmachen, ebenso wenig wie die flackernden Lichtkegel der Taschenlampen. Sie ließ den Blick schweifen und begriff, dass sie bis zum Stadtrand vorgedrungen war. Aber das war nicht Savannah, sie erkannte gar nichts wieder. Ein paar Minuten später kam sie an einem blau-weißen Schild vorbei mit der Aufschrift: *Willkommen in Garden City, der Schönheit des Südens.*

Máire sah sich um. Der Fahrweg wurde von Asphalt und Bürgersteigen abgelöst, und sie bemerkte, dass sie sich in einer Gegend mit unbebauten Grundstücken, verlassenen Häusern ohne Fensterläden und mit eingeschlagenen Scheiben befand. Hinter einem schmiedeeisernen Zaun lag die Ruine einer Kirche, ihr spitzes Dach zeichnete sich scharf gegen den Nachthimmel ab. Máire rannte weiter, kletterte über den Zaun und landete in dem weichen Gras auf der anderen Seite. Auf der Rasenfläche befand sich ein Wirrwarr aus Grabsteinen, Kreuzen, Unkraut und kniehohem Gras. Der Geruch von modrigem Heu kitzelte ihr in der Nase. Ihr Herz pochte wild, und sie hatte immer noch Seitenstechen. Sie hätte sich am liebsten ins Gras gelegt, aber krank vor Panik und mit dem sicheren Gefühl, dass sie immer noch hinter ihr her waren, hastete sie weiter.

Sie konnte nicht mehr so schnell laufen wie bisher. Überall lagen kleine moosbewachsene Gedenktafeln, die wie Rosinen in einem Reispudding aus dem Rasen ragten. Sie rutschte ein paar Mal in dem nassen Gras aus – einmal machte sie einen ungelenken Purzelbaum und schlug sich an einem Grabstein das Knie auf. Sie schrie laut auf vor Schmerz, tastete mit den Fingerspitzen und spürte, dass die Haut abgeschürft war. Gehetzt sah sie sich um, voller Angst, sie hätten ihren Schrei gehört. Dann zwang sie sich weiterzuhumpeln. Sie konnte in dem strömenden Regen niemanden entdecken, keine Menschenseele weit und breit. Der kleine Friedhof, der die Kirche umgab, war verlassen.

Sie humpelte die Stufen zum Eingang hinauf, rüttelte an der Tür und schlug dagegen, aber sie war abgeschlossen. Planlos hatte sie gedacht, in dem Gotteshaus sicher zu sein, aber jetzt sah sie bei genauerem Nachdenken ein, dass es keine so gute Idee gewesen war, in der Kirche Schutz zu suchen. Wenn sie entdeckt würde, wäre sie dort drinnen gefangen. Sie hastete die Treppe wieder hinunter und lief um die Kirche herum.

Ein gigantisches Spalier aus Rosen wölbte sich hoch über ihr. Der Regen funkelte auf den glatten Blättern, und die weißen Blüten ließen wegen der schweren Regentropfen die Köpfe hängen. Ein paar Blüten lagen zertreten auf der Erde.

Máire zwängte sich durch eine schmale Lücke zwischen zwei der schmiedeeisernen Stangen, lief zum offen stehenden Friedhofstor hinaus und eilte über die Straße und auf den Gehsteig der gegenüberliegenden Seite. Wenige Minuten später entdeckte sie die dunklen Umrisse von ein paar Häusern. Zwei davon lagen etwa fünfzig Meter auseinander. Alle Fenster waren dunkel. Als sie näher kam, erkannte sie, dass sie gar nicht fertig gebaut worden waren.

Sie war außer Atem, erschöpft, und ihr war schwindelig. In ihren Lungen und ihrem Hals brannte es wie Höllenfeuer, aber sie rannte weiter. Sie durchquerte einen Garten und erreichte gerade den Vorgarten, als sie Licht in den Fenstern entdeckte. Sie stürmte den Gartenweg entlang, der zur Haustür führte, und sog den Duft von Nachtjasmin ein.

Sie klopfte laut auf den Türrahmen und lugte durch vier kleine Glasscheiben hinter einem Insektengitter ins Hausinnere. Sie sah in eine Küche. Auf dem Tisch flackerte eine einzelne Kerze.

»Hallo? Ist da jemand?« Máire klopfte wieder gehetzt an die Tür und warf einen Blick über die Schulter. »Hallo?«

»Das ist ein ewiges Licht!«, ertönte plötzlich eine Stimme.

Máire unterdrückte einen Schrei, fuhr herum und starrte auf einen Schädel, über dessen spitze Knochen sich runzlige Haut spannte. Im nächsten Augenblick wurde ihr klar, dass es sich um das faltige Gesicht einer alten Frau handelte. Sie glich einem Häuptling aus einem Indianerfilm. Die Kerze warf unheimliche Muster auf ihre Wangen, ihre verschränkten Arme und ihr Nachthemd aus weichem, weißem Flanell. Sie trug lange Zöpfe, die wie graues Wollgarn aussahen. Abgesehen von den Zöpfen sah sie aus wie eine Neunzigjährige. Sie roch nach fauligen Äpfeln und Schweiß. Ihre Ausdünstungen drang durch ihre Kleider bis in Máires Nase.

»Als Trost für den Toten«, sagte die Frau, trat in den Regen und ließ die Tür hinter sich offen stehen. Die Kerze auf dem Tisch zuckte im Wind. Falls die Frau bemerkte, dass es regnete, kommentierte sie das nicht.

»Mein Mann Carl liegt im Sterben. Er hat die Eichen an der Auffahrt gepflanzt.« Sie deutete den Weg hinunter.

»Ja, ja«, Máire riss sich aus ihren Gedanken. »Ich muss dringend telefonieren. Es gab einen …« Máire räusperte sich, als Speichel in ihren Mund floss. Sie hörte ihren Atem pfeifen. Sie erschauderte, in ihrem Kopf dröhnte es. Sie dachte, sie müsste sich übergeben, unterdrückte aber den Reflex. Der Krampf umschloss ihren Brustkorb wie ein eiserner Ring. Sie schluckte und stammelte: »Es gab einen Unfall … ich brauche ein Telefon …«

Die Alte machte ein verärgertes Gesicht und warf beiläufig ihre langen Zöpfe nach hinten. »Wir gehören zu den Amischen«, sagte sie. »Auch wenn wir vor vielen Jahren aus Pennsylvania hierhergezogen sind, sind wir in unserem Herzen noch immer amisch geblieben, verstehen Sie?«

Einen Augenblick lang starrte Máire die Alte verständnislos an. Dann fiel es ihr wie Schuppen von den Augen: Sie hatten keine elektrischen Geräte, keinen Strom, kein Auto, kein Telefon. *Das darf nicht wahr sein! Das hier ist Amerika – hier hat jeder Achtjährige ein Handy!*

»Ich habe kein Problem damit, dass andere so leben. Wir wollten das aber nicht. Ich habe einmal vorgeschlagen, dass wir uns ein Telefon anschaffen ... für den Notfall. Aber Carl wollte davon nichts hören. Jetzt ist er fast tot, der Ärmste. Er hat schon angefangen zu riechen.«

Máire schluckte. »Gibt es jemanden hier in der Nähe, der ein Telefon hat ... ein Nachbar oder irgendjemand?« Ihre Stimme war schrill, und sie warf noch einen Blick über die Schulter.

»Vielleicht lasse ich eins installieren, wenn Carl tot ist.«

Das nützte auch nichts. Máire drängte sich an der Frau vorbei und schob ihre Hand zur Seite, als sie versuchte, sie aufzuhalten. »Lassen Sie mich gehen. Ich muss telefonieren. Es geht um Leben und Tod ...«

»Der Güterbahnhof liegt auf der anderen Seite der Lichter. Da gibt es ein Telefon«, rief die Frau ihr nach.

Máire hatte den Blick auf die Lichter geheftet. Sie konnte nicht mehr rennen, sie schleppte sich nur noch weiter; ihre Beine waren schwach und zitterten, sie hatte Schmerzen – schreckliche Schmerzen – von der Hüfte aufwärts bis zur Achselhöhle. Sie blickte sich um und überlegte, was sie mit ihr machen würden, wenn sie sie schnappten. Sie versuchte, nicht daran zu denken.

Máire steuerte auf die Kreuzung zu, als ein Polizeiwagen drei Häuserblocks weiter um die Ecke bog. Sie rief und winkte.

Das Auto stoppte: Sie hatten sie gesehen.

Máire hörte ein klägliches Wimmern, und sie begriff, dass sie sich selbst hörte.

5

Máire starrte durch die verregnete Seitenscheibe. Die Hauptstraße sauste wie ein schwarzer Eilzug vorbei, und der Sturm schüttelte den Wagen. Ihr Herz schlug mit den Windböen und dem Regen, der auf das Autodach trommelte, um die Wette. Sie sah auf die Uhr im Armaturenbrett. Jede grün leuchtende Ziffer zeigte nicht nur an, dass die Zeit verstrich, sondern auch dass C.J.s Überlebenschancen schwanden. Máire war übel vor Angst, zu spät zu kommen, und sie fühlte sich furchtbar. Diese Situation hatte etwas schrecklich Déjà-vu-artiges an sich – nicht, dass sie etwas derart Unheimliches schon einmal erlebt hatte, aber das Gefühl von Hilflosigkeit, Furcht und diesen Schock kannte sie besser, als ihr lieb war.

Sie fuhren schweigend mit einem Tempo weiter, das nie die Beschränkung von siebzig Stundenkilometer überstieg. Die Stille war unheimlich. Die Fenster waren geschlossen, und die Luft im Auto war schwer wie eine feuchte Wolke. Es roch leicht nach Schweiß, Rosenwasser und Zigaretten – ein ungenießbarer, ekelhafter Cocktail.

»Können wir vielleicht ein Fenster aufmachen?«, fragte Máire und rutschte unruhig auf ihrem Sitz hin und her. Ihr war kalt, sie fror bis in die Knochen, aber die Übelkeit und der abgestandene Rosenduft wurden immer unerträglicher, und sie brauchte dringend frische Luft.

Der Fahrer – ein schwarzer, junger Polizist in Uniform und gestärktem Hemd namens Leroy Finch – warf einen raschen Blick in den Rückspiegel, nickte kaum merklich und öffnete das Fenster einen Spaltbreit. Die kalte Luft des nächtlichen Wolkenbruchs strömte herein wie Flügelschläge eines Nachtschwärmers, die Máires Gesicht liebkosten und den Geruch von Gras und Regen mit sich führten.

Máire atmete tief ein und schloss für einen Moment die Augen. Sie saß auf dem Beifahrersitz, damit sie den Weg zeigen konnte, und auf der Rückbank saß Police Detective Luis Bondurant im Dunkeln. Er hatte die Arme verschränkt und starrte gleichgültig ins Leere. Er war Anfang vierzig, schätzte sie. Er war groß und trug zivil: Trainingshose, Gummiclogs und ein lachsfarbenes Poloshirt von Ralph Lauren, bis zur Brust aufgeknöpft. Passabel genug, um sie daran zu erinnern, dass sie selbst einen grauenhaften Anblick bieten musste.

Máire drehte sich um und musterte ihn. Seine Haut war warm und glänzte matt, das Einzige, was sie erkennen konnte, waren sein Bürstenschnitt, stahlgraues Haar, das Weiß in seinen Augen und eine Armbanduhr, die gelegentlich quecksilbrig an seinem Handgelenk aufschimmerte. Der Mann wirkte, als hätte er Kühlwasser in den Adern. Er hatte kein Wort gesagt, seit sie die Straße hinter sich gelassen hatten, auf der Finch sie eingesammelt und sie verzweifelt und unzusammenhängend von C.J. und ihren furchterregenden Verfolgern berichtet hatte.

Bondurant hatte zweifelsohne die gleichen Gedanken wie Máire, auch wenn er die Geschehnisse von einer anderen Warte aus betrachtete. Er hatte keinen Hehl daraus gemacht, dass Feierabend und er auf dem Heimweg gewesen war, als Finch ihn angerufen hatte. Sie ließ sich dadurch nicht beirren. Er wirkte überlegen und misstrauisch, und sie spürte, dass er sie schon als hysterisches Huhn mit außergewöhnlich lebhafter Fantasie abgestempelt hatte.

»Können wir nicht ein bisschen schneller fahren?«, bat Máire.

»Wir tun unser Bestes«, gab Bondurant mit seinem singenden karibisch-englischen Akzent zurück. Finch hatte vielleicht ein wenig beschleunigt, aber Máire kam es so vor, als führen sie immer langsamer. Sie biss sich auf die Lippe, um sich nicht anmerken zu lassen, dass sie mit den Zähnen klapperte, und blickte wieder zum Seitenfenster hinaus.

Sie waren in Garden City in Chatham County – einer kleinen, verschlafenen Vorstadt von Savannah, die sie nur vom Hörensagen kannte. Máire hatte angenommen, dass sie die Richtung nach Savannah eingeschlagen hatte, tatsächlich aber war sie nach Nordwesten gelaufen.

Der Regen nahm zu, und die asphaltierte Straße war öde und verlassen. Ein paar Masten waren umgestürzt und hatten Strom- und Telefonleitungen mit sich gerissen. Nirgends war Licht zu sehen. Sie fuhren durch ein Geschäftsviertel, aber alle Läden waren geschlossen; einige hatten mit Brettern vernagelte Fenster. Das Neonschild am Kino war schwarz, und der Drugstore auf der anderen Straßenseite lag ebenfalls im Dunkeln.

Sie erreichten einen Kreisel. Máire strengte ihre Augen

an und las die Schilder mit der Aufschrift Central Junction, Rossignol Hill und Sharon Park.

»Hier entlang …« Máire zeigte fahrig und spürte ihre Ungeduld. Das alles dauerte zu lang, viel zu lang, sie vergeudeten kostbare Minuten. Máire wollte einfach nur weiter. Schnell. Sie versuchte, sich zu beherrschen. »Ich glaube, wir müssen ein bisschen schneller fahren.«

In den nächsten Minuten kamen sie an der gotisch-viktorianischen Ruine der Kirche und der Gegend mit den verfallenen Häusern und halb bebauten Grundstücken vorbei, die auch Máire hinter sich zurückgelassen hatte. Wie viel Zeit war seitdem vergangen? Eine Ewigkeit, so schien es, auch wenn sicher nur eine knappe halbe Stunde verstrichen war.

Die drückende Stille zwischen dem periodischen Rauschen des Polizeifunks ließ Máires Angst nur noch weiter anwachsen. Sie schlotterte vor Kälte und fühlte sich unwohl in ihrem schmerzenden Körper und den tropfnassen Kleidern, die wie eine schleimige Schicht auf der Haut klebten.

Ein paar hundert Meter weiter entdeckte sie in der Ferne die weiße Hängebrücke. »Hier geht's lang! Hier!« Sie deutete hastig. »Geht es nicht noch etwas schneller?«

Der Fahrer warf ihr einen Blick zu, beschleunigte und bog kurz darauf von der Hauptstraße ab. Er bog links auf einen unheimlichen, öden Schotterweg, der sich gabelte. Máire erkannte ihn sofort wieder.

»Und jetzt?«, fragte Finch.

»Der linke. Der mit der Brücke.« Máires Herz machte einen Satz in ihrer Brust.

Als sie über die Brücke fuhren, erwartete sie, ihre Verfolger dort stehen und auf sie warten zu sehen. Die Autoscheinwerfer strahlten die hoch aufragenden Stämme der Eichen an, die Barrikaden glichen, so weit das Auge reichte. Aber es war keine Menschenseele zu sehen.

Der Wagen holperte und hüpfte über Unebenheiten auf dem Fahrweg und rutschte seitlich weg. Finch steuerte dagegen und verlangsamte das Tempo. Er schaltete herunter und sie schlichen mit zehn bis fünfzehn Stundenkilometern vorwärts.

Zwanzig Minuten später tauchte der Geländewagen vor ihnen auf, dort wo Máire ihn stehen gelassen hatte – ein düsterer Schatten in der Nacht, mit zwei Lichtkegeln an einem Ende. »Es ist da drüben … das ist mein Auto, das da.« Finch stoppte den Polizeiwagen fünfzig Meter von Máires Land Rover entfernt, weil ein entwurzelter Baum den Weg versperrte.

Máire riss die Tür auf, noch bevor der Wagen ganz angehalten hatte, sprang ins Freie und rannte in die Dunkelheit. Der unablässige Regen klatschte auf ihren Kopf, und sie bemerkte, dass es kälter geworden war. Sie sah sich um und musste sich orientieren. Sie wollte sich genau erinnern, wo sie C.J. zurückgelassen hatte.

Finch und Bondurant liefen ihr in etwas gemächlicherem Tempo nach.

Máire hielt abrupt inne und ließ den Blick schweifen. »Hat jemand von Ihnen eine Taschenlampe?«, rief sie.

Finch kam auf sie zu und reichte ihr seine. »Vorsichtig«, sagte er und zog sich einen Regenschutz über, der einer blauen Persenning glich.

Máire machte die Taschenlampe an, leuchtete in alle Richtungen und lief auf eine Gruppe Trauerweiden zu. Die Polizisten folgten ihr.

Das Licht von Máires Taschenlampe streifte einen dicken Baumstamm, dann den Erdboden, danach den nächsten Stamm. Als sie genau wusste, wo sie war, rannte sie schneller und stürzte auf eine mächtige, moosbewachsene Eiche zu, in deren Schutz sie C.J. zurückgelassen hatte. Mehrere kleine Bäume um die Eiche herum waren umgestürzt, und sie sah, dass auch ein dicker Ast abgesplittert war. Sie verlangsamte ihren Schritt, drehte sich orientierungslos um sich selbst und eilte zum nächsten Baum. Zwanzig Meter weiter leuchtete sie wieder, wandte sich um und rief verzweifelt: »Hier ist sie nicht mehr! Sie ist weg!«

Immer wieder rief sie C.J.s Namen.

Es kam keine Antwort.

Vier, fünf Blitze erleuchteten schnell hintereinander den Himmel, und ein eiskalter Windstoß fuhr durch den Wald.

Totenmänner!

Ein Schatten bewegte sich und verschwand hinter einem Baum. Máire hatte plötzlich das Gefühl, dass sie irgendwo in der Dunkelheit von dem Gewehrschützen beobachtet wurden. Mit durchgedrücktem Rücken trat sie vor Bondurant und senkte die Stimme: »Sie haben sie gefunden! Jetzt ist sie bestimmt tot! Oh Gott …«

»Denken Sie doch nicht gleich das Schlimmste. Sind Sie sicher, dass es genau an dieser Stelle war, wo Sie das Mädchen zurückgelassen haben? Die Dunkelheit und der Regen können auch täuschen …«

»Doch, ich bin mir sicher. Ganz sicher.«

»Na gut. Wir drehen noch eine Runde. Gehen Sie schon mal zum Polizeiwagen zurück!«

»Ich kann doch mitgehen … ich kann …«

»Das ist nicht nötig. Setzen Sie sich im Auto ins Trockene, und beruhigen Sie sich.«

Sie wollte nicht allein zurückgehen, widersprach aber nicht.

Bondurant rief zu Finch herüber: »Du gehst da lang«, und zeigte mit seiner Stabtaschenlampe Richtung Osten. Finch tat wortlos, wie ihm geheißen.

Ein Blitz erhellte für einen kurzen Moment den Himmel und ließ in dem dichten Regen den ganzen Wald mit seinen monströsen Bäumen und skelettartigen Ästen unheimlich erscheinen, so als versteckte sich der Teufel selbst hinter einem Baum.

Máire wartete im Polizeiwagen, völlig durchnässt, rastlos, mit Herzrasen und einem Kribbeln im Nacken. Die Regentropfen donnerten auf das Autodach wie Marmorkugeln und übertönten den Wind. Das Geräusch war irgendwie anders, melancholischer als sonst, als hätte der Regen seine ganz eigene Trauermelodie … und jeder Tropfen seine eigene schadenfrohe Wasserstimme.

Du warst zu langsam, Máire.

Du hast sie im Stich gelassen.

Du hast sie da draußen im Regen zurückgelassen.

Allein.

Du hättest sie mitnehmen müssen.

Du hättest …

Sie seufzte und schaute mit verzweifelt suchendem

Blick aus dem Fenster auf den dichten Regenteppich. Etwas Goldenes blitzte auf zu ihrer Rechten. Sie holte Luft, und ein eiskalter Schauer lief ihr über den Rücken.

Der Geländewagen! Oh Gott!

Vielleicht war C.J. irgendwie wieder zu Kräften gekommen und zum Auto zurückgelaufen, um sich dort zu verstecken? Vielleicht hatte sie sogar versucht zu fahren …

Máire drückte die Tür auf, noch angstvoller als zuvor. C.J. wäre niemals mit heiler Haut da rausgekommen – nicht bei diesen Typen.

Máire sprang aus dem Wagen, kniff die Augen halb zu, sprintete mit großen Schritten durch den peitschenden Regen zum Land Rover … und begriff erst jetzt richtig, dass die Scheinwerfer aufgeblendet waren. Dieses Detail hatte sie geistesabwesend auch vorher schon registriert, und obwohl es sich in ihr Unterbewusstsein eingebrannt hatte, war ihr die Bedeutung nicht wirklich klar gewesen.

Die Einzelheiten der Geschehnisse des Abends waren ihr nicht ganz schlüssig, aber sie war ziemlich sicher, dass sie die Scheinwerfer ausgemacht hatte. Sie versuchte, sich zu erinnern, und schüttelte den Kopf. Es war ganz einfach eine Frage der Logik. Mit aufgeblendeten Scheinwerfern wäre das Auto aufgefallen wie eine Kirsche auf einer Sahnetorte. Sie *hatte* die Scheinwerfer ausgemacht. Ganz bestimmt hatte sie das. Sie musste es getan haben. Also mussten C.J. oder ihre Verfolger nach ihr in ihrem Auto gewesen sein.

Máire stand ganz still und lauschte in den Regen. C.J.s

verzweifelte Schreie hallten in Máires Erinnerung wider, aber es drang auch noch ein anderes Geräusch in ihr Bewusstsein, hell wie eine kleine Silberglocke. Máire merkte, wie ihre Anstrengung sich bis in ihre Nervenbahnen fortsetzte. Sie riss die Tür auf. Neben der Sonnenbrille auf dem Armaturenbrett lag ihre Tasche. Dann entdeckte sie das Mobiltelefon am Boden. Es steckte nicht mehr im Ladegerät.

Das Telefon klingelte laut und schrill, und Máire wurde von Kälteschauern geschüttelt. Sie starrte das Handy an.

Jetzt funktionierte es also!

Sie griff danach und meldete sich leise: »Hallo?«

Nichts.

Es folgte eine längere unheilvolle Stille, und sie hielt den Atem an und horchte. Es war fast, als würden Regen, Sturm und ferner Donner ebenfalls den Atem anhalten. Angst stieg in ihr auf, aber sie nahm sich zusammen und wiederholte mit kräftigerer Stimme: »Hallo, wer ist denn da?«

Dann legte sie die Hand über das Mikrofon und sah sich hilflos nach Bondurant um. Wieder hatte sie das Gefühl, beobachtet zu werden. Die Eichen wirkten finsterer und dichter als vorher. Bondurant war nirgends zu sehen.

»Hallo?« Máire überlegte, wer sie angerufen haben könnte oder ob überhaupt jemand in der Leitung war. Vielleicht hatte sich nur jemand verwählt … oder …

Sie ließ die Klappe zuschnappen, öffnete sie wieder und überprüfte den zuletzt empfangenen Anruf. Wie sie vermutet hatte – die Nummer wurde nicht angezeigt. Sie beschloss, Bondurant zu bitten, das zu untersuchen.

Vielleicht hatte C.J. fliehen können? Máire wollte das gerne glauben, aber eine innere Stimme fragte, wie weit C.J. in dem Fall gekommen wäre.

Nicht sehr weit.

Máire griff nach der Tasche und den Schlüsseln und kehrte steif wie eine aufziehbare Spielzeugfigur zum Polizeiwagen zurück. C.J.s Schreie hallten noch immer in ihren Ohren. Jetzt sah sie auch den Schein von Bondurants Taschenlampe wieder. Es wirkte, als würde er eine Art Totenballett in der Dunkelheit aufführen. Sie stieg in den Wagen, trocknete sich das Gesicht und blickte in den sternenlosen Himmel hinauf.

Guter Gott, hilf mir, hilf uns beiden.

Die Sekunden verstrichen, aber sie widerstand dem Drang, auf die Uhr zu sehen. Das Gefühl der Machtlosigkeit war ein Echo der Vergangenheit, und obwohl sie sehr wohl wusste, dass sie alles getan hatte, was in ihrer Macht stand – den Umständen entsprechend –, wurde sie das Gefühl nicht los, dass trotz allem nichts mehr zu machen war, dass es einfach zu spät war.

Sie starrte durch die Finsternis hindurch ins Dickicht. Die Angst hatte ihre kalte Hand um ihr Herz geschlossen, und sie fühlte sich leer, verlassen und verloren. Bondurant und Finch würden C.J. nicht finden. Andere waren ihnen zuvorgekommen, da war sie sich sicher.

Ihre ungute Vorahnung bestätigte sich. Finch und Bondurant kamen eine Viertelstunde später allein zurück. Bondurant wandte sich ab und hielt ein paar Minuten inne. Seine dunkle Silhouette zeichnete sich vor dem düsteren Dickicht des Waldes ab. Dann öffnete er die Wagentür und sagte zu Máire: »Wir stellen die Geistersuche ein.«

»Was meinen Sie mit Geistersuche?«, fragte Máire verblüfft. »Glauben Sie mir nicht?« Sie lachte hohl und warf einen Blick zu Finch, der in die Pfütze starrte, in die er getreten war. »Glauben Sie etwa, dass ich das erfinde?«

Als niemand von ihnen antwortete, fragte sie: »Warum zum Teufel sollte ich das tun? … Antworten Sie mir!«

»Sagen wir mal so, falls sie jemals hier gewesen ist, dann ist sie es jetzt auf jeden Fall nicht mehr«, stellte Bondurant fest. Sie hatten sich offenbar darauf eingeschossen, sie als hysterisch anzusehen.

»Vielleicht ist sie auf einem fliegenden Teppich verschwunden.«

»Ja, vielleicht ist sie zurück …«

»Sie können sich Ihre sarkastischen Bemerkungen sparen. Sie *war* hier. Ganz sicher. Ich habe sie gesehen, und ich habe mit ihr gesprochen. Ich habe sie sogar getragen, in Gottes Namen!« Máire streckte ihre zitternden Hände aus. »Ich denke mir das nicht aus!« Sie sah in den Wald hinein, die Zweige der Bäume bewegten sich im Wind.

»Hier gibt es leider nichts und niemanden, der bestätigen kann, dass sie hier gewesen ist.«

»Vielleicht haben Sie einfach nicht gründlich genug nachgesehen. Wie wäre es denn mit einer Fahndung? Sie kann sich auch weitergeschleppt haben … sie kann in der Zeit sehr weit gekommen sein, die ich gebraucht habe, um … stellen Sie sich vor, wenn …«

»Nach allem, was Sie erzählt haben, konnte sie kaum noch atmen … und jetzt schlagen Sie vor, sie könnte sich weitergeschleppt haben?«, unterbrach Bondurant sie.

Leck mich am Arsch, dachte Máire, sagte jedoch nichts. Sie murmelte verbissen ein paar unverständliche Worte, schlug die Hände vors Gesicht und presste die Daumen an ihre Schläfen. Sie konnte nichts von alledem beweisen, was sie gesehen und erlebt hatte. Und wenn sie die Beherrschung verlor, wäre das für nichts und niemanden hilfreich.

6

Das Büro des Detectives lag im hinteren Teil des Gerichtsgebäudes im Parterre. Die großen, mit Terrazzo gefliesten Räume bestanden hauptsächlich aus aneinandergereihten Schreibtischen und Archivschränken. Bondurant öffnete eine Tür mit geschliffenem Glas und ließ Máire den Vortritt. Ein uniformierter Polizist stand vorn neben einem Schrank in dem klimatisierten Raum, hinter ihm und einer dünnen Glasscheibe saßen vier Männer vor ihren Computerbildschirmen. Zwei von ihnen sahen beiläufig auf, als Máire, Finch und Bondurant eintraten.

Máire nickte grüßend und heftete ihren Blick auf Bondurant. Sein Gesicht und sein Haar glänzten silbrig vom Regen, und seine Kleidung war so durchnässt, dass es schien, als hätte er sich mit einem Gartenschlauch abgespritzt. Wasser tropfte aus seinen Kleidern auf den Boden. Máire war genauso tropfnass. »Darf ich mal Ihre Toilette benutzen?«, fragte sie.

Bondurant deutete ihr mit einer Kopfbewegung an, in welche Richtung sie gehen sollte. »Hier entlang.« Ein Korridor auf der linken Seite führte zu weiteren Büros, und am Ende war eine Tür angelehnt, die zum Parkplatz mit den Polizeiwagen führte.

»Hier.« Bondurant legte ihr eine schwere Hand auf die Schulter und ließ Máire in sein Büro eintreten. »Hier drinnen ist es bequemer.« Ein paar Neonröhren warfen ihr grelles Licht auf einen Schreibtisch, der mit Akten beladen war.

»Die Toilette ist da drüben.« Bondurant zeigte auf eine Schiebetür zu seiner Linken. Er war an die zwei Meter groß, massig und hatte breite Schultern. Finch wirkte neben ihm wie ein Schuljunge in seinem Regencape. »Sie können auch trockene Kleider von uns bekommen. Brauchen Sie sonst noch was?«

»Nein danke.« Ihre Haut brannte, und sie vermied es, ihre nasse Kleidung zu berühren. »Was ist mit meinem Wagen?«, fragte sie.

»Wir bringen ihn zurück, wenn Sie uns die Schlüssel geben.«

Máire reichte ihm ihre Schlüssel.

Bondurant sagte mit einem Nicken zu Finch: »Sieh zu, ob du ein paar Aspirin und einen trockenen Trainingsanzug auftreiben kannst ... und jemanden, der das Auto holt.« Dann warf er Finch die Schlüssel zu.

»Alles klar!« Finch ging.

Bondurant und Máire schwiegen. Sie spürte, dass er sie von der Seite musterte.

»Werden Sie eigentlich Sheriff, Detective oder Kriminalkommissar genannt?«

»Police Detective ... Luis oder Bondurant. Sie haben die Wahl.« Er hatte einen sanften Tonfall und lächelte zum ersten Mal. »Geht das für Sie in Ordnung, wenn ich mir ein trockenes T-Shirt anziehe?«

Máire nickte. »Ja, sicher.«

Bondurant kehrte einen Augenblick später mit einem

Polizisten in Zivil wieder zurück, der Máire an eine verwachsene Ausgabe von Don Johnson erinnerte. Sein Haar war entweder nass oder mit einer Art Haarwachs zurückgekämmt. Er grüßte mit einem kurzen Kopfnicken und hatte eine Tablettenschachtel, einen Erste-Hilfe-Kasten, zusammengefaltete Kleider sowie einen Stapel Handtücher im Arm. »Bitte sehr. Ich hoffe, die passen. Brauchen Sie Hilfe mit Ihrem Knie?«, fragte er und nickte in Richtung ihres verletzten Beines.

Máire schüttelte den Kopf. »Das geht schon.«

»Das ist Jim Cooper«, erklärte Bondurant und lächelte. »Er ist unser Medizinmann. Lassen Sie ihn ruhig einen Blick drauf werfen. Er kennt sich mit solchen Sachen aus.« Bondurant hatte sich die Haare getrocknet und trug nun ein kurzärmeliges Hemd, eine Kakihose und Wildlederschuhe.

»Kein Problem. Ich mach das schon.«

Máire hatte es abgelehnt, sich im Ambulanzzimmer behandeln zu lassen, und hinkte stattdessen nun auf die Toilette.

Sie kehrte der Tür den Rücken, legte den Kopf in den Nacken und schloss die Augen in dem Versuch, die Welt für einen Augenblick zu vergessen und ihre Angst und unguten Befürchtungen zu verringern. Aber ihr schwirrte der Kopf von all den Spekulationen. Das, was sie erlebt hatte, war Wirklichkeit und klar wie Glas, und doch kam es ihr nun völlig unwirklich vor.

Einen Moment lang versuchte Máire, sich auf die Geräusche der Nacht zu konzentrieren und ihre Gedanken auszublenden. Sie hörte den Regen gegen die Scheibe prasseln wie ein dumpfes Trommelsolo. Aber der Donner, der in der Ferne über Garden City hinwegrollte, erinnerte sie an C.J.s Schreie, und der leere Blick in ihren starren Augen holte sie wieder ein.

Máire atmete tief ein, hob den Kopf und drückte einen Schalter an der Wand. Eine Glühbirne unter einem gewölbten Schirm starrte sie an wie ein böses Auge. Máire fasste Mut und blickte in den Spiegel über dem Handwaschbecken.

Ihre natürliche Haarfarbe war dunkelblond, aber in den letzten Jahren hatte sie sich so oft helle Strähnen färben lassen, dass sie mittlerweile als echte Blondine durchging. Sie war mittelgroß, schlank (fast dünn), ihr Gesicht war herzförmig und schmal, Sommersprossen betonten ihre hohen Wangenknochen. Sie hatte große lavendelfarbene Augen und volle Lippen. Jesse hatte immer gesagt, sie sähe aus wie eine junge Rachel Ward in Blond. Das fand Máire eigentlich nicht. Sie hatte sich über ihr Aussehen nie besonders viele Gedanken gemacht. Und es war kein Pluspunkt, dass ihr Gesicht im Augenblick ungeschminkt und weiß wie Pergament war und aussah, als wäre es mit Vaseline eingeschmiert. Hoffnungslos, dachte sie.

Sie hörte Stimmen vor der Tür, zog sich rasch ihre nasse Bluse über den Kopf und schlüpfte aus ihrem Rock. Sie drehte den Hahn auf und hielt ihre Hände unter das warme Wasser, danach wusch sie vorsichtig die blutige Wunde am Knie aus. Ein tiefer Ratscher und ein paar Schrammen, das Knie war geschwollen und blau, und es brannte, als sie den Rand der Wunde mit dem Zeigefinger berührte. Aber es musste nicht genäht werden, fand sie. Der Knöchel war ebenfalls geschwollen, allerdings nicht so stark. Der Erste-Hilfe-Kasten enthielt Alkohol und Desinfektionsspray. Sie goss etwas Alkohol über das Knie und biss vor Schmerzen die Zähne zusammen. Dann wickelte sie einen Verband darum und befestigte ihn mit einem Pflaster.

Nachdem sie sich das Gesicht gewaschen hatte, kämmte sie sich mit den Fingern die Haare, nahm sie in einem Haarknoten im Nacken zusammen und befestigte ihn mit einem Haargummi, das sie aus ihrer Tasche gekramt hatte. Sie faltete die nassen Kleider zusammen und legte sie auf den Toilettendeckel. Trocken und warm, aber immer noch mit einem Übelkeitsgefühl, bekleidet mit einem T-Shirt von der Polizei und einer viel zu großen Trainingshose, die sie zweimal umgekrempelt hatte, drückte sie die Schiebetür auf.

Bondurant saß reglos hinter seinem Schreibtisch und wartete auf sie. Cooper, der auf der anderen Seite des Schreibtisches saß, lächelte sparsam und ließ seinen Blick zu dem leeren Stuhl wandern: »Setzen Sie sich doch. Möchten Sie einen Kaffee?«

Máire schüttelte den Kopf und versuchte, ein höfliches Lächeln aufzusetzen, aber sie spürte lediglich, dass sich ihr Kiefer unangenehm verspannte, und verzichtete darauf. Sie setzte sich auf den Stuhl gegenüber von Bondurant.

Bondurant bat Máire, den Vorfall noch einmal bis ins kleinste Detail zu schildern, und sie musste eine Reihe von Fragen beantworten. Ihr wurde jedoch schnell klar, dass das für ihn nur Routine war, um rechtfertigen zu können, dass er sie mitgenommen hatte. Cooper schwieg, kritzelte irgendwelche Muster in seinen Notizblock und vermied es sorgfältig, sich einzumischen.

»Es war ein grauenvoller Anblick. Schrecklich. Das werde ich nie vergessen.« Máire schauderte, und sie schwieg ein paar Sekunden, bevor sie fortfuhr. »Ich rannte, so schnell ich konnte ... und trotzdem ist sie nicht mehr da. Ihre Mörder sind immer noch auf freiem Fuß, irgendwo da draußen.« Sie sah aus dem Fenster, wo die Regentropfen an die schmutzige Scheibe fielen. »Und jetzt wissen die auch, wer *ich* bin. Vielleicht sind sie jetzt hinter mir her!«

»Warum denken Sie das?«, fragte Bondurant.

»Weil sie in meinem Wagen rumgewühlt haben.«

»Woher wollen Sie das wissen?« Sein finsterer Blick traf ihren, aber er hätte seine Augäpfel auch durch zwei schwarze Perlen ersetzen können, sie hätten ebenso viele Gefühle offenbart.

Sie spürte, wie ihr Körper zitterte, und wippte ungeduldig mit einem Fuß. Sie wusste nicht, was sie am meisten irritierte: er oder sie selbst. Seine berechnende Fangfrage und ihre Gefühle rangen im Moment um den ersten Platz.

»Ich habe mein Auto nicht mit brennenden Scheinwerfern stehen lassen, das weiß ich ganz genau! Sie können es ja auf Fingerabdrücke untersuchen!« Máire nahm ihr Mobiltelefon aus der Tasche und stellte es an. »Außerdem glaube ich, dass sie versucht haben, mich anzurufen! Versuchen Sie mal, den letzten empfangenen Anruf zu überprüfen, wenn Sie dazu kommen.«

Bondurant nahm das Telefon und warf Cooper einen raschen Blick zu. »Hm, das können wir schon machen … aber nur dass Sie Bescheid wissen: Das hier ist keine Ermittlung in einem Mordfall, solange wir keine Leiche gefunden haben. Zum jetzigen Zeitpunkt handelt es sich allerhöchstens um eine verschwundene Person.« Er notierte sich die Uhrzeit des zuletzt empfangenen Anrufs und gab ihr das Handy zurück. »Wie ist Ihre Nummer?«

Sie nannte ihm ihre Mobilnummer und fragte: »Wird sie nicht zur Fahndung ausgeschrieben?« Máire sah abwechselnd Bondurant und dann Cooper an.

Cooper schwieg, schielte aber zu Bondurant hinüber, der die Nummer aufschrieb, und als hätten die beiden sich in stillem Einverständnis ausgetauscht, stand Cooper auf und ging.

Bondurant steckte seinen Kugelschreiber in die Brusttasche zurück und legte die verschränkten Unterarme auf den Tisch. Dann erklärte er trocken: »So funktioniert das nicht.«

»Ach nein? Aha. Wie funktioniert es denn dann?« Sie schickte ihm einen vernichtenden Blick.

Er schwieg einen Moment, dann fragte er: »Wie heißt sie denn?«

»Wer? … Ach so, C.J.«

»C.J.?« Er lächelte überlegen. »Okay …«

»Genau.«

Máire schüttelte den Kopf und spürte ein unangenehmes Kribbeln im Nacken. *Fahr doch zur Hölle, du selbstgefälliges Arschloch,* dachte sie.

»Noch was? Hat sie auch einen Nachnamen?«, fragte er weiter.

»Das weiß ich nicht. Wir hatten nicht gerade viel Zeit, uns zu unterhalten«, erwiderte sie streitlustig.

Er lächelte noch immer. »Wie soll das gehen – Sie wollen, dass ich nach einer Person fahnde, von der Sie weder Vor- noch Nachnamen kennen?« Seine Stimme hatte einen leicht spöttischen Klang.

Máire spürte, wie sich ihr Magen zusammenzog. Sie wischte sich ein Haar aus dem Mundwinkel und blies sich Luft ins Gesicht. »Und was machen wir jetzt?«, fragte sie verzweifelt.

»Wir ermitteln in diesem Fall so wie in allen anderen ... auf der Basis von Fakten ...«

»Was soll das denn heißen?«, unterbrach Máire ihn und räusperte sich, obwohl sie sehr gut wusste, was das bedeutete. Sie wurde abgespeist. Es war hoffnungslos. Sie schloss die Augen und schüttelte den Kopf.

»Das heißt, dass wir nach unserem Kenntnisstand alles und alle Beteiligten überprüfen.«

»Was Sie nicht sagen!« Máire lachte hohl. »Sie verschwenden ihre Zeit – C.J.s Zeit! Begreifen Sie das nicht?«

Bondurant fuhr unbeeindruckt fort: »Wenn es hell wird, fahren wir zurück und schauen uns um. Sehen, ob wir irgendwas finden können, das uns Ihre Geschichte bestätigt. Und wenn das der Fall ist, geht die Fahndung aufgrund Ihrer Personenbeschreibung raus.«

»Sehr witzig!«, fiel Máire ihm ins Wort und machte eine entmutigte Geste. »Sie ist längst mausetot und unter der Erde, noch bevor Sie Ihren Frühstückskaffee getrunken haben. Aber dann ist es sowieso schon zu spät, stimmt's? … Sogar, um Blumen zu schicken. Denn mit dem Feuereifer, den Sie an den Tag legen, werden Sie nicht mal rausfinden, wo sie begraben liegt.«

Es folgte eine lange, peinliche Pause.

Máires Nerven zitterten wie Wärmeblitze. Der Regen prasselte gegen die Scheibe, und sie hörte Gemurmel, das vom Korridor hereindrang.

Sie sah ungeduldig auf ihre Uhr. »Und wenn sie stirbt, ist es Ihre Schuld. Sie haben ihr die Schlinge um den Hals gelegt, weil Sie hier sitzen und die Hände in den Schoß legen …« Sie hielt inne und fühlte sich so kalt wie ein Stück abgebrochenes Inlandeis.

»Sind Sie sich darüber im Klaren, dass in den USA jeden Tag über zweitausend Vermisste gemeldet werden?«

Máire senkte den Kopf und sagte tonlos zu sich selbst: »Es ist hoffnungslos!«

»Nein, aber es ist sinnlos.«

Máire sah zum Fenster hinaus und blinzelte ihre Tränen der Enttäuschung weg. Das Engegefühl in ihrer Brust war so erdrückend, dass sie kaum Luft holen konnte.

»Können Sie die Männer beschreiben?«, fragte Bondurant schließlich.

»Nein.« Máire legte ihre zitternden Hände mit den Fingerspitzen aneinander, dann faltete sie sie. »Nein, ich kann wirklich nicht behaupten, dass ich dazu in der Lage bin.«

Bondurant warf ihr einen kurzen Blick zu und machte mit seinem Arm eine ausholende Geste. »Sie geben uns ja nicht gerade viel, womit wir arbeiten können …«

»Da draußen war es so dunkel wie im Arsch eines Minenarbeiters! Das haben Sie selbst gesehen.«

»Wieso sind Sie sich dann überhaupt so sicher, dass jemand hinter ihr her war?«

»Ich habe jemanden gesehen, aber das waren nur Schatten«, erklärte Máire und beeilte sich hinzuzufügen: »Schatten mit Taschenlampen und Waffen!«

»Waffen sind kein seltener Anblick hier auf dem Land. Die Leute schaffen sich welche an wegen der Ratten oder umherstreunender Katzen, die nur darauf aus sind …«

»Diese Kerle waren nicht auf Ratten- oder Katzenjagd.« Sie warf ihm einen trotzigen Blick zu. »Sie haben auf uns geschossen!«

Bondurants dunkle Augen verrieten noch immer nichts. »Was ist mit dem Mädchen?«, fragte er.

»C.J.! Was soll mit ihr sein? Ich kann sie Ihnen gut beschreiben!«

»Wie alt war sie?«, fragte Bondurant abrupt und inquisitorisch.

Máire antwortete ebenso rasch: »Etwa fünfundzwanzig.«

»Und wie sah sie aus?«

»Sie sah so ähnlich aus wie eine Mischung aus Draculas Schwiegermutter und einem ausgemergelten Wachhund an der Kette.« Máire betrachtete ihre Hände und begriff, dass ihre Beschreibung nicht nur kindisch war, sondern – schlimmer noch – C.J. nicht im Geringsten half, darum ergänzte sie: »Sie sah aus, als wäre sie Teil eines … Experiments gewesen, wenn man das überhaupt so nennen kann.«

»Was für ein Experiment?«

»Irgendetwas Schreckliches, ein grausames Experiment.« Máire verstummte und schluckte den Kloß in ihrem Hals hinunter.

»Inwiefern?«, wollte er wissen.

»Sie hatte so etwas wie eine Apparatur aus Glas auf ihrem Brustkorb. Ich habe keine Ahnung, was das soll. Aber man konnte hindurchsehen und etwas Trübes erkennen … ich weiß nicht, was das war …« Máire machte eine hektische Handbewegung, weil sie weiterreden wollte. »Schlangen vielleicht oder Maden oder irgendetwas in der Art sind in der Flüssigkeit rumgeschwommen. Und sie hat gerochen, als …« Máire versuchte, sich an den Geruch zu erinnern, konnte ihn aber nicht beschreiben.

»Hm.« Bondurant holte tief Luft, warf ihr wieder einen kurzen Blick zu und fragte: »Ist Ihnen sonst noch was aufgefallen?«

»Sie war geschwächt und völlig kraftlos, krank und schlapp, unterernährt und stand möglicherweise unter Schock; sie hat Schreckliches durchgemacht, das war eindeutig, aber sie hat gelebt – jedenfalls vor ein paar Stunden noch!« Máire schielte zu ihm hinüber. »Aber jetzt ist sie bestimmt tot!«

Er ignorierte ihre letzte Bemerkung und erkundigte sich stattdessen: »Sonst noch was?«

»Ich weiß es nicht. Was zum Beispiel?«

»Wie groß war sie, was hatte sie an? So in der Art.«

Máire setzte sich kerzengerade auf. »Sie war etwa ein Meter sechzig groß, wog kaum mehr als vierzig Kilo, erinnerte an eine hässliche, lebensgroße Puppe, die ein paar Runden gegen Mike Tyson geboxt hat, und sie stank, als hätte ihre Verwesung schon eingesetzt. Sie sah überhaupt so aus, als wäre sie schon seit einer ganzen Weile tot und allein durch reine Willenskraft oder weil sie sich keinen Sarg leisten konnte noch am Leben.« Sie hielt inne und holte tief Luft, um sich ihren Sarkasmus nicht anmerken zu lassen. »Sie hatte ihre Arme lange Zeit nicht mehr gebraucht. Die Hände waren nach innen gekrümmt, so.« Máire bog ihre Hände in Richtung Armbeuge. »Als hätten sich die Sehnen verkürzt. Und ihre Unterarme glichen einer Landkarte: übersät mit geplatzten Blutgefäßen und Stichwunden von Injektionen.«

Bondurant nickte wissend. »Haarfarbe? Kleidung? Können Sie sich daran erinnern?«

»Sie hatte langes schwarzes Haar und trug ein altmodisches Nachthemd, eines, das man über den Kopf zieht und das fast so aussieht wie ein Totenhemd. Sie hatte keine Schuhe. Doch was ihr an Schuhwerk fehlte, wurde durch Schminke wieder wettgemacht. Es war Theaterschminke, glaube ich. Im Gesicht war sie kreideweiß geschminkt, mit Ausnahme der Wangen, die waren grellrot. Und sie hatte eine dicke Schicht signalroten Lippenstift drauf. Es sah ungeheuerlich aus.«

Bondurant legte den Kopf leicht schief und schien zu überlegen. Dann fragte er: »Haben Sie darüber nachgedacht, dass sie eventuell auch mental geschwächt gewesen sein könnte?«

»Sie meinen, ob Sie verrückt war?« Sie musterte ihn mit durchdringendem Blick. »Das bezweifle ich!«

Bondurant zuckte mit den Schultern. »Das ist nicht auszuschließen. Oder sie war abhängig – drogenabhängig. Sie sagen selbst, dass ihre Arme von Einstichwunden übersät waren. Und dass sie mager, bleich und ausgezehrt war. Das alles würde auf eine Fixerin hindeuten.«

»Sie war nicht verrückt ... und auch keine Abhängige. Sie hatte zwar alle Symptome eines physischen Wracks, ja, aber nicht so, wie Sie meinen«, erklärte Máire. »Sie hatte Todesangst!«

»Haben Sie gar nicht mit ihr gesprochen?«

»Doch, ein bisschen. Ich habe ihr hoch und heilig versprochen, wiederzukommen und ihr zu helfen«, erzählte Máire bitter. Schuldgefühle drückten sie wie ein Paar viel zu kleine Schuhe. »Möge Gott mir vergeben, dass ich stattdessen hier sitze und meine vier Buchstaben ...«

»Was hat Sie zu Ihnen gesagt?«, unterbrach er sie.

»Sie hatte Angst.«

»Das hat sie gesagt?«

»Das wusste sie mit absoluter Sicherheit. Das war ganz eindeutig.«

»Ja, aber hat sie das auch *gesagt?«*

»Sie hat gesagt: Sie kommen, lauf! Außerdem hat sie gesagt, dass sie unter der Erde ... eingesperrt gewesen ist.« Máire verzichtete darauf zu erzählen, was C.J. über die Toten gesagt hatte. Das würde nur seine Theorie bestätigen, dass sie nicht ganz dicht war und sich mit irgendeinem Stoff das Hirn weggeputzt hatte.

»Paranoia tritt auch sehr oft bei Drogenabhängigen auf …«

Es war, als würde man immer wieder mit dem Kopf gegen eine Marmorplatte rennen. Máire überlegte, ob er das Spektakel hören konnte, das ihr Kopf veranstaltete, bevor er splitterte.

»Sie war nicht drogenabhängig«, beharrte Máire. Sie merkte, wie ihre Wangen glühten, und versuchte, sich zu zügeln.

»Gibt es sonst noch etwas, woran Sie sich erinnern oder was Ihnen aufgefallen ist?«

Máire schüttelte langsam den Kopf. »Nein, ich glaube nicht.«

»Hatte sie einen Akzent?«

»Ja, Südstaaten.«

Bondurant schwieg einen Moment. Dann fragte er: »Würden Sie sie wiedererkennen?«

»Ja, ganz bestimmt.«

»Kommen Sie mal hier rüber«, forderte Bondurant sie auf, während er sich erhob, um Máire seinen Platz vor dem Computerbildschirm anzubieten. »Dann fangen wir am besten hier an.«

7

Es regnete noch immer, und diesiges Tageslicht hatte sich in die Nacht eingeschlichen. Im Büro war es still, aber am fernen Horizont grollte der Donner. Es war kurz nach vier. Máire hatte über drei Stunden darauf verwendet, in der Vermisstendatenbank der Polizei zu recherchieren. Zuerst hatte sie nach den Initialen C.J. gesucht, jedoch ohne Erfolg. Danach hatte sie die Suchkriterien erweitert. Damit die Suche nicht zu umfangreich wurde, sah Máire die Frauen durch, die zwischen 1983 und 1990 geboren (heute also ein Alter zwischen achtzehn und fünfundzwanzig hatten) und in den vergangenen fünf Jahren im Bibelgürtel als vermisst gemeldet worden waren – sowohl in den oberen als auch in den unteren Grenzregionen der Südstaaten. Sie sah sich jedes Foto genau an, das auf dem Bildschirm erschien, betrachtete eingehend die Gesichtszüge der Frauen, ihre Augenfarbe, Haarfarbe, ihre Frisur, schrieb sich ihre Geburtsdaten und die Namen auf. Aber es half alles nichts. Keine passte. Es war nur ein endloser Strom fremder Frauengesichter.

Máire leerte ihren Kaffeebecher, seufzte und schob frustriert den Stuhl vom Tisch zurück. Sie massierte sich den Nacken, kreiste mit dem Kopf und schnitt eine Grimasse. Die nächtlichen Strapazen hatten sie erschöpft, und sie war hundemüde.

Bondurant steckte den Kopf zur Tür herein und warf ihr einen fragenden Blick zu. »Na, wie kommen Sie voran?«

Máire erwiderte seinen Blick, legte die Hände auf die Schenkel und schüttelte den Kopf.

Das Unterfangen war unmöglich. Zu viele Faktoren spielten eine Rolle. Selbst wenn es in der Datenbank ein Bild mit dem Namen C.J. gäbe, könnten ihre Suchkriterien die falschen sein oder C.J. hatte ihr Aussehen so stark verändert, dass Máire sie gar nicht wiedererkennen würde. Außerdem wusste sie nicht, wann C.J. verschwunden war. Sie war seitdem sicher viel dünner geworden oder sogar völlig abgemagert. Ihre Gesichtszüge waren viel markanter, die Schatten unter den Augen dunkler geworden. Sie könnte ihr langes schwarzes Haar zuvor kurz getragen oder die Haarfarbe geändert haben. Das herauszufinden, war unmöglich.

»Ich denke, wir hören hier mal auf«, sagte Bondurant. Er lächelte und trat ein. Der Duft seines Aftershaves stieg Máire in die Nase. Im Licht der Morgendämmerung wirkte er jünger. Ihr fiel auf, dass sein Haar grau war, und nicht aschblond, wie sie zuvor gedacht hatte. Und seine Augen waren nicht schwarz, sondern braun – cognacfarben. Er sah gut aus, das musste sie zugeben, und sein Lächeln hatte etwas ausgesprochen Verschmitztes.

»Vielen Dank für Ihre Mühe.«

»Ja, was für eine Hilfe!«, erwiderte sie bitter und stand auf.

Bondurant schwieg einen Augenblick. Er musterte sie, als würde er darauf warten, dass sie noch etwas hinzufügte. Als sie das nicht tat, sagte er: »Wir bleiben in Verbindung.« Er reichte ihr die Autoschlüssel.

Máire dachte, dass sie sicher nie wieder von ihm hören würde. Jetzt war alles bestenfalls noch Routine. Und ihnen waren die Spuren ausgegangen, noch bevor sie die erste überhaupt gefunden hatten. Sie beschlich das ungute Gefühl, dass der Fall still und leise abgeschlossen werden würde, sobald sie auf dem Parkplatz den Schlüssel ins Zündschloss steckte. Vielleicht würden sie sich noch über sie lustig machen. *Süßes Ding … aber sie würde den Unterschied zwischen einem Schwanz und einem Schlagstock nicht mal mit einer Gebrauchsanweisung erkennen.*

Als hätte er ihre Gedanken gelesen, sagte er: »Wir nehmen die ganze Sache wirklich sehr ernst. Nur dass Sie das wissen.« Er musterte sie erwartungsvoll und rechnete mit einer Antwort; als diese ausblieb, räusperte er sich. »Ihr Auto steht draußen auf dem Parkplatz. Denken Sie ans Tanken. Finch hat aus dem Reservekanister nachgefüllt, und jetzt fährt er wohl mit dem letzten Tropfen.«

Fuck! Der Reservekanister? Wollen Sie mich verarschen?

»Ah, danke«, stammelte sie.

»Fahren Sie jetzt gleich nach Charlotte zurück?«

»Ja, das habe ich vor.« Máire konnte an nichts anderes als den Reservekanister denken. *Der Kanister! So ein verdammter Mist!* Wieso hatte sie nicht schon eher daran gedacht? *Ich dumme Kuh!* Der hätte C.J. das Leben retten können!

»Ist denn jemand für Sie da, wenn Sie nach Hause kommen?«

»Ob jemand da ist?« Máire blickte ihn an und sah vor ihrem inneren Auge Jesse unter dem weißen Laken. *Absolut niemand,* dachte sie und verschränkte die Arme. Sie räusperte sich. »Nein, soweit ich weiß nicht.«

»Sie sind sicher müde.« Er warf einen Blick auf seine Uhr. »Haben Sie vielleicht mal darüber nachgedacht, in Savannah zu übernachten?« Seine olivfarbene Haut war glatt, der Hals faltenfrei, aber trotz seines jugendlichen Aussehens sah er erschöpft aus.

Máire schüttelte den Kopf. Versuchte er jetzt, sich mit ihr gut zu stellen? War das eine Finte? Hoffentlich nicht. »Das geht schon«, meinte sie. »Ich habe genug Kaffee intus ... Vielleicht sind Sie ja derjenige, der müde ist? Waren Sie nicht schon vor mehreren Stunden auf dem Heimweg?«

Er lächelte schwach und antwortete: »Doch, aber dann sind Sie aufgetaucht, und ich habe meine Pläne geändert.«

Sie musterte ihn, während ihr der Puls in den Ohren rauschte, und sie beschloss, Salz in die Wunde zu streuen. »Haben Sie sonst nichts zu tun? Ist denn jemand für Sie da, wenn Sie nach Hause kommen?«

Er spannte die Kiefermuskeln an. Es entstand eine lange Pause, bis er sagte: »Nein, ehrlich gesagt nicht.« Er sah zu Boden und zuckte mit den Schultern. »Hier ist meine Nummer, wenn Sie etwas brauchen. Und es gibt Kaffee gratis im Büro des Sheriffs, egal wann Sie vorbeikommen.«

»Danke«, seufzte Máire ironisch und versuchte, nicht über ihren Triumph zu schmunzeln. *Da habe ich genau ins Schwarze getroffen.* »Das ist sehr nett von Ihnen«, sagte sie und steckte die schmale Visitenkarte in ihre Tasche. Es gab nichts mehr zu sagen, aber ihre Nerven sprühten Funken wie ein löchriges Stromkabel. Sie fixierte ihn eine ganze Weile, als würde ihn das dazu bewegen, irgendetwas zu ändern, schließlich nickte sie.

»Dann muss ich mir keine Sorgen um Sie machen?«, wollte er wissen.

»Um mich?«, wiederholte sie mit fragender Miene.

Er bedachte sie mit einem kurzen, aber eindringlichen Blick. »Ich kenne das Wesen des Menschen.«

»Na, darauf können Sie sich aber etwas einbilden!«

Er wollte etwas erwidern.

»Ich finde allein raus …« Máire drehte sich um und verließ das Büro, ohne zu bemerken, dass er ihr nachsah, bis sie den Korridor hinuntergegangen war und das Gebäude verlassen hatte.

8

Máire wohnte im südlichen Teil von Charlotte in einem hohen, zweistöckigen Haus aus den Bürgerkriegsjahren, dessen Fassade in Wind und Wetter grauviolett geworden war. An der Frontseite war eine große Veranda angebaut, auf der eine Hollywoodschaukel stand, und im ersten Stock ging ein Balkon mit schmiedeeisernen Rosen nach hinten hinaus, wo eine hohe Hecke aus Weinranken die Grenze zum Nachbargrundstück bildete.

Die Garage, in der sich im Augenblick die Umzugskartons aus dem Haus in New Orleans stapelten, war mit Blumen überwuchert, Blauregen und Wilder Wein. Máire wollte die Kartons durchsehen, sie sortieren und vielleicht sogar die Einrichtung ein bisschen erneuern – die Teile des Hauses anders gestalten, denen ein neuer Anstrich gut stehen würde und die einer liebevollen Hand bedurften.

Bald.

Der Gedanke daran ließ beinahe eine leichte Panik in ihr aufsteigen, und sie musste sich selbst eingestehen, dass dieses Projekt trotz allem ziemlich ambitioniert und ein bisschen verfrüht war. Sie konnte sich Luxus und Komfort leisten. Aber sie hatte einfach keine Lust, etwas Neues zu kaufen und die Annehmlichkeiten des Lebens zu genießen.

Sie parkte den Land Rover in der Auffahrt, die unter der mächtigen Baumkrone einer Eiche im Schatten lag, und schaltete das Radio aus. Es regnete noch immer stark, und der Wind heulte wie ein davonrasender Güterzug. Herabgefallene Äste lagen auf den Steinplatten, und während sie überlegte auszusteigen, wehte der Wind eine Topfpflanze von der Veranda. Sonst war alles still. In dem ruhigen Villenviertel war weit und breit niemand zu sehen, und es waren auch keine Autos unterwegs.

Máire drehte sich um und warf einen Blick auf Valerie du Bois' Haus, dessen regennasse Rasenfläche von einem weißen Zaun eingefasst wurde. Die Fensterläden waren offen, wie immer, wenn Val zu Hause war. Val war Máires beste Freundin; seit zwölf Jahren waren sie unzertrennlich, und ihre Freundschaft bedeutete ihnen sehr viel – besonders seit den letzten drei Jahren, in denen Máire kaum sie selbst gewesen war.

Máire war müde, hungrig und hatte Durst – nicht dass sie bei Val nichts zu essen und zu trinken bekommen würde, aber sie war zu aufgeregt, um Val heute noch zu besuchen. Oder hatte sie Angst? War sie wütend? Stand sie unter Schock? In ihrem Magen rumorte es, als würden darin ein paar hungrige Schlangen gegeneinander kämpfen.

Bisweilen fand Máire Vals selbstsichere Bemerkungen etwas irritierend, und sie war nicht immer in der Stimmung, sie zu kontern.

Sie sah auf die Armbanduhr. Es war kurz nach zehn am Vormittag. Sie stieg aus, schloss ihren Wagen ab und beeilte sich, ins Haus zu kommen.

In der Diele hielt sie inne. Über allem schien Hoffnungslosigkeit zu liegen. Fast zwei Jahre lang wohnte sie nun schon in diesem Haus, und obwohl sie es mit ihren eigenen Möbeln eingerichtet hatte, an denen sie hing und die jetzt ausschließlich ihr gehörten, kam ihr das Haus immer noch so fremd vor wie ein Krater auf einem anderen Planeten. Máire wusste nicht, warum sie überhaupt hier war – abgesehen davon, dass es praktisch war, weil Val genau gegenüber wohnte, was auch der eigentliche Grund dafür war, dass sie hergezogen war –, aber unglücklicherweise bot sich auch keine Alternative. Es gab keinen Ort auf der Welt, an dem sie sich zu Hause fühlte, nicht mal in New Orleans. So erging es wohl den Menschen, für die weder das Leben noch der Tod eine Bedeutung hatten. Trotz alledem war sie, wie jede andere Kreatur auch, mit einem Überlebensinstinkt ausgestattet. Das machte einen mürbe. Die künstlerische Seite in ihr suchte fortwährend nach Form und Sinn, wie auch gerade jetzt. Das kleine, rautenförmige Fenster in der Tür hinter ihr warf ein vom Regen verzerrtes Muster an die Wände, und in dem gespenstischen Spiel von Licht und Schatten flackerten Bruchstücke eines Bildes, das eine verschwommene weiße Wachsmaske zeigte, die den Mund aufriss und schrie.

Máire schauderte, aber nicht wegen des Phantombildes. Das Gefühl von Einsamkeit überwältigte sie, und am liebsten hätte sie die Beine in die Hand genommen und wäre weggerannt, aus dem Haus gestürzt und nur gelaufen – ziellos gelaufen. Aber ihre Vernunft sagte ihr: *Egal wie schnell du rennst und wie weit du rennst, du kannst doch nicht vor dir selbst weglaufen. Also kannst du genauso gut stehen bleiben und dich der Situation stellen.*

Sie wusste, dass sie lange genug ihrem eigenen Leben zugesehen hatte – ein Leben, das sich anfühlte, als wäre es in der Mitte entzweigebrochen. Die Vergangenheit mit Jesse war der erste Teil, der zweite war die Zukunft, die sie Lichtjahre von Jesse entfernte, von der sie ohnehin nichts erwartete und auf die sie auch keine Lust hatte. Irgendwo in der Gegenwart steckte sie fest in einem Zustand der Verbitterung … oder war es eher Wut?

Sie musste etwas unternehmen … aber was? Unsicher suchte sie nach einer Antwort.

Was? … Waswaswas?

Máire versuchte, den Gedanken daran zu verscheuchen, als Kitty, ihre kleine schwarze Katze, zur Tür hereinspazierte. Sie blieb stehen und betrachtete sie mit ihren goldgrünen, glimmenden Augen, dann lief sie lautlos auf sie zu und strich um ihre Beine.

»Hallo, Kleine.« Máire nahm die Katze auf den Arm und küsste sie hinter das Ohr.

Sie hörte das leise, monotone Ticken der Küchenuhr und das Summen des Kühlschranks, sonst war es still.

Hinter der Tür führte eine Treppe nach oben. Hinter einer Flügeltür, die offen stand, lagen die Wohnräume mit den hohen Decken, und in die Küche kam man über einen Flur. Die Läden vor den Fenstern waren geschlossen, in den Zimmern war es dunkel. In der Dunkelheit schienen sich die Wände und die Stuckdecke gespenstisch über ihr zu wölben.

Über der Kommode hing ein großer antiker Spiegel

in einem Silberrahmen, und ein einziges Bild zierte die Wand, das ein gotisches Gebäude im Morgennebel zeigte. Das Wort Venedig stand in Druckbuchstaben darunter, und sie musste an Jesse denken und daran, wie er im Krankenbett ausgesehen hatte. Er hatte dieses Bild geliebt. Und er hatte die schöne Stadt Venedig geliebt, das Ziel ihrer glückselig-berauschenden wunderbaren Hochzeitsreise. Es vergingen genau zehn Jahre, bevor das Blatt sich wendete und sie erfuhren, dass Jesse unheilbar krank war, zehn Jahre bevor Gesang und Tanz aufhörten. Damals war das Leben schön, und Máire hatte noch nicht begriffen, dass sie auf die schleichenden Schatten achtgeben musste, und noch weniger ahnte sie, dass die Zukunft nur selten so wird, wie es scheint.

Alles, was Máire auf die harte Tour gelernt hatte, hatte seinen Preis, und der Preis für Glück war besonders hoch: Denn erst wenn man erlebt hatte, was Glück war, wusste man auch, wie groß der Schmerz war, wenn man wieder darauf verzichten musste.

Ihre Erinnerungen glichen einem Schleier, den sie nicht ablegen konnte. Bisweilen war ihre Welt mit Bildern und fernen Stimmen gefüllt, Details, die sie vergessen glaubte, und für kurze Momente schien es, als hätte Jesse nie existiert, wäre nur ein Traum vom Glück und von unsterblicher Liebe, ein verzauberter Wunsch, eine Hoffnung, mit Seidenpapier und Bändern geschmückt.

Die Männer fanden sie attraktiv, und im Laufe der Zeit begann ihr der eine oder andere zu gefallen, sie gingen miteinander ins Bett, aber hinterher empfand sie nichts als kalte Gleichgültigkeit. Bei dem Gedanken, bis ans

Ende ihrer Tage einsam und ohne Leidenschaft zu leben, kamen ihr die Tränen. Sie schluckte die Tränen hinunter, schloss die Augen und hielt sich mit Daumen und Zeigefinger die Nase zu. Verdammt!

Kitty spürte ihre Anspannung, wand sich aus ihrem Arm und sprang auf den Boden. Máire saß ein Kloß im Hals.

Über allem lag eine feine Staubschicht, und Spinnenweben spannten sich von einer Ecke des Spiegels über die Glasfläche, als wollte die Urheberin mit den Flecken auf dem Glas darum konkurrieren, wer die Spiegelungen zuerst zum Verschwinden bringen würde. Als Máire vor den Spiegel trat, erwartete sie fast, dass ein Ungeheuer aus irgendeinem gotischen Märchen zurückstarrte. Aber nur ihr eigenes bleiches, ernstes Spiegelbild wurde auf dem mit Patina bedeckten Glas sichtbar. Sie sah schrecklich aus.

Máire atmete stoßweise aus, lehnte sich vor, und das Spiegelbild hauchte mit seiner Flüsterstimme: *Pass gut auf dich auf. Du brauchst eine Gesichtsmaske, wirklich!* Sie hatte dunkle Ringe unter den Augen, und die Kleider hingen an ihr herab wie bei einer Vogelscheuche. *So wie du aussiehst, könntest du geradewegs einer Gruft auf dem Lafayette No. 1 entstiegen sein … wenn du immer noch in New Orleans wohnen würdest, wohlgemerkt.* Sie hatte so lange in New Orleans gelebt, dass sie bisweilen vergaß, nicht mehr dort zu wohnen.

Geistesabwesend steckte sie ihr Mobiltelefon in das Ladegerät und sah die Post durch, die Val gesammelt und in die Silberschale auf der Kommode gelegt hatte.

Sie atmete tief ein. Es roch nach Staub und abgestandener Luft. Máire merkte, dass sie stark schwitzte. Sie ging durch den Flur mit seinen silbrig glänzenden Schatten und streifte Schuhe, T-Shirt und Hose ab. Sie stellte fest, dass die Katze nicht in ihrem Korb unter der Treppe lag, und zuckte die Achseln. Ihn zu nutzen, war sowieso meistens unter ihrer Würde.

Máire hob ihre Kleider auf, warf sie auf einen Stuhl, ging in die Küche und schaute in den Regen hinaus, der die Fensterscheibe hinunterrann.

Sie war hundemüde, ihr Kopf dröhnte, und ihre Glieder schmerzten so sehr, dass jeder Atemzug wehtat.

9

Máire saß in dem grellen kalten Licht der Neonröhre in der Küche und suchte in den ziemlich kahlen Kammern ihres Gedächtnisses nach einem guten Grund – nach irgendeinem *sinnvollen* Grund –, warum sie existierte.

Was sie fand, war Leere.

Und das Regengeflüster.

Und die Neonröhre, die unerbittlich ihr falsches Licht verströmte … und ihre Unvollkommenheit entlarvte, all ihre Fehler und Unzulänglichkeiten.

Sie stand abrupt auf – so abrupt, dass sie beinahe den Stuhl umgestoßen hätte –, ging zur Wand und betätigte den Lichtschalter. Die Schatten kehrten von ihren Zufluchtsorten in die Ecken zurück.

Sie stellte das Radio lauter, zündete zwei Teelichte an und sah zur verregneten Fensterscheibe hinaus. Dann machte sie sich einen Toast mit Schinken und Käse, öffnete eine Flasche Wein und setzte sich an den Tisch. Sie seufzte und biss in das geröstete Brot. Im Radio spielte eine Frau Klavier und sang: *If I kiss you where it's sore, will you feel better, will you feel anything at all?*

Es kommt ganz darauf an, wie gut du küssen kannst. Und wie geduldig du bist. Denn ich bin an mehr Stellen verletzlich, als ich dachte.

Máire hob ihr Glas und prostete der Luft zu, während sie darüber nachdachte, was aus dem Mädchen geworden war, das so selbstverständlich an Wunder glaubte. Das dachte, es gäbe für alles eine Lösung. Das an das Glück glaubte und daran, dass das Leben einen Sinn hatte. Und dass hinter der nächsten Ecke immer etwas Aufregendes wartete. Vielleicht war sie in New Orleans geblieben. Vielleicht konnte sie sie überreden, mit nach Charlotte zu ziehen. Vielleicht war das alles auch einfach nur ein schlechtes Klischee.

Sie trank einen Schluck Wein. Er schmeckte bitter.

Warum sollte sie Zugvögeln Namen geben, wenn sie früher oder später sowieso davonflogen? Warum sollte sie traurig sein, wenn sie so gern in lauem Sommerregen mit aufgespanntem Schirm spazieren ging? Das war ja sowieso nur eine Illusion. Eine gut verborgene Tragödie. Hatte nicht Hemingway geschrieben, dass es für zwei verliebte Menschen kein glückliches Ende geben konnte?

Das kann man wohl sagen, alter Freund.

»Deine Liebeslieder haben keinen Text«, flüsterte sie sich selbst zu. »Du trinkst deine Träume und Erinnerungen aus zerbrochenen Gläsern. Du führst ein Dasein voller Seufzer. Das Einzige, was du hast, sind ein kleiner verwilderter Garten, den der nächtliche Regen in einen Sumpf verwandelt hat, zerstörte Hoffnungen und von Motten zerfressene Erinnerungen. Erinnerungen und Bilder von dem Leben, das du dir gewünscht hast – und sonst gar nichts.«

Ach ja, und du hast natürlich auch bitteren Wein, alten trockenen Toast ... und Regina Spektor, die melancholisch im Radio blökt.

Was sollte sie nur mit sich anfangen? Sie hatte keine Ahnung. Aber eine verrückte Idee begann, in ihrem Kopf Gestalt anzunehmen. *Du weißt nicht mal, wer sie ist. Geschweige denn, wie sie heißt. Na großartig!*

Máire legte den trockenen Toast auf den Teller, stand auf und ging nach oben ins Bad. Nach einer Dusche stieg sie hinauf ins Schlafzimmer unter dem Dach. Es war dunkel, warm und roch ungelüftet. Máire machte die Balkontür auf. Der Regen duftete frisch. Sie stieß die Fensterläden auf, stellte den Ventilator an der Decke an und legte sich aufs Bett.

Aber sie kam nicht zur Ruhe.

Ihr graute vor der Nacht. Die Nächte waren am schlimmsten. Die Nacht war ein Gefängnis geworden und sie die Gefangene darin. Die Träume waren Dämonen geworden in einer Welt, die ihre Hoffnungen und ihr sentimentales Herz verfluchte.

Und jeder neue Tag brachte nur wieder eine neue Nacht.

Sie war eingesperrt in der Hölle, ohne Ketten und ohne dass jemand sie festhielt. Ihr Spiegelbild war ihre Nemesis. Und auf dem Messer in ihrem Rücken waren ihre Fingerabdrücke.

Auf dem Rückweg hatte sie an nichts anderes gedacht als daran, wieder zu ihrem normalen unspektakulären Leben zurückzukehren. Aber sie hatte keine Ruhe. Sie hörte eine Fliege surren, die auch keine Ruhe fand, und in Gedanken hörte sie immer noch C.J.s ängstliche Schreie – und wenn sie die Augen schloss, rasten die Geschehnisse der Nacht durch ihren Kopf wie eine entgleiste Dampflokomotive. Der Gedanke daran, wo C.J. war und was sie mit ihr gemacht hatten, ließ sie nicht los – Máire konnte sich mühelos zahlreiche Gräueltaten vorstellen, die die junge Frau ertragen musste. Sie versuchte, C.J.s verzweifelte Bemühungen, ihr zu folgen, aus ihrem Kopf zu verbannen und nicht daran zu denken, wie sie auf der schwarzen, glitschigen Erde herumgekrochen war und vielleicht vergeblich um Hilfe gerufen hatte und …

Máire spürte einen Kloß im Hals.

Du hast ihr versprochen wiederzukommen! Du hast versprochen, ihr zu helfen. Du hast es versprochen!

Máire spürte, dass das Mädchen in großer Gefahr war – einer Gefahr, die stündlich wuchs.

Vielleicht war sie schon tot.

Vielleicht auch nicht.

Wie sie es auch drehte und wendete – Máire konnte nicht einfach so tun, als wäre nichts gewesen. Sie fühlte sich verpflichtet. Außerdem konnte sie niemanden im Stich lassen, der in Not war. Sie rieb sich die Stirn. Und die Polizei? Bondurant hatte gesagt, er wolle noch mal zurückfahren. Aber was würde das bringen? Welche Ermittlungen wollte er einleiten, falls er überhaupt etwas unternahm?

Sie traute Bondurant nicht über den Weg. Er verschwendete seine Zeit kaum dafür, nach Fußspuren zu suchen, die der Regen längst weggewaschen hatte. Und er würde wegen eines verschwundenen Junkies und aus zweiter Hand stammenden Aussagen keinen Kreuzzug in Bewegung setzen.

Bis ans Ende ihrer Tage würden sie Zweifel plagen, das wusste sie sicher. Und sie kam sich dumm und feige vor.

Du hast es versprochen!

Du hast es verdammt noch mal bei deinem Leben versprochen!

Máire sah ständig auf die Uhr. Die Sekunden schleppten sich durch endlose Stunden, und die Rastlosigkeit zerrte an ihren Nerven. Lange blieb sie mitten auf dem großen pastellfarbenen Doppelbett liegen. Das machte sie immer. Es war sinnlos, nur eine Seite zu benutzen, wenn es keinen gab, der auf der anderen Seite schlief.

Vielleicht sollte sie sich ein Ziel im Leben setzen? Sie brauchte jedenfalls etwas, was sie von sich selbst und von den Erinnerungen an Jesses Tod ablenkte.

Du hast es versprochen!

Die Abenddämmerung warf scheckige Schatten, und Máire atmete schwer in der drückenden Hitze. Am Fußende lag die Katze und putzte sich die Pfoten. Der Ventilator drehte sich träge an seinem Platz an der Decke, und er drehte sich gerade schnell genug, um die Luft in Bewegung zu versetzen, aber nicht, um ihre Stirn zu kühlen. Sie wendete den Kopf und sah zum Fenster hinaus. Der Himmel leuchtete violett, und der Regen tropfte in Böen vom Dachüberstand herab. Sie verscheuchte eine Mücke und versuchte, an konkrete Pläne zu denken. Sie wollte ihr Atelier einrichten. Sie müsste Leinwände besorgen und Farben. Sie müsste eine Einkaufsliste schreiben. Ihr Notizblock lag auf dem Nachttisch.

So viel zu erledigen!

Doch das half nichts. In ihren Ohren hallte eine ferne Stimme, die unter Todesängsten ihren Namen rief.

Sie stand auf und ging wieder ins Bad. Sie machte Licht, ging auf die Toilette, wusch sich die Hände und betrachtete sich im Spiegel. Ihr Spiegelbild blickte ernst zurück, als erwartete es, ihre Meinung zu hören. Sie nickte und ging wieder hinaus. Kitty hob den Kopf von ihrem gemütlichen Platz auf dem Bett und sondierte die Lage mit ihren leuchtenden Augen.

Máire tätschelte ihre Flanke. »Kommst du mit runter zum Essen?«, fragte sie die Katze, die die Frage mit einem trägen Gähnen quittierte, sich wieder hinlegte und zusammenrollte, um weiterzuschlafen.

»Katze müsste man sein«, flüsterte Máire.

Sie ging in die Küche hinunter, nahm einen Liter Milch aus dem Kühlschrank und aß noch eine Scheibe trockenen Toast. Um zehn nach acht packte sie ihre Reisetasche, nahm ihre Regenjacke unter den Arm und fuhr wieder Richtung Georgia. Wenn sie jetzt nichts unternahm, würde es sie in den Wahnsinn treiben. Vermutlich war es nur eine Illusion oder großes Wunschdenken, aber bevor sie nicht C.J.s Leiche gesehen hatte, gab es vielleicht noch Hoffnung. Eine schwache Hoffnung, aber sie war das Einzige, woran sie sich halten konnte. Die Jagd nach der Wahrheit war so etwas wie ein Kraft spendendes Ziel, sie gab Máires eintönigem Dasein Sinn und konnte für einen Augenblick die grauen Wolken in die Flucht schlagen. Gegenwärtig war die Langeweile ihre größte Feindin. Sie überlegte kurz, ob sie nicht einfach die Abenteuerlust übermannt hatte oder sie vielleicht noch an Wunder glaubte. Das spielte keine Rolle. Sie musste in jedem Fall etwas unternehmen, sonst würde sie den Verstand verlieren. Und vielleicht würde ihr Leben wieder etwas mehr in Ordnung kommen, wenn sie C.J. finden und ihr helfen konnte.

Vielleicht.

Sie fuhr die Auffahrt hinunter und rief Valerie von ihrem Handy aus an. Das Scheinwerferlicht glitzerte vor dem Land Rover auf dem schwarzen Asphalt wie Quecksilber. Sie spürte einen unbehaglichen Zweifel in ihrem Innern nagen, ignorierte jedoch ihre innere Stimme, die wisperte, dass es dumm, sehr dumm sei, jetzt zu fahren. Máire sah aus dem Fenster, wo der Regen fast waagerecht gegen die Scheibe prasselte und wie splitternde Glasmurmeln klang. Ein Blitz zuckte Richtung Westen am Himmel. Sie beschleunigte und konzentrierte sich wieder auf die Straße.

Val ging nach dem dritten Klingeln ans Telefon.

»Hallo Val, hier ist Máire.«

»Hi, Máire, wie geht's? So ein Mistwetter, hier fliegen gleich die Fensterläden weg!«

»Na, dann wappne dich«, sagte Máire. »Sag mal, kannst du noch eine Weile auf die Katze aufpassen? Ich fahre für ein paar Tage weg, vielleicht auch län…«

»Ich dachte, du bist gerade erst wiedergekommen!«, wundert sich Val. »Vorhin erst habe ich dein Auto in der Auffahrt stehen sehen. Da habe ich meine triefnasse Wäsche reingeholt … und eigentlich wollte ich rüberkommen und dir was zu essen vorbeibringen. T-Bone-Steaks und Salat! Du hast noch nicht gegessen, oder?«

»Ich bin schon wieder unterwegs.«

»Ach so, na dann. Wohin denn? Ich dachte …« Sie unterbrach sich: »Was ist denn los?«

»Ich fahre noch mal nach Savannah. Ich muss da noch ein paar Dinge erledigen.«

Es blieb still am anderen Ende der Leitung, dann fragte Val: *»Savannah?* Aber du bist doch gerade …« Sie verstummte und fragte stattdessen: »Ist alles in Ordnung? Geht es dir gut? Wie war's denn?«

»Alles bestens. Ich habe den Ring ins Wasser geworfen, wenn du das meinst.«

Máire hörte, wie Val sich eine Zigarette anzündete und einen langen Zug nahm.

»Hm, wieso musst du dann noch mal zurück?« Ihre Stimme wurde lauter. »Ich glaube nicht, dass das eine gute Idee ist, Máire. Savannah ist nichts für dich, da gibt es doch nur lauter Erinnerungen – Erinnerungen, die dir sowieso nicht helfen, jedenfalls zum jetzigen Zeitpunkt nicht.« Sie machte eine Pause, dann fuhr sie fort: »Warum fährst du denn so spät noch?«

»Weil ich verrückt bin, okay? Weil ich glaube, dass ich jemandem helfen kann, der in Gefahr ist«, erklärte sie und beeilte sich hinzuzufügen: »Das hat nichts mit Jesse zu tun.«

»Mit wem denn dann?« Val klang misstrauisch.

»Mit jemandem, der mich braucht.«

»Jemand, der dich braucht? Wer? Hast du jemanden kennengelernt? Wer ist es denn?«

Máire lachte. »Ich habe niemanden kennengelernt. Niemanden.«

Val zog wieder an ihrer Zigarette. »Hast du dich da in irgendwas reingeritten? Hast du vor, mir zu erzählen, worum es überhaupt geht?«

»Vielleicht. Aber nicht jetzt.«

Val seufzte. »Du bist ein Pirat, Máire. Zweihundert Jahre zu spät! Pass auf dich auf!«

»Yes, I am a pirate two hundred years too late«, sang Máire leise und verbittert, klappte ihr Handy zu und ließ es in ihre Handtasche gleiten. *»Arriving too late, arriving too late …«* Wenigstens Jimmy Buffett hatte nicht vergebens gelebt, dachte sie.

10

Máire erreichte Savannah kurz nach Mitternacht. Sie mietete sich in einer kleinen Pension im historischen Ortskern ein, die in einem ehemaligen Wohnhaus mit großer Veranda, schmiedeeiserner Balustrade und schwarzen Läden vor den spitzen gotischen Fenstern untergebracht war. Sie füllte das Formular aus und bekam den Schlüssel ausgehändigt. Zimmer Nummer 401 lag im ersten Stock mit Blick auf die Türme der Kathedrale und die Eichenbäume auf dem Place Lafayette und war ein hübsches Doppelzimmer mit hoher Decke, einem Kamin aus weißem Marmor und einem riesigen Himmelbett. Máire ließ ihre Reisetasche aufs Bett fallen und sah sich um. Ein paar Korbstühle und ein runder Eisentisch standen zwischen den beiden Fenstern, die auf die Abercorn Street zeigten, und an der Wand gegenüber stand ein weiß gestrichenes Eichenholzregal mit Fernseher, Radio, Computer, einer Minibar und einer kleinen Bibliothek.

Im Zimmer war es kühl, es war nur spärlich beleuchtet, und schwere weinrote Vorhänge mit Verdunkelungsgardinen hinderten die Welt daran, bis hierher vorzudringen. Máire zog eine Seite auf und sah den Regenwolken nach, die langsam und bedrohlich verschwanden und einen mit silbrig glänzenden Sternen übersäten Himmel hinterließen. Die Straße war leer und verlassen.

Máire legte sich aufs Bett. Auf einem der beiden Nachttische stand ein Telefon. Sie rief Val an, die nicht abnahm, ließ sich ein warmes Bad ein und dankte den Göttern dafür, dass sie ganz unten in ihrer Tasche eine Schachtel Valium fand.

In Máires Küche machte Valerie du Bois eine Dose Katzenfutter auf, löffelte den Inhalt auf einen Teller und stellte ihn auf den Fußboden. Dann füllte sie die Schale mit frischem Wasser. Die Katze hatte eine Klappe in der Küchentür, um ein- und auszugehen. Valerie ging um die kleine Essecke herum und schubste die Klappe mit der Zehenspitze an, um sicherzugehen, dass sie nicht klemmte. Sie zog die Gardine zur Seite und warf durch die kleine rautenförmige Scheibe in der Tür einen Blick in den Garten. Am Himmel zuckten Blitze. Der Regen strömte herab, und sie wunderte sich darüber, dass die Katze sich offenbar nicht ins Hausinnere retten wollte. Sie war nicht einmal zum Fressen gekommen.

»Kitty, Kitty«, lockte sie. Ihre Stimme verhallte in der Stille. »Kitty, Kitty …«

Na dann, sagte sie zu sich selbst. Früher oder später würde sie schon kommen.

Sie trat in die Diele. Es war dunkel, warm und ruhig, abgesehen von den Regentropfen, die an die Scheiben und Türen trommelten. Eine düstere Stimmung lag über einem verlassenen Haus, und dieses Haus hatte ihr stets einen Schauer den Rücken hinuntergejagt. Doch jetzt wurde sie von einem derartig unheimlichen Gefühl übermannt, dass sie plötzlich eine Gänsehaut bekam. Irgendwo im Haus knarzte es, und Valerie zuckte zusammen. Sie blickte sich vorsichtig um und spürte, wie ihr der kalte Schweiß auf die Stirn trat. Einen Moment verharrte sie völlig reglos und horchte gespannt, um zu orten, woher das Geräusch kam.

Nichts. Nur das leise Brummen des Kühlschranks war zu hören.

Sie rechnete damit, dass sie allein war, denn Máire hätte Bescheid gesagt, wenn sie zurückgekommen wäre. Trotzdem fragte sie: »Hallo? Ist da jemand? ... Máire, bist du das?«

Es blieb still.

Sie rührte sich noch immer nicht, dann schüttelte sie den Kopf. *Was ist bloß los mit dir?* Valerie gehörte nicht zu den Frauen, die schnell nervös wurden, und sie konnte gut auf sich selbst aufpassen.

Dann knarrte es wieder. Das Geräusch war ganz nah. Valerie fuhr herum. Direkt hinter ihr glitt die Tür vom Garderobenschrank einen Spaltbreit auf. Sie hielt den Atem an und starrte auf die Tür. Wie von Geisterhand ging sie weiter auf, dann noch ein bisschen weiter.

Valerie schrie zwar nicht auf, aber es fehlte nicht viel. Natürlich wusste sie, dass das kein Geist war. Sie versuchte den Gedanken zu verscheuchen, dass irgendjemand da drinnen stand. Andererseits gingen Türen normalerweise nicht von selbst auf.

Hör auf, dir Angst einzujagen!

Vielleicht war das nur Zugluft?

Oder Einbildung?

Sie blieb wie angewurzelt stehen und wartete ab, ob

etwas passierte, während sie spürte, dass ihr alle Haare zu Berge standen.

Begleitet von einem unheimlichen Knarren öffnete sich die Tür noch etwas weiter. Jetzt machte Valerie du Bois ihren Mund auf, um einen Schrei zu formen, aber der einzige Laut, der sich ihrer Kehle entrang, war ein Keuchen.

Das Herz schlug ihr bis zum Hals. Der Türspalt wurde breiter und breiter. Das schwache Licht, das durch die Scheibe der Haustür fiel, reichte gerade aus, um die Umrisse einiger Mäntel in der Garderobe auszumachen, und für einen Moment war sie versucht, sie mit einer Gestalt zu verwechseln und zu denken, dort stünde jemand. Aber bevor sie weiterrätseln konnte, fiel ihr Blick auf einen kleinen schwarzen Kopf unten in der Türöffnung. Zwei leuchtende gelbe Augen starrten sie verschreckt an. *Die Katze! Es war nur die Katze!*

»Ach, Kitty! Du bist es!«, rief sie erleichtert und bückte sich langsam, um die Katze auf den Arm zu nehmen. Sie fauchte, zeigte zwei Reihen spitze Zähne und sprang an ihr vorbei wie ein Troll aus einer Schachtel.

»Was ist denn los mit dir?«, fragte Valerie verwundert.

Die Katze schnaubte, als Valerie sie wieder hochnehmen wollte. Dann machte sie lautlos wie der Wind auf den Pfoten kehrt und verschwand Richtung Küche.

Valerie schnalzte mit der Zunge. »Biest!« Sie wollte die Garderobentür zumachen, blieb mit der Hand auf dem Türknauf stehen und lauschte nach verdächtigen Geräuschen. Abgesehen vom Brummen des Kühlschranks und vom Regen, der auf das Dach donnerte, war es still. Sie schloss die Tür.

Und während ihr Herz seinen gewohnten Rhythmus wiederfand, sammelte sie die Post vom Boden auf und legte sie in die Silberschale auf der Kommode. Valerie warf einen Blick in den Spiegel. Ihr Spiegelbild war in dem leicht angelaufenen, dunklen Glas ein wenig verzerrt. Sie sah sich überhaupt nicht ähnlich, fand sie. Eher sah sie wie eine alte Frau aus – eine alte, geschiedene Frau, zweiunddreißig Jahre alt, die den Glauben an die Menschheit noch nicht verloren hatte, aber auch nicht sonderlich viel von ihr erwartete. Ihre Haare waren pitschnass, ihr Gesicht kreideweiß und verschwitzt. Sie kniff sich in die Wangen und schickte ihrem Spiegelbild das überzeugendste Lächeln, das sie sich abringen konnte, seufzte tief und stellte fest, dass der Regen plötzlich stärker wurde. Sie nahm die Schultern zurück, rückte ihre Hemdbluse zurecht und strich sich mit einer raschen, akkuraten Bewegung die Haare aus der Stirn.

Weiter kam sie nicht.

Die Diele hinter ihr verlor sich fast völlig im Dunkeln. Aber sie sah etwas funkeln. Plötzlich hatte sie das Gefühl, jemand stünde hinter ihr.

Ihre Lippen bebten. »Zum Teufel …«, flüsterte sie heiser. Sie machte einen Schritt zur Seite, aber er riss sie zu Boden, bevor sie Luft holen konnte, um zu schreien.

11

Der Tod kommt nicht immer in einer schwarzen Kutte daher. Er sah ziemlich gewöhnlich aus, der Mann, der sich *Die Schlange* nannte.

Das Haus, in dem er sich aufhielt, befand sich in Wimberly Bluff – an einem ausgefahrenen Schotterweg in der Nähe des Friedhofs Bonaventure am äußeren Stadtrand von Savannah – und wurde Harriet Tattnall House genannt, auch wenn niemand so richtig wusste, warum. Zum Haus gehörten etwa zwanzig Hektar Grund, der größtenteils mit hohen Eichen und Zypressen bewachsen war, von denen das Moos wie Schleier herabhing. Dieses Wäldchen grenzte an drei unbebaute Grundstücke, die dem reichen Stephen Strictland gehörten. Das unbebaute Land erfüllte den Zweck, dass ihn niemand störte, und der schwarze Wagen vom Bestattungsinstitut, der in der Auffahrt stand, hatte eine so abschreckende Wirkung, dass keiner der Nachbarn im Traum auf die Idee kommen würde, sich dem Grundstück zu nähern, abgesehen von den Kindern der Gegend, die manchmal Wetten abschlossen, wer sich traute, zur Tür zu laufen, anzuklopfen und wieder zu verschwinden. Ihm war das gerade recht: Er wurde nicht gerne gestört. Er hütete sein Geheimnis und arbeitete mit großer Sorgfalt. Er nahm sich viel Zeit und berücksichtigte eventuelle Unwägbarkeiten. Alles, was er sich vornahm, geschah mit uhrwerksmäßiger Präzision und Effektivität, und alle denkbaren Risiken wurden einkalkuliert.

In dem weißen fensterlosen Raum unter dem Kellergeschoss roch es streng nach Medizin und antiseptischen Mitteln, und der Boden bog sich unter der Last der ärztlichen Ausrüstung. Hier fanden seine grausamen Machenschaften statt.

Die Internetverbindung, die er benutzte, verbarg sich hinter einem ferngesteuerten Botnetz, das aus über fünfzehntausend Zombiecomputern von nichts ahnenden Personen bestand, die er mit einem Storm-Orm verbunden hatte. Er benutzte zehn innerstaatliche Server, die alle mit verschlüsselten Infrastrukturnetzen arbeiteten. Er hatte unter Zuhilfenahme von Rootkits, die seine Identität schützten, die Zugangsrechte geknackt. Dadurch konnte er jeden einzelnen von diesen Zombiecomputern samt Server und Internetverbindung benutzen, wie es ihm gerade passte. Diese Codierung bedeutete, dass irgendein neugieriger Superhacker von der Polizei, *falls* er jemals über irgendetwas stolpern und eine Fährte finden würde, schlimmstenfalls eine Verbindung nach Savannah aufdecken würde – aber mehr auch nicht. Danach würde die sprichwörtliche Suche nach der Nadel im Heuhaufen beginnen. Er war wie eine Rauchwolke, die verflog, und er konnte sich bis in alle Ewigkeit verstecken. Aber die Polizei und die Behörden schossen sich natürlich auch nicht ohne Grund auf jemanden ein.

Der eindeutigste Beweis dafür, dass ein Mord begangen worden war, war eine Leiche. Und er trennte sich im

Krematorium auf sehr effektive Weise von den Leichen. Ihm musste keiner mehr erzählen, wie man Beweise vernichtete. Doch obwohl er den herumschnüffelnden Beschauärzten zwecks detaillierter Untersuchung sämtliche Leichen offen zur Schau gestellt hatte, würden die Parallelen der Tötungsmethoden niemals die Opfer miteinander in Verbindung bringen. Und auch wenn sie alle ein ähnliches Schicksal erlitten hatten, wurde der Totschlag auf verschiedene Weisen ausgeführt, ferner stammten die Opfer aus allen möglichen Gegenden des Landes, und die Morde verteilten sich über einen Zeitraum von mehreren Jahren. Ein Muster gab es nicht. Keine Verbindung zwischen den Opfern. Keine Beweise. So lautete eine der Regeln.

Aber sein Komplize fing an, ihm Probleme zu machen. Er fand nämlich, dass das Spiel langweilig zu werden begann. Er meinte, es wäre witzig und originell, den Bullen gelegentlich einen kleinen Hinweis zu geben, Anerkennung für seine Arbeit zu erhalten und zu sehen, ob man damit noch davonkam. Das hatte er schon ein paar Mal so gemacht. Das verdoppelte die Spannung, wie er sagte. Die Gewinner machten die Regeln, und die Verlierer richteten sich danach; so sah der andere das. Aber es war gefährlich und dumm, so zu handeln. Vor allem die Geschehnisse der jüngsten Vergangenheit hatten ihm einen dicken Strich durch die Rechnung gemacht.

Der Mann, der sich im Internet *Die Schlange* nannte, hatte nicht vor, sich auf frischer Tat ertappen zu lassen. Er würde sämtliche Beweise vernichten. Er hatte die Situation vollkommen unter Kontrolle.

Und dieses Spiel konnte er auch ohne Partner spielen.

Er war des anderen überdrüssig geworden. Der Mann gehörte in eine Anstalt. In Kindertagen hatte der andere viel Macht über ihn gehabt und nicht gezögert, von dieser Macht Gebrauch zu machen. Er selbst war zu feige gewesen, das allein durchzuziehen, aber das hatte sich geändert. Der andere nervte ihn andauernd. Er hatte schon mit dem Gedanken gespielt, ihn für das, was er gesagt und getan hatte, zu erschlagen. Er verdiente zweifelsohne den Tod. Und mit etwas Hilfe konnte er sehr leicht in den Brennofen des Krematoriums fallen, auch wenn er eigentlich einen *interessanteren* Tod verdiente. Bei dem Gedanken daran machte sein Herz einen Satz, aber alles zu seiner Zeit. Jetzt musste er sich erst einmal auf das Hier und Jetzt konzentrieren.

12

Am nächsten Tag wachte Máire schweißüberströmt auf. Das Laken hatte sich wie eine Zwangsjacke um sie gewickelt. Sie hatte die Klimaanlage abends noch ausgemacht (weil sie davon immer Schnupfen und Halsweh bekam), und die Luft im Zimmer war feucht, warm und zum Schneiden stickig. Schweiß, der nicht verdunsten konnte, lief in feinen Rinnsalen über ihre Kopfhaut in ihr Haar und fühlte sich wie krabbelnde Insekten an. Sie rieb sich die Augen und ließ den Blick durch den Raum schweifen. Draußen brannte die Sonne auf die Veranda und das schmiedeeiserne Geländer. Sie sah auf ihre Uhr. Es war halb acht.

Sie setzte sich auf und dachte an C.J. Was hatten sie ihr angetan?

Und warum?

Sie war gefangen gehalten worden, der Rest war nichts als purer Sadismus oder irgendeine Form von pathologischem Hass – darüber konnte man nur spekulieren. Máire versuchte, nicht mehr daran zu denken. Es nützte ohnehin nichts, die Motive und Handlungen von Psychopathen nachvollziehen zu wollen. Ihr war es auch gleichgültig. Sie musste C.J. einfach finden. Oder es würde sie das Leben kosten. Die wichtigste Frage lautete, wo C.J. sich aufhielt. Máire rang mit der unheimlichen Angst in ihrem Unterbewusstsein, dass es vielleicht schon zu spät und die Hoffnung, C.J. in einem Ort von der Größe Savannahs überhaupt zu finden, völlig unrealistisch war. Daran wollte sie auf keinen Fall denken!

Wenn Máire jetzt den Mut verlor, hatte C.J. nicht die geringste Chance. Aber was zum Teufel sollte sie tun? Sollte sie durch die Gegend laufen und Zettel an die Bäume heften? Oder von Haus zu Haus, von Tür zu Tür gehen, um nach ihr zu fragen? Das würde den restlichen Sommer lang dauern. Und wo sollte sie anfangen? Vielleicht würde sie das plötzlich von irgendeinem sechsten Sinn erfahren? Vielleicht sollte sie die Zeit darauf verwenden, Beweise zu finden. Im Wald nach Patronenhülsen suchen. Ihr fiel ein, dass sie sogar schon eine Idee gehabt hatte.

Sie nickte und stand auf.

Sie fühlte sich matt, und ihre Beine taten weh von den Strapazen der letzten Nacht. Sie reckte und streckte sich. Es ging schon, mit ein paar Tabletten und einem warmen Bad würde sie das schon wieder hinbekommen. Sie duschte rasch, wickelte sich in ein Handtuch und trat auf die Veranda.

Ein paar massive weiße Adirondack-Holzstühle standen um einen Tisch, zahllose Topfblumen schmückten die Veranda. Die Hitze des Tages stellte sich allmählich ein. Die Sonne spiegelte sich unberechenbar in den Fensterscheiben des Nachbarhauses gegenüber, und ein warmer Wind wehte ihr ins Gesicht. Die Straße war wie blank gefegt nach dem gestrigen Regen, und der Berufsverkehr ließ noch auf sich warten. Nur das Vogelgezwitscher und ein Deckenventilator, der auf vollen Touren lief, waren zu hören.

Máire hielt inne, atmete die Wärme ein und betrachtete ein paar Töpfe mit weißen Blumen, die sich im Wind wiegten. Sie waren schön, sahen aber auch unheimlich aus und erinnerten sie an Blumen, die auf ein Grab gelegt wurden.

Totenmänner!

Sie fröstelte und ging wieder ins Zimmer, blieb stehen und starrte an die Decke, als würde sie einen Punkt in weiter Ferne fixieren.

»Totenmänner …«, sagte sie laut zu sich selbst. »Totenmänner?« Was zum Teufel sollte das heißen? Tote Männer? Das ergab keinen Sinn. Und dann überlegte sie, dass C.J. möglicherweise Totenmann und nicht Totenmänner gesagt hatte. Die Einzahl. »Totenmann.« Sie sagte das Wort noch einmal laut, ließ es sich wie ein Degusteur auf der Zunge zergehen und spie es wieder aus: »Totenmann!« Vielleicht hatte sie auch gar nicht Totenmann, sondern Bestatter gemeint? Das ergab ein bisschen mehr Sinn. Aber auch nicht viel.

Sie nahm ihr MacBook aus der Reisetasche und stellte fest, dass die Pension über eine schnurlose Internetverbindung verfügte. Nach einer schnellen Suche fand sie mehrere Karten von Savannah und Garden City.

Sie sah sich ein paar Karten an, machte sich auf einem Zettel ein paar Notizen, doch es war keine Karte dabei, die sie verwenden konnte. Außerdem hatte sie keinen Drucker. Im Internet fand sie eine Liste der Bestattungsinstitute von Savannah und Garden City und stellte fest, dass es insgesamt fünfunddreißig davon gab. Dann schüttelte sie den Kopf und machte den Computer wieder aus. Sie probierte es noch einmal auf Vals Mobiltelefon, jedoch ohne Erfolg.

Sie schlüpfte in eine schwarze ärmellose Baumwollbluse, ein Paar Shorts und vernünftige Sandalen und setzte sich eine Sonnenbrille und eine Kappe mit breitem Schirm auf. Danach ging sie ins Erdgeschoss, wo der Frühstücksraum lag, und aß so viel, als wäre sie am Verhungern: ein üppiges Frühstück in bester Südstaatenmanier mit Maispfannkuchen, Würstchen und Speck.

Als um neun Uhr die Geschäfte gerade aufgemacht hatten, schlenderte Máire in die Hitze hinaus und überquerte im Schatten eines fast widernatürlichen Baldachins aus spanischem Moos die Straße.

Die Eichen, die die stattlichen Stadtvillen, Plätze und verwitterten Springbrunnen dicht umringten, machten die Luft schwer. Über dem Wald und den Plantagen entfernte sich der Donner, und ein laues Lüftchen spielte mit Máires Haar, ohne den feuchten Film zu kühlen, der sich wie eine Maske auf ihr Gesicht gelegt hatte. Es sollte heiß werden – heißer als in der Hölle.

Sie strich sich mit dem Handrücken eine Haarlocke aus dem Gesicht und studierte die Karte. Das Auto zu nehmen, würde sich nicht lohnen. Sie ließ es stehen. Gerade als sie in die Abercorn Street bog, klingelte das Handy in ihrer Tasche. Als sie sich meldete, blieb es still. Aber sie wusste, dass die Verbindung gehalten wurde: Sie konnte Atemzüge hören.

»Hallo?«

Máire horchte.

Nichts.

Dann sagte sie: »Wo haben Sie denn diese Nummer her?« Sie machte eine Pause und fuhr fort: »Sie wissen doch, dass Ihre Nummer zurückverfolgt werden kann, oder?«

Sie beendete die Verbindung und drückte die Sterntaste, die Neun und die Raute, um sich die Nummer des Anrufers anzeigen zu lassen. Aber wie sie schon vermutet hatte, hatte der Anrufer seine Nummer unterdrückt. Sie rief ihren Netzanbieter an, und eine junge Frau mit schläfriger Stimme erklärte ihr, dass es nicht möglich sei, die Telefonnummern von nicht registrierten Teilnehmern einzusehen, und riet ihr, Anzeige zu erstatten, wenn sie es für Schikane hielte und etwas dagegen unternehmen wolle. Máire suchte nach Bondurants Visitenkarte und tippte seine Handynummer ein. Es klickte, und er war in der Leitung. Máire schwieg und musterte einen Moment lang das Telefon. Was wollte sie damit bezwecken? Glaubte sie wirklich, das würde sie weiterbringen? Es war eher unwahrscheinlich, dass er ihr helfen würde ohne jeglichen Beweis. Und wenn sie weiterhin den Eindruck erweckte, sein göttliches blütenbekränztes Ego wäre ihr gleichgültig, bliebe von seinem restlichen Wohlwollen auch nicht mehr viel übrig.

Sie hörte ihn am anderen Ende: »Hallo? Ist da jemand?«

Ich bin nach Savannah zurückgekommen … um Ihre Arbeit zu machen, denn auf die Polizei kann ich mich ja nicht verlassen … und auf Sie schon gar nicht. Aber vielleicht können Sie mir ein paar Tipps geben …

Verdammt! Er würde sie zu überreden versuchen, das Ganze bleiben zu lassen, oder ihr sogar *befehlen,* es der Polizei zu überlassen. Máire versuchte nachzudenken. Worauf sie sich da einließ, war verrückt, das wusste sie, und das Eis, auf dem sie sich bewegte, war dünn, aber die Alternative war nicht besser.

Sie behielt das Mobiltelefon in der Hand, dann beendete sie die Verbindung und ließ es irritiert in ihre Tasche gleiten. Sie musste ihre Recherchen ohne Bondurants Hilfe fortsetzen.

Auf der Broughton Street entdeckte Máire eine gut sortierte Buchhandlung, wie sie sie suchte; eine, die auch Land- und Straßenkarten verkaufte. Sie kaufte Karten mit großem Maßstab: eine von Savannah und Garden City und eine von dem südwestlich von Garden City gelegenen Gebiet. Um auf der sicheren Seite zu sein, ging sie von einem Radius von zehn Kilometern aus und dafür brauchte sie beide Karten. Die Straßen waren unterteilt in asphaltierte Hauptstraßen, Landstraßen und Fahrwege. Außerdem kaufte sie Zirkel, Lineal, Radiergummi und eine Schachtel mit Bleistiften. Ein Stück weiter die Straße hinunter gab es ein Geschäft für Jagdzubehör, wo sie ein Zeiss-Fernglas, ein Springmesser – für alle Fälle – sowie eine Taschenlampe besorgte.

Dann kehrte sie schnell zum Hotel zurück, wo sie die Karten auf dem Boden ihres Zimmers ausbreitete und sorgfältig studierte. Um Savannah und Garden City führten viele verschiedene Routen herum, alte Feldwege und Forststraßen. Máire musste sie alle überprüfen – das bedeutete mehrere Hundert Quadratkilometer. *Hellsehen müsstest du können,* sagte sie zu sich selbst und stieß einen langen Seufzer aus. Sie schüttelte den Kopf und rieb sich die Stirn. Aber wenn sie davon ausging, dass C.J. weder verrückt noch auf einem Trip gewesen war und dass sich alles so verhielt, wie sie gesagt hatte – nämlich dass sie gegen ihren Willen gefangen gehalten worden war und zwar unterirdisch –, dann musste der Ort, nach dem Máire suchte, mindestens ein Kriterium erfüllen: Er musste relativ isoliert liegen. Es könnte ein einsam gelegenes Ferienhaus, ein Hof, eine Plantage oder eine Ranch sein. Sie fuhr ihren Mac wieder hoch und rief die Liste der Bestattungsinstitute in Savannah und Garden City auf. Sie schaute alle durch und zeichnete die Standorte in ihre Karte ein. Alle waren in der Stadt. Ungläubig schüttelte Máire den Kopf. Diese Theorie war also haltlos. Wenn C.J. in Savannah oder Garden City eingesperrt gewesen war, wäre sie kaum aus der Stadt herausgelaufen, sondern hätte in der Nähe ihres Aufenthaltsortes Hilfe gesucht. Máire wandte sich wieder der Karte zu. Wo verdammt noch mal war sie hergekommen?

Der Savannah River verlief Richtung Norden, von dort konnte C.J. also nicht gekommen sein, es sei denn, sie wäre geschwommen, wovon Máire nicht ausging, und Savannah lag östlich.

Also würde Máire sich zunächst auf die Umgegend westlich und südlich von Savannah und Garden City konzentrieren. Auf der Karte legte sie den Kompass auf den Fahrweg, wo sie C.J. gefunden hatte, und schlug darum einen Kreis mit dem Zirkel, der einem Durchmesser von zehn Kilometern entsprach. Sie glaubte zwar nicht, dass C.J. so weit gelaufen war, aber es war besser sicherzugehen, als sich hinterher zu ärgern.

Sie beugte sich wieder über die Karten. Südwärts gab es zwei Möglichkeiten. Nach etwa sechs Kilometern wurde die Hauptstraße von einem Fahrweg gekreuzt, der in nordsüdlicher Richtung verlief. Im Westen gab es ebenfalls zwei Fahrwege, nach drei beziehungsweise fünf Kilometern, die mehr oder weniger südlich verliefen.

Máire spülte zwei Aspirin mit ein paar Schlucken Apfelsaft hinunter, packte die Karten zusammen, nahm sich zwei Flaschen Wasser aus der Minibar, das Fernglas und ihre Sonnenbrille.

13

So etwas hatte Kommissar Bernard Delacroix in seinen zweiundzwanzig Jahren bei der Polizei von Atlanta noch nicht erlebt.

Um zehn vor acht – mitten beim Frühstück – hatte ihn seine Dienststelle angerufen, und er war von Macon mit Blaulicht und Sirenen hergerast. Jetzt war er froh, dass er keine Zeit mehr hatte, um sein Frühstück zu beenden. Er ging über den Rasen, und die Journalisten und Reporter liefen hinterher, weil sie einen Kommentar wollten. Aber er eilte wortlos weiter.

Der Himmel wurde rosafarben angestrahlt, und ein paar vereinzelte Kumuluswolken sahen wie Zuckerwatte aus. Aber in der Ferne grollte unheilvoll der Donner, und es wehte ein warmer Wind. Delacroix sah sich um. Hier war es wie im Paradies – von der Hölle aus betrachtet. Der Pavillon lag in der Mitte des Sees und wurde von vier großen Scheinwerfern in gleißendes Licht getaucht. Stellwände aus Kunststoff schirmten das Gebäude gegen die Teleobjektive der herumschnüffelnden Fotografen ab. Eine schmale weiße Brücke führte von der Rasenfläche zu dem kleinen achteckigen Pavillon. Ihre Eckpfeiler waren so wurmstichig und verschimmelt, dass die unebenen Holzplanken zu brechen und in das schwarze Wasser des Sees zu fallen drohten.

Die Dienststelle in Savannah war nicht so groß, dass sie über eine eigene Kriminaltechnik verfügte, und obwohl die hiesigen Polizisten die Ersten am Tatort gewesen waren, hatte die Polizei von Atlanta die weiteren Ermittlungen und Analysen offiziell übernommen. Der Fall fiel allerdings unter die Zuständigkeit des Gerichtsbezirks des Sheriffs von Savannah. Eine besonders heikle Konstellation. Das würde nicht einfach werden. Das wusste Delacroix aus bitterer Erfahrung.

Edward Williams sah auf und grüßte mit einem höflichen Kopfnicken. Sein Gesicht war schweißüberströmt.

»Um Gottes willen!« Delacroix schob seinen Hut in den Nacken und gab eine hohe Stirn preis, die so tiefe Furchen hatte, dass sie einem Waschbrett glich. Er musterte die Leiche. Sie war nackt und in eine Art grünlichen Veloursmantel geschlungen, als sie sie fanden. Die Kapuze, die sie noch immer auf dem Kopf hatte, warf einen unheimlichen Schatten auf ihre alabasterweiße Haut, als hätte sie ein Gesicht aus Wachs.

»Eine Frau, Anfang zwanzig«, stellte der Rechtsmediziner fest.

»Ja, das sehe ich auch!« Sein Blick blieb auf ihrem Gesicht haften. Lippen und Augenlider waren durchstochen, sodass sie beides nicht hatte öffnen können. Für seinen laienhaften Blick schien es, als wären kleine blanke Schrauben vorn durch das Oberlid und durch die Haut des Unterlids gestochen und anschließend mit so etwas wie einer Schraubenmutter fixiert worden. Das Gleiche galt für den Mund, dort waren die Schrauben größer. Die Lippen waren bläulich und geschwollen wie zwei Ballons. Ihr Gesicht war schmerzverzerrt, was nicht verwunderlich war, wenn man bedachte, was sie vor und während ihrer Todesqualen alles durchgemacht haben musste.

Doch weil die Haut ihres Gesichts so oft durchbohrt worden war, ließ sich nicht leicht sagen, wie sie ausgesehen hatte, als sie noch lebte. Aber an ihren fein geschnittenen Gesichtszügen konnte er erkennen, dass sie mehr als eine durchschnittliche Schönheit gewesen war.

»Wissen wir schon, wer sie ist?« Delacroix sah sich um.

»Sie heißt Allison Spencer«, antwortete einer der Polizisten, der bei der Untersuchung des Tatorts und der Registrierung des Beweismaterials assistierte. Delacroix erkannte ihn an der Kleidung wieder. Er war Bondurants rechte Hand – ein störendes Insekt, dem man den wenig schmeichelhaften Spitznamen Nummer zwei gegeben hatte und der immer aufgedonnert war wie ein Filmstar aus den Achtzigern. Dadurch wirkte er wie ein Elefant im Anzug. Sein richtiger Name war Jim Cooper.

»Vor sechs Monaten ist sie aus ihrem Heimatort Beaufort verschwunden.« Cooper kramte in seiner Tasche und hielt ein Foto zwischen zwei Fingern. »Hübsches Ding!«

Delacroix warf einen Blick darauf und interessierte sich dann wieder für die Leiche. »Wie lange ist sie schon tot?«

»Maximal vierundzwanzig Stunden.«

»Ist das hier auch der Tatort?«

»Nein, als sie hierhergebracht wurde, war sie schon tot.« Edward Williams drehte die Tote vorsichtig auf die Seite und zog ihr die Kapuze vom Kopf.

»Was zum Teufel ist das denn?«, fragte Delacroix und machte eine ungehaltene Geste. »Wollte hier einer seine perversen Ideen ausleben oder was?« Er starrte ungläubig auf den Hinterkopf der Frau und konnte beim Anblick der sonderbaren Verstümmelung ein Schaudern nicht unterdrücken. Sie hatte eine Tonsur, und an ihrem Hinterkopf, direkt hinter den Ohren, waren zwei monströs aussehende Fleischerhaken befestigt, zwei weitere durchbohrten ihre Haut am Rücken unter den Schulterblättern. Zwei blanke Messingketten verbanden die oberen mit den unteren Haken, sodass selbst die winzigste Bewegung ihr unglaubliche Schmerzen bereitet haben musste.

»Wurde ihr das angetan, als sie noch lebte?« Delacroix warf Edwards einen ungläubigen Blick von der Seite zu.

»Ja.«

»Und die Löcher im Gesicht?«

»Ebenfalls.«

»Sind Sie sicher?«

Ed nickte. »Ja, darin bestand ein Teil des Vergnügens. Aber das ist noch nicht das Schlimmste. Riechen Sie mal an ihr!«

Delacroix beugte sich nach vorn und rümpfte die Nase. »Sie riecht irgendwie penetrant.« Er hob die Brauen. »Könnte chirurgische Seife sein. Glauben Sie, er hat sie gewaschen?«

Mit einer eigenartigen Mischung aus professioneller Neutralität und ernster Sorge sagte der Gerichtsmediziner: »Wenn Sie mich fragen, hat er sie bei lebendigem Leib einbalsamiert. Außerdem hat er seinen Spaß mit ihr gehabt. Ich habe eindeutig Spermaspuren gefunden. Entweder hat er mit ihr geschlafen oder auf ihren Körper ejakuliert oder beides. Das muss natürlich erst noch vom Labor bestätigt werden, aber ich bin relativ sicher, dass das nach Eintreten des Todes passiert ist.«

Delacroix atmete seufzend aus. »Einbalsamiert?«

»Ja, er hat sie mit einem Antimykotikum und mit mindestens einer antibakteriellen Lotion eingerieben. Und sehen Sie mal diese Narbe hier.« Der Gerichtsmediziner deutete auf eine lange Narbe, die am Solarplexus begann und bis zum Schambein reichte. »Er hat ihr den Bauch mit einem Längsschnitt geöffnet. Der Schnitt ist erst *nach* ihrem Tod wieder zusammengenäht worden. Ich vermute, dass ihr sämtliche inneren Organe entnommen, der Magen ausgepumpt und die Blase punktiert wurden.«

Delacroix runzelte die Stirn und machte eine ratlose Geste.

Der Gerichtsmediziner fuhr fort, während er das schmale Handgelenk der Toten umfasste. »Diese Verletzung der Arterie stammt von einer chirurgischen Nadel, das Austrittsloch beziehungsweise die Narbe von der Sonde sehen sie hier.« Er zeigte auf ein kleines blauschwarzes Loch am Hals. »Die Halsschlagader! Und hier verläuft die obere Hohlvene. Die transportiert das sauerstoffarme Blut aus der oberen Körperhälfte in den rechten Vorhof des Herzens. Er hat sie geöffnet, um den Druck in den Blutgefäßen zu vermindern.«

»Und was heißt das?«

»Das heißt, dass der Mörder über eine Balsamierungspumpe verfügt. Um eine Balsamierung durchzuführen, benötigt man entsprechende Werkzeuge und Utensilien. Und er weiß ohne Zweifel, wie sie angewendet werden.«

Delacroix sah in fragend an. »Eine Balsamierungspumpe?«

»Ein Apparat, der das Blut mit Druck aus dem Kreislauf pumpt und durch eine konservierungsmittelhaltige Flüssigkeit ersetzt.«

»Formaldehyd?«

»Formalin. Mit Wasser vermischtes Formaldehyd zum Beispiel. Oder Sublimat, Arsen, Chlorzink, Phenol mit Alkohol und Glycerin und einigen anderen Bestandteilen in flüssiger Form. Das wirkt einerseits osmotisch, andererseits antiseptisch und bewirkt die Gerinnung der Proteine, wodurch der Verwesungsprozess aufgehalten wird. Aber es riecht eindeutig so, als wäre hier Formalin benutzt worden. Er hat farbloses Formalin verwendet, sonst würde sie *lebendiger* aussehen.«

»Hm. Und wem steht so ein Gerät zur Verfügung?«

»Einem wie mir zum Beispiel. Pathologen, Chemotechnikern, einigen Bestattern, Einbalsamierern und Krankenhäusern. Einer mit einem Händchen für Technik und Ahnung von Anatomie könnte sich auch selbst eins bauen. Das hätte dann den gleichen Effekt, und das Formalin würde in die großen Venen der Oberschenkel gespritzt. In dem Fall hätte er allerdings nicht das Vergnügen gehabt, das Blut aus der Halsvene pulsieren zu sehen.«

»Hm. Und Sie meinen, dass sie noch lebte, als er das getan hat?«

»Ja, ich denke, das hat zu ihrem Tod geführt.« Ed Williams sah auf. »Ihr Körper ist auch voller Maden.«

»Naja, sie ist schließlich tot.«

»Aber noch nicht lange genug, als dass sie von selbst dahin gekommen sein können.«

»Meinen Sie, dass …? Bah, das muss ja ein Monster sein.« Delacroix betrachtete mitleidig die Tote und sagte an den Polizisten gewandt: »Sorgen Sie dafür, dass die Presse keine Bilder macht … oder Details erfährt! Ich will keine Schlagzeile über sie auf der Titelseite sehen!« Er sah sich um. »Ist Mister FBI nicht da?«

Die Antwort kam von Cooper. »Reißen Sie immer noch diesen ollen Spruch?«

»Ach nein, es war die CIA, oder?«

»Sie halten sich wohl für besonders schlau, was? Sich und Ihren fahrenden Zirkus.«

Delacroix grinste. »Wo *ist* er denn, unser Superheld?«

»Im Gegensatz zu Ihnen hockt er nicht den ganzen Tag lang auf seinem platten Arsch und schreibt Berichte.«

»Nein, dafür hat er ja Sie, stimmt's?«

»Heute hat er offenbar frei, aber er ist hier gewesen!«, sagte der Rechtsmediziner.

Delacroix sah auf. »Ja, um sein Blut in Wallung zu bringen, braucht es mehr als ein totes Mädchen …«

»Wir haben eine ganze Leichenhalle voll davon.« Cooper spuckte aus und eilte über den Rasen zu seinem grauen Cabrio.

Delacroix sah ihm nach und hörte den Motor aufheulen, als er den Wagen startete und wie einer, der Fahrerflucht begeht, vom Bordstein schoss. »Der kommt bestimmt nicht zurück.«

Ed grinste schief – ein Grinsen, das sofort wieder verschwand. »Die Presse umkreist uns schon wie Schmeißfliegen den Dreck. Sie werden wohl mit ihm reden müssen«, meinte der Rechtsmediziner.

»Ja, das mache ich auch«, entgegnete Delacroix. »Ich werde ihn anrufen.« Eine weitere unangenehme Sache, die erledigt werden musste. Er lag seit Jahren mit Bondurant im Clinch wegen der Zuständigkeiten, und der Mann hatte ein Ego, das groß genug für eine eigene Postleitzahl war.

»Ist er einfach so wieder gegangen?«

»Er hat irgendwas gefaselt von wegen, das wäre *sein* Tatort, bevor er wieder weg ist, aber er hatte nichts dagegen, dass wir uns um die Beweisaufnahme kümmern; er war froh, dass er um diese Unannehmlichkeit herumkommt«, erklärte der Gerichtsmediziner, dessen Mund sich zu einem kleinen Lächeln kräuselte. »Außerdem meinte er noch, er hätte Mitleid mit uns.«

Delacroix schüttelte den Kopf. »Ja, er ist wirklich schlau. Massenweise Haare auf der Brust.«

»Ja, unten in Havanna haben die jetzt ein Arschloch weniger. Das ist so sicher wie das Amen in der Kirche.«

Der Verkehrslärm auf den Straßen nahm zu, je weiter der Vormittag voranschritt, und drang durch das Fenster mit den geschlossenen Läden.

Bondurant saß in einem quietschenden, wackligen Drehstuhl am Schreibtisch und las in der Morgenzeitung von der ermordeten Frau, die in der Früh gefunden worden war. Er saß in Hemdsärmeln da, das lederne Pistolenholster um seine linke Schulter geschnallt. Er sog betont langsam die Luft ein. Er hatte keine Lust, den Tag damit zu verbringen, zusammen mit der Polizei von Atlanta herumzurätseln und irgendwelche Theorien aufzustellen. Er würde seine Machtbefugnisse und Kompetenzen darauf verwenden, den Fall direkt und im Alleingang zu klären. Er faltete die Zeitung zusammen, nahm eine verknickte Mappe aus der Schreibtischschublade und starrte lange auf den Deckel.

14

Máire fuhr in südlicher Richtung durch den Ort. Der Verkehr hatte zugenommen. Das Licht war grell, die Sonne blendete und spiegelte sich im Chrom und in den Windspielen. Nach ein paar Kilometern wurden Máire und das Auto vor ihr von einem Polizeiwagen überholt, der mit Blaulicht und Sirenen vorbeiraste. Gerade als Máire einen Blick in den Rückspiegel werfen wollte, raste ein Krankenwagen vorbei – sozusagen im Kielwasser des Polizeiwagens. Zuerst dachte sie, es hätte einen Verkehrsunfall gegeben. Aber fünfhundert Meter weiter fiel Máires Blick auf mehrere schwarz-weiße Polizeiwagen, die am Straßenrand parkten. Der Fahrer vor ihr verlangsamte die Fahrt, um zu gaffen, und zwang sie, ebenfalls das Tempo zu drosseln. Máire fuhr etwas an den Rand und konnte in der Ferne einen See mit einem weißen Pavillon ausmachen. Uniformierte Polizisten gingen in gebückter Haltung umher und suchten die große mit ein paar Eichen bestandene Rasenfläche am Ufer ab. Es musste sich um eine Ermittlung handeln.

Sie schob die Sonnenbrille ins Haar und überlegte kurz, ob Bondurant dabei war. Zuerst schoss ihr die Idee durch den Kopf, anzuhalten und zu fragen, was passiert war, aber die Polizei würde garantiert nichts verraten, wenn jemand einfach so vorbeikam und neugierig fragte. Es wäre also nutzlos, hier den Spürhund zu spielen. Außerdem wollte sie nicht, dass die Polizei ihren Namen notierte und ihre persönlichen Daten aufnahm.

Sie atmete stoßweise aus, beschleunigte und fuhr gen Süden.

An einer Tankstelle am Stadtrand von Savannah füllte sie den Tank. Sie ließ ihren Blick über die großen gepflegten Häuser auf der anderen Straßenseite schweifen und dachte fieberhaft nach. Sie versuchte dabei einzuschätzen, wie lange sie brauchen würde, um herauszufinden, wo C.J. sich aufhielt, und ob ihr das überhaupt gelingen würde. Sie seufzte, wandte den Blick ab und sagte sich, dass das auch keine Rolle spielte. So zu denken, ergab keinen Sinn. So klein ihre Chance auch war, sie war größer als gar keine.

Máire stieg wieder ein und schlug die Tür zu. Dann notierte sie die zurückgelegten Kilometer auf der Karte und behielt die südliche Richtung bei.

Nach sechs Kilometern bog sie von der Hauptstraße ab. Sie trommelte mit einer Hand ungeduldig auf ihren Oberschenkel und starrte aus der Windschutzscheibe. Plantagen und bewirtschaftete Felder so weit das Auge reichte. Ihr Blick glitt prüfend von links nach rechts, hin und her. Sie suchte etwas … sie wusste nicht genau, was … vielleicht etwas, was ihr unwichtig erschien, was nicht passte, was verkehrt war.

Aber ihr fiel eigentlich nichts Derartiges ein. Jetzt kam es ihr sogar recht unwahrscheinlich vor, dass in dieser idyllischen Gegend überhaupt etwas Schreckliches hatte passieren können. Die Geschehnisse der vergangenen Nacht erschienen geradezu unwirklich.

Es gab nichts, was ungewöhnlich wirkte. Die Morgensonne knallte auf den Asphalt und flimmerte wie Luft über einem Sommerfeuer, und alles schien friedlich und ruhig. Weder Autos noch Menschen waren in Sicht. Máire kurbelte das Seitenfenster herunter und ließ den Duft von Sonne, Zuckerrohr und Dünger herein.

Ein paar Kilometer leere, kurvige Landstraße später kam sie an einem kleinen Schrottplatz vorbei. Sie verlangsamte die Fahrt und fuhr eine matschige Einfahrt hinauf, die von Schrottautos gesäumt wurde. Sie parkte den Land Rover neben einem alten Pick-up ohne Räder und ging mit großen Schritten an einem halben Dutzend Schrottautos vorbei. Drei Männer saßen vor einem Autowrack an einem morschen Tisch und tranken Dosenbier.

Als Máire näher kam, sprang ein großer brauner Hund von seinem Platz im Schatten des Tisches auf und kam knurrend auf sie zu. Unfreiwillig stieß sie einen kurzen Schrei aus, und ihr Herz begann, unkontrolliert zu pochen. Einer der Männer befahl dem Hund, Platz zu machen. Und als er nicht sofort gehorchte, gab der Kerl ihm einen groben Tritt mit der Stiefelspitze in die Flanke. »Sitz, du blöder Köter!« Der Hund war nicht länger ein Wachhund und verzog sich winselnd unter den Tisch.

Máire warf ihm im Vorbeigehen rasch einen unsicheren Blick zu, wohl wissend, dass ihr vier Augenpaare folgten. Das Paar unter dem Tisch machte ihr am meisten Angst.

Der Typ, der den Hund getreten hatte, erwiderte ihren Blick, trank Bier aus einer Literdose und grüßte mit einem Kopfnicken. Seine beiden Saufbrüder zogen an ihren Zigaretten und schielten zu ihr herüber. Falls sie sich wunderten, was sie auf ihrem Grundstück verloren hatte, fragten sie sie zumindest nicht danach.

Máire steuerte auf das hinterste Schrottauto in der Reihe zu, umrundete es, stellte fest, dass es nichts Interessantes daran zu sehen gab, und ging wieder zurück. Wieder sah sie sich nach allen Seiten um.

Der, der sie gegrüßt hatte, als sie vorbeigegangen war, folgte ihr mit dem Blick. Der Hund knurrte wieder, blieb aber sitzen. Der Mann, der ihm den Tritt verpasst hatte, gab ihm einen Klaps auf die Schnauze – sicherheitshalber. Sein Gesicht war pockennarbig und wettergegerbt, und wenn er grinste, erinnerte es an gewelltes Pergament. »Hey, Süße!«, rief er und blinzelte in die Sonne. Er trug ein dreckiges T-Shirt, das über seinem Oberkörper spannte, und seine fettigen Haare waren an den Seiten und vorn kurz, hinten lang – ein Anblick, bei dem Máire das Bedürfnis verspürte, in Desinfektionsmittel zu baden.

»Suchst du was, Kleine?«, fragte der andere.

Máire zwang sich, stehen zu bleiben. »Ja, äh, ich suche nach meiner Freundin …«

»Freundin?«, fragte der Kerl und reckte ihr sein Dosenbier entgegen.

Sie schüttelte den Kopf. »Nein danke, ich …«

Máire schluckte und versuchte den Körpergeruch des Mannes zu ignorieren, der so extrem war, dass die Vögel davon tot vom Himmel fallen würden. Ihr war außerdem nur allzu bewusst, dass sie völlig allein war, falls sie auf die Idee kommen würden …

Sie wünschte, sie hätte erst gar nicht gefragt. Aber da

sie es ohnehin schon getan hatte, konnte sie genauso gut alles erzählen.

Sie räusperte sich. »Wie gesagt, ich suche nach meiner Freundin, und ich habe den Verdacht, dass ein Mann sie gegen ihren Willen in seiner Gewalt hat ...«

»Gegen ihren Willen?« Das Grinsen des Mannes erstarb, wurde aber sofort wieder sichtbar. Er verschränkte seine muskulösen Arme vor der Brust. Máire fiel auf, dass er eine Südstaatenflagge auf seinen Oberarm tätowiert hatte.

»Wieso glaubst du denn, dass sie hier ist?« Er warf den beiden anderen einen Blick zu. Einer von denen zuckte mit den Schultern und wollte wissen: »Wie sieht sie denn aus?«

Máire räusperte sich erneut und beschrieb kurz C.J.s äußere Erscheinung. Ausgenommen die scheußlichsten Details inklusive des elektronischen Metallkrams.

»Nein, ich kann nicht behaupten, dass ich eine Schnecke gesehen habe, die so aussieht. Und ihr?« Der Pockennarbige sah die beiden anderen an, die einen Blick tauschten und grinsten. »Die meisten Frauen hier in der Gegend sehen aus wie Ölfässer oder die fette Oprah ...«

»Und das ist nicht mal gelogen«, pflichtete der andere ihm bei, grinste schief und griff sich in den Schritt.

»Aber wenn du deine Freundin findest, kannst du ihr gern meine Nummer geben ... oder du gibst mir *deine* Nummer, dann melde ich mich, wenn ich sie sehe.« Der Pockennarbige prustete los, als hätte er einen Jahrhundertwitz gerissen. Die beiden anderen brachen in Gelächter aus.

Hier gab es nichts zu holen. Es war unmöglich, jemanden an diesem Ort gegen seinen Willen in ein Schrottauto zu sperren, ohne dass den Nachbarn etwas auffallen würde. »In Ordnung, schon gut. Vielen Dank.« Sie fühlte sich hilflos und hätte am liebsten losgeheult. »Das bringt hier doch nichts«, sagte Máire zu sich selbst und ging.

»War nett, dich kennenzulernen«, rief ihr einer der Männer hinterher.

15

Sein iPhone war an ein Paar starke Boxen angeschlossen, aus denen eine nach einem tödlichen Gift benannte Band dröhnte: ein Kreuzfeuer aus kehligem Gebrüll und blechernen Gitarrenakkorden, das bei den meisten Konzentrationsschwierigkeiten verursachen würde. Aber er ließ sich dadurch nicht beirren. Er justierte die Kamera, und seine Finger flogen über die Tastatur. Der sorgfältig ausgewählte Bildausschnitt erschien auf dem Flachbildschirm. Schon bald würde der Mord online zu sehen sein, und zwar genau dann, wenn er verübt werden würde. Das Ereignis würde live im Internet gesendet werden, für ein auserwähltes und kleines, aber sehr interessiertes Publikum – eine treue und loyale Fangemeinde, die langsam, aber stetig anwuchs.

Zufrieden musterte er das Abbild der Frau auf dem Bildschirm und nickte anerkennend. *Wie eine große Puppe,* dachte er. Sie lag unter einer OP-Lampe in einem Lichtkegel auf einem Obduktionstisch. Doch das konnte man nicht erkennen, weil der Tisch mit einer breiten, schwarzen Stoffbahn bedeckt war, die bis zum Boden reichte. Der übrige Raum war in blauschwarze Dunkelheit getaucht.

Sie war nackt, ihre Schenkel waren feucht von ihm, und sie hatte während der insgesamt achtzehn Stunden, die sie da lag, ihre Blase nicht beherrschen können. Ihre Hände und Füße waren mit Kabelbindern an den Tisch gefesselt, und ihre Qual wurde dadurch vervielfacht, dass ihr ein durchsichtiger Plastikbeutel mit einem kleinen Loch über den Kopf gestülpt worden war, durch das gerade genug Luft zum Atmen drang. Ein Schlauch, durchsichtig wie Glas, drang unter einem dicken Pflaster in die Halsschlagader der Frau ein und mündete in einen großen Eimer unter dem Tisch. Sie schien von Kopf bis Fuß mit der Apparatur verbunden zu sein.

Ihre Augen glänzten fiebrig in ihren schwarz umrandeten Höhlen. Ihr Gesichtsausdruck war panisch und verängstigt, und sie rollte die Augäpfel hin und her. Unter dem Beutel rang sie geräuschvoll und asthmatisch nach Luft. Gleich würde er ihn abnehmen; schließlich half es nichts, wenn sie nicht mehr bei Bewusstsein war, bevor die bis ins Detail arrangierte Vorstellung beginnen konnte.

Vor sechs Monaten war sie noch eine durchtrainierte und gut genährte Geschichtsstudentin Anfang zwanzig gewesen, aber die schrittweise erfolgte Vergiftung sowie die Mangelernährung hatten deutliche Spuren hinterlassen. Jetzt war sie ausgezehrt und mager und wirkte zehn Jahre älter. Ihre Haut war faltig und hatte unter der Schminke bereits die blassgraue Farbe der Toten. Die Muskeln in Armen und Beinen waren verkümmert. Doch obwohl sie vor Hunger und Durst dem Tode nahe war, steckte noch Überlebenswillen in ihr, und sie wand sich wie ein Vampir unter dem Pfahl.

Ihn durchströmte eine Woge der Euphorie. Liveübertragungen waren immer gut, auch wenn sie gewisse Risiken beinhalteten. Er durfte nie die absolute Kontrolle verlieren und musste gleichzeitig dafür sorgen, dass die Verzweiflung und die Angst des Opfers überzeugend genug waren – eine heikle Gratwanderung. Sie, die Opfer, schlugen oft über die Stränge, wenn die letzte Illusion zerstört war und feststand, dass ihr Leben unrettbar verloren war. Dann kam ihnen wirklich alles Mögliche in den Sinn.

Seiner Auffassung nach war Schmerz der einzig wahre Weg zu sexuellem Bewusstsein und Selbsterkenntnis – nur dass der Schmerz nicht seiner war –, und er hatte einige Foltermethoden zur Hand. Seine besondere Vorliebe galt der Medizin und der Kunst des Einbalsamierens. Er hatte vor Jahren das Medizinstudium aufgeben müssen, obwohl er durchaus Talent bewiesen hatte. Aber die sanktionierte Forschung hatte ihn gehemmt und in seiner Handlungsfreiheit eingeschränkt, und als sich herausstellte, dass er wiederholt unerlaubte Versuche an Menschen durchführte, wurde er schließlich unter Androhung eines Strafprozesses der Universität verwiesen. Trotz einer verhinderten Universitätslaufbahn hatte er eine große fachliche Begabung, und acht Semester Theorie und Praxis versahen ihn mit ausreichenden Kenntnissen über die Anatomie des menschlichen Körpers und die chemische Wirkung von Medikamenten – vielleicht sogar in umfassenderer Form als einen approbierten Arzt.

Der Mann, der sich *Die Schlange* nannte, trat an den Vitrinenschrank und zog eine weißliche Flüssigkeit, die Auszüge von Belladonna enthielt, auf eine Spritze und verschob ein verchromtes Gerät auf Rädern, das aussah wie die übergroße Sauerstoffflasche einer Taucherausrüstung. Dann trat er ins Bild, ein anonymer Mann, schwarz gekleidet unter einem zyanidgrünen OP-Kittel, die Hände steckten in Gummihandschuhen, Gesicht samt Augen und Haare waren mit Mundschutz, OP-Haube und Brille bedeckt. Hinter dieser Maskierung war er ruhig, entspannt, absolut selbstsicher, sein Gesicht verriet stets nur das, was er sich wünschte, weder Gedanken noch Gefühle. Sein Herz war so tot, wie es die Frau in einer Dreiviertelstunde sein würde.

Im Raum wurde es still, nur das iPhone wählte den nächsten Song an.

Er schnippte die Luftbläschen aus der Kanüle und drehte sich zu der Frau um. Doch mitten in der Bewegung hielt er inne, zögerte lange und lauschte der wieder einsetzenden Musik, als hätte sie eine hypnotische Wirkung auf ihn. »Das ist mein Lieblingssong«, sagte er aufmunternd. »Hör dir mal den Text an. Ach …«, sagte er. »Das habe ich ganz vergessen – du verstehst gar kein Deutsch, oder?«

Sie blinzelte und schüttelte hektisch den Kopf.

»Die Band heißt Rammstein«, erklärte er, beugte sich hinunter und fasste ihr linkes Handgelenk. *»Engel!* … Hast du gewusst, dass dem Teufel ein Heer von mörderischen Engeln untersteht? Die gefallenen … Weißt du, worum es in dem Song geht?«

Sie keuchte und schnitt eine Grimasse, weil eine schmerzhafte Kälte durch ihre linke Hand schoss. Es fühlte sich an, als würde Kühlwasser in ihre Vene gespritzt und als würden sie kurz darauf tausend Bienen von innen stechen. Die Nerven in ihren Armen zitterten, als bekäme sie elektrische Schläge, und sie zitterte noch heftiger, als die Flüssigkeit ihren unvermeidbaren Eintritt in den Blutkreislauf vollzog.

Er ging langsam um den Tisch herum und nahm den Plastikbeutel ab, der unter ihrem Kinn mit Gaffer-Tape zugeklebt war. Sie schnappte röchelnd nach Luft und schrie vor Angst und Ekel, wurde jedoch gleich wieder daran gehindert, weil er ihr seine behandschuhte Hand über den Mund legte und sich über sie beugte. »Du weißt genau, welche Strafe dir blüht, wenn du wieder zu schreien anfängst, oder?« Er spie ihr seine Worte förmlich ins Ohr und blickte ihr anschließend starr in die Augen, um sicherzugehen, dass sie begriffen hatte, wie ernst es ihm war. Seine Augen funkelten ohne die geringste Spur von Mitgefühl. »Du kennst die Regeln!«

Das tat sie allerdings. Sie antwortete mit einem gequälten Wimmern. Tränen stiegen ihr in die Augen, und sie drehte den Kopf zur Seite.

»Dann sag sie mir!«, befahl er.

Sie begann den Kopf zu schütteln und atmete stoßweise.

Er legte die Hand um ihren mageren Hals, achtete aber darauf, nicht so fest zuzudrücken, dass sie sich übergeben musste. Er war nicht zimperlich. Er konnte alles ertragen – alles außer Erbrochenes. Und dass das passierte, wollte er nicht riskieren. Wenn sie sich übergab, war die Vorstellung definitiv beendet.

Trotz der Musik hörte sie, wie eine Schublade aufgezogen und wieder geschlossen wurde, und dann vernahm sie ein schwirrendes Geräusch wie von einem Sägeblatt. Sie konnte unmöglich erraten, was er vorhatte. Aber eines war absolut sicher, das wusste sie: Es handelte sich um nichts Gutes.

Er zog den Mundschutz unter das Kinn. Seine Zähne schimmerten in der Dunkelheit. »Hör auf meine Stimme«, beharrte er. »Das war keine Frage. SAG SIE MIR!«

Sie sah ihn an und stöhnte vor Schmerz auf. In ihrem Körper pochte es wie in einem entzündeten Zahn.

Er drückte ein klein wenig fester zu und holte den Gegenstand zum Vorschein, den er in der anderen Hand hielt. In einem kurzen Aufblitzen von Licht erkannte sie, dass er einem Skalpell ähnelte.

Wieder schüttelte sie den Kopf – oder versuchte es zumindest.

»Bald sind wir zusammen«, sagte er. In ihrem Schädel klang seine Stimme wie die von Donald Duck mit Erde im Mund.

Ihr Blickfeld änderte sich und wurde leicht verschwommen. Sein Gesicht wirkte breiter, schwarzes Wasser wogte bis an die Decke und strömte die Wände herab. Sie verlor mehrmals kurzzeitig das Bewusstsein, konnte aber die Worte immer noch von seinen Lippen ablesen: *Sag sie mir!*

»FICK DICH!«, schrie sie. Ihre Stimme hallte in dem kalten Raum wider, und sie zitterte am ganzen Körper wie ein Alkoholiker auf Entzug. »Ich weiß, was ich sagen soll.« Sie hustete und heulte hysterisch. »Das gehört zu deiner armseligen Sexfantasie, stimmt's? Aber ich mach's nicht. Ich sag's nicht. Ich hasse dich, du ekliges Schwein!«

Er lächelte nachsichtig und nickte. Sehr bald schon würde er sie gefügiger machen. Das wusste sie nur noch nicht.

Jetzt kam die Strafe, das war ihr klar. Aber es war ihr auch gleichgültig. Das hatte jetzt keine Bedeutung mehr. Sie war seit Langem schon tot. Sie konnte ihren eigenen Verwesungsgestank riechen, als würden ihre Innereien bereits verrotten.

»Du hast schon versucht, mich zu vögeln, Schatz«, sagte er. »Auf *deine* Weise. Auf die langweilige Art. Jetzt probieren wir's mal auf *meine* Art.«

Sie sah ihn jetzt nicht mehr. Aber das brauchte sie auch nicht, denn sein Gesicht hatte sich wie eine bösartige Kontaktlinse auf ihre Netzhaut gebrannt. Sie wusste nur zu gut, wie er aussah.

Sie röchelte, stieß ein paar kehlige, belegte Laute hervor und sah aus, als müsste sie sich übergeben oder würde ohnmächtig oder beides. Er ließ ihren Hals sofort los. Dreimal überkam sie der Brechreiz, aber es kam nichts.

Sicherheitshalber klebte er ihr den Mund mit einem Pflaster zu, trat an das Kopfende und sah ihr prüfend in die aufgerissenen Augen. Sie glichen zwei schwarzen Marmorkugeln. Die Pupillen waren geweitet und füllten fast die gesamte Iris aus. Sie versuchte zu schreien. Ihr Körper wand und krümmte sich vor Schmerz.

Er summte die Musik mit und begann, ihr langes Haar abzuschneiden.

»Sehr gut!«, sagte er, als er fertig war. »Das hätten wir.«

Dann drehte er die Musik leiser.

16

Am Himmel waren schwarze Wolken in Aufruhr, und der Donner kam näher. Máire wurde immer nervöser, je weiter der Tag voranschritt. Um vier Uhr zeigte das Thermometer siebenunddreißig Grad. Und als der dunstige, schwüle Nachmittag seinem Ende zuging, hielt sie den Wagen an, stieg aus, trat in die sengende Hitze und ließ den Blick schweifen. Ihre Augen tränten, während sie festzustellen versuchte, ob es etwas Wichtiges zu entdecken gab. Sie massierte sich die Schläfen, an denen zwei bläuliche Adern schwach pulsierten.

Der Donner war schwächer geworden, aber der Tag wirkte noch wärmer als zuvor, denn die Schwüle hatte weiter zugenommen. Der Himmel war in ein tiefes Indigoblau getaucht, und die Bäume glichen im letzten Licht der untergehenden Sonne tanzenden Fackeln.

Máire kniff die Augen zusammen und spähte Richtung Baumstämme, wo der matschige Fahrweg weiter vorn in eine asphaltierte Straße überging, die in den Highway 404 mündete, den sie am Morgen gekommen war. Sie sog die warme, stickige Luft ein paar Mal tief ein.

Wo bin ich? Sie schüttelte den Kopf und befürchtete, sie würde nie wieder zurückfinden, wenn sie C.J. nicht fand. *Wo zum Teufel bin ich?*

»Und wo bist du, C.J.? Wo?«, fragte Máire ins Leere.

In der Ferne bellte heiser ein Hund, sonst war alles still. Sie hatte sich bemüht, nichts zu übersehen, versucht, durch die Hauswände hindurchzusehen, statt sie anzustarren. Sie war sehr gründlich gewesen. Sie hatte Ausschau gehalten, an den Türen geklingelt und allem und jedem C.J.s Personenbeschreibung gegeben. Sie hatte Grundstück um Grundstück abgeklappert, so gut es ging. Sie war mindestens zehn Kilometer zu Fuß gegangen, war auf den Knien gerutscht wie ein Fährtenleser in einem schlechten Cowboyfilm und hatte in der Erde gewühlt. Sie hatte Keller, Scheunen, Hütten und Wirtschaftsgebäude untersucht und zahllose Zutrittsverbote überschritten. Und trotz ihrer Bemühungen hatte sie keine Spur von C.J. gefunden, niemanden getroffen, der etwas gesehen, geschweige denn irgendetwas Außergewöhnliches entdeckt hatte. Ein einziges Grundstück war interessant, einsam gelegen, mit einem riesigen Haus mit Terrassen und Veranden, vier Säulen an der Frontseite – vollkommen versteckt in einem verwilderten Garten und groß genug, um ein Geheimnis zu verbergen, oder was immer hinter oder unter den Mauern vor sich ging. Doch nach einem Anruf beim Grundbuchamt war ihr klar, dass sie eine Niete gezogen hatte. Das Gebäude gehörte der Regierung, und nach einem ausführlichen Rundgang – oder eher etwas in der Richtung »Eindringen in öffentliches Eigentum« – stellte sie fest, dass es leer stand und unbewohnt war, wenn man von Ratten und Mäusen einmal absah. Nichts als eine perfekte Kulisse.

Später, als der Tag in den Abend überging und die Dämmerung von der Dunkelheit abgelöst wurde, musste sie die nackte Tatsache schlucken, dass sie keinen einzigen Schritt weitergekommen war. Sie tappte genauso im Dunkeln wie bisher. Ein Scheitern an einer unlösbaren Aufgabe auf der ganzen Linie. Es fiel ihr schwer zu akzeptieren, dass ihr Plan nicht aufzugehen schien. »Vielleicht kannst du C.J. ja herzaubern?«, fragte sie sich im Stillen. *Abrakadabra.*

17

Nach einem schnellen Abendessen in einem Fast-Food-Restaurant war es eigentlich Zeit, ins Hotel zurückzukehren, aber Máire hatte die westlich von Savannah gelegene Gegend noch nicht erkundet. Also setzte sie ihre unerbittliche Jagd fort, obwohl es schon so dunkel war, dass sie kaum noch die Hand vor Augen sehen konnte. Sie fand es beruhigend zu fahren. Und im Hotelzimmer auf dem Bett zu liegen, an die Decke zu starren und die Gedanken wie einen aufgeschreckten Vogel kreisen zu lassen, war keine gute Alternative. Das würde sie nur verrückt machen. Außerdem durfte sie keine Zeit verlieren. Máire warf einen Blick auf ihre Armbanduhr, wohl wissend, dass jede Minute C.J.s letzte sein konnte, vorausgesetzt, sie lebte überhaupt noch.

Máire nahm den Highway 404 stadtauswärts, bog Richtung Chatham ab und fuhr eine geteerte Straße entlang, die sich durch die morastige Landschaft vor Savannah schlängelte. Der Gegenverkehr nahm ab, und die vertrauten Lichter der Zivilisation wurden im Rückspiegel immer kleiner. Nach und nach tauchten die Landmarken auf, die sie in der vergangenen Nacht schon kennengelernt hatte: die gotisch-viktorianische Kirchenruine und die Gegend mit den verfallenen Häusern und verwilderten Grundstücken, die ihr einen Schauer den Rücken hinunterjagten.

Als sie über die verlassene Kreuzung und die weiße Holzbrücke fuhr, die sie mit Grausen wiedererkannte, dauerte es nicht lange, bis die Straße in einen schmalen erdigen Fahrweg mündete, beidseitig gesäumt von hohen, dicht stehenden Eichen. Die große Eiche, die am Vortag den Polizeiwagen zum Stehen gebracht hatte, war zur Seite geräumt worden, und nur ein paar Reste des vom Unwetter entwurzelten Baumes lagen noch da; sonst sah alles so aus, wie sie es in Erinnerung hatte.

Die moosbewachsenen tief hängenden Zweige schlugen gegen die Scheibe, Schatten zuckten unheilvoll, und es herrschte erdrückende Stille. Sie merkte, wie sie zu schlottern begann, und warf einen raschen Blick auf die Anzeige im Armaturenbrett: Öl, Benzin, Batterie, Wasser. Kein Lämpchen leuchtete rot auf. Der Motor schnurrte wie immer. Alles war in bester Ordnung.

Zumindest mit dem Auto.

Um ihre Nerven war es weniger gut bestellt. Nervös nestelte sie an ihrem Goldmedaillon.

Ganz ruhig, sagte sie sich und machte das Radio an. Auf der Fahrspur standen tiefe Pfützen, sie fuhr fünfundzwanzig Stundenkilometer und wurde trotzdem hin und her geschleudert. Chris Daughtry sang eine kehlige Rock'n'Roll-Melodie von Heimkehr.

Heim ...

Máire wollte auch nach Hause, wenn sie nur den Weg wüsste. Das musste der Inbegriff von Verlorenheit sein – nicht zu wissen, wohin man gehörte. Sie stellte einen anderen Sender ein und versuchte, an etwas anderes zu denken.

Sie riss das Steuer herum, um den schlimmsten Schlaglöchern und Wurzeln auszuweichen. Ein sengend heißer Tag hatte die Erdoberfläche ausgetrocknet, wo die mächtigen Baumkronen nicht dicht genug waren, um das Durchdringen der Sonnenstrahlen zu verhindern, und von der Kühlerhaube stiegen Dampfwolken weiß wie Schleier auf.

Nach drei Kilometern konnte sie die Geschwindigkeit auf dreißig Stundenkilometer erhöhen. Sie sah sich um und warf einen Blick in den Rückspiegel: keine Menschenseele weit und breit. Nichts bewegte sich, außer Schatten, und sie begann, sich ein bisschen wie Alice im Wunderland oder die einzige Überlebende des Jüngsten Gerichts zu fühlen. Hier draußen auf dem Land war eine andere Welt – eine Welt, in der Stille und Abgeschiedenheit dominierten, alles lag im Tiefschlaf, der nächste Nachbar wohnte mehrere Kilometer entfernt … *und es war ein Leichtes, eine Frau gegen ihren Willen irgendwo gefangen zu halten, ohne dass jemand davon etwas merkte …*

Máire schauderte und strich sich das Haar aus der Stirn.

Ganz ruhig!

Die Landschaft wirkte unheimlich, beinahe gruselig, und es schien, als hätte die Wirklichkeit keinen Platz in dieser Atmosphäre. Máire konnte sich nur zu gut vorstellen, wie sich hier Trolle versteckten und andere seltsame, gefährliche Wesen hinter den Bäumen lauerten, wo die Schatten ihr eigenes Leben lebten. Máire sehnte sich nach den Zerstreuungen der Stadt.

Die Dämmerung war inzwischen völlig verschwunden, und sie hätte den Ort beinahe übersehen, der gut getarnt zwischen den Bäumen lag. Wenn im ersten Stock kein Licht in den Fenstern gebrannt hätte, wäre sie sicher daran vorbeigefahren.

Sie bremste abrupt, machte das Radio aus, fuhr ein Stück zurück und kurbelte das Seitenfenster herunter. Die Reifen knirschten unheilvoll auf Kies und abgebrochenen Zweigen, und in der Stille klang es so ähnlich, als hätte jemand ein Klavier fallen lassen.

Hier stand mitten im Wald ein Plantagenhaus, das früher sicher feudal ausgesehen hatte, jetzt aber verfallen war und abschreckend bedrohlich wirkte. An der Seite vermutete sie eine Doppelgarage, konnte jedoch nicht sehen, ob Autos darin standen.

Máire hielt den Atem an. Der Ort hatte etwas Gespenstisches an sich und verursachte eine Gänsehaut, sodass sämtliche Alarmglocken schrillten. Das Haus ragte mit seiner schwarzen Silhouette gen Himmel, das dunkle Dach glänzte in der Nacht, als wäre es lebendig. Wind und Wetter hatten ihre Spuren hinterlassen, die graue Farbe blätterte ab, und die Holzfäule hatte schwarze Flecken an der Fassade hinterlassen. Das Haus wirkte, als würde sich in seinem Keller eine Folterkammer verbergen, ein wunderbar versteckter Zufluchtsort für einen Psychopathen. Unwillkürlich fröstelte sie. Vielleicht zog sie vorschnell ihre Schlüsse, aber nach genau so einem Ort suchte sie!

Und sie spürte mit instinktiver, vollkommen unbegründeter Gewissheit, dass sie hier richtig war, auch wenn es ganz und gar unwahrscheinlich war, C.J. so ohne Weiteres zu finden – falls sie sie überhaupt fand. Auf gut Glück ist besser als nichts, sagte sie sich.

Máire schaute in jeden Seitenspiegel, wendete ihren Geländewagen und fuhr ein Stück den Weg hinunter. Sie fand eine geeignete Stelle, bog in den Wald und parkte zwischen den Bäumen. Jetzt war ihr Auto vom Weg aus nicht mehr zu sehen. Sie schaltete sicherheitshalber den Alarm aus – würde ein Ast auf die Windschutzscheibe fallen, würde das sicher den Alarm auslösen, und das wäre nicht gerade hilfreich.

Máire stieg lautlos in die stickige Dunkelheit und schloss ab. Unter den Bäumen ging kein Lüftchen, die Schwüle umfing sie wie ein Teppich, und sie schauderte.

Gelegentlich war in der Ferne das Zirpen der Zikaden zu hören, sonst war es unheimlich still. Viel zu still! Als hielte die Nacht den Atem an.

Zwei riesige Eichen, eine an jeder Seite der zugewucherten Auffahrt, dienten als Grundstücksbegrenzung. Dazwischen war eine dicke Kette gespannt, in dessen Mitte ein Emailleschild mit der verblassten Aufschrift *Zutritt für Unbefugte verboten* baumelte. Máire kniff die Augen zusammen und las den Namen am Briefkasten: *M. LeBelle.* Sie runzelte die Stirn. Irgendetwas kam ihr an dem Namen entfernt bekannt vor – etwas, was ihr Angst einjagte und einen kalten Schauer den Rücken hinunterschickte. »LeBelle …«, flüsterte sie und lauschte ihrer Stimme und dem Blut, das in ihren Ohren rauschte, doch sie konnte den Namen nicht zuordnen. Sie schüttelte den Kopf. Wer immer das war, die Person wohnte offensichtlich allein und legte großen Wert auf Privatsphäre.

Das konnte alles und nichts bedeuten.

Máire schluckte und wurde sich bewusst, dass sie Hals über Kopf in etwas hineingeraten war und nur eine sehr vage Idee hatte, wie sie eigentlich vorgehen sollte. Und sie war schlecht vorbereitet: Sie hatte keine Waffe, nichts, womit sie sich verteidigen konnte, wenn es so weit kommen würde. Das Springmesser hatte sie auf ihren Nachttisch im Hotelzimmer gelegt, und ihre körperliche Statur war auch nicht besonders abschreckend.

Bis zum nächsten geöffneten Laden ist es weit, rief sie sich ins Gedächtnis. Und sie hatte Angst. Sie merkte, wie ihre Knie zitterten, und bekam einen trockenen Mund. Wenn sie eine Waffe hätte, bräuchte sie sich nicht so zu fürchten. Das Messer würde sie nicht noch mal vergessen, aber sie verzichtete darauf, sich zu fragen, ob sie überhaupt imstande sein könnte, einen anderen Menschen niederzustechen, falls nötig …

Sie hoffte, dass kein Hund da drinnen war. Es gab nur eine Möglichkeit, das herauszufinden. Sie stieg über die Kette, hoffte das Beste und machte sich darauf gefasst, die Flucht in die Nacht zu ergreifen, wenn ein Vier- oder Zweibeiner auftauchen sollte. Mit lautem Platschen trat sie in eine tiefe Pfütze. Sie zuckte zusammen, als sie merkte, wie das kalte Wasser in ihren Schuh drang. Sie blieb stehen, hielt den Atem an und lauschte.

Plötzlich war die Nacht voller Geräusche: Knacken und Rascheln und das stete Flüstern des Windes in den Blättern.

Aber keine verdächtigen oder eigenartigen Geräusche. Es deutete auch nichts darauf hin, dass der Hauseigentümer einen Hund hielt. Sie versuchte, die innere Stimme zu ignorieren, die ihr sagte, dass die Aufgabe eines Wachhunds nicht darin bestand, Fremde am Betreten des Grundstücks zu hindern, sondern dafür zu sorgen, dass sie nicht wieder RAUS kamen.

Alles oder nichts. Nervös und wachsam schlich sie sich in ihren durchnässten Schuhen bis auf den Vorplatz und warf mehrmals einen Blick über die Schulter, um sicherzugehen, dass niemand hinter ihr war.

Der Boden war matschig, und sie merkte, wie ihre Sohlen Abdrücke hinterließen. Jedes Mal, wenn sie einen Fuß anhob, ertönte ein lautes Schmatzen.

Bottiche, Fässer, Autoreifen, Brombeersträucher, Unkraut und kniehohe Ackerquecke machten sich gegenseitig den Platz vor dem Haus streitig, und die große Fläche an der Seite verlor sich in undurchdringlicher Dunkelheit. Vier riesige Doppelfenster zeigten zur Auffahrt. Máire musste absolut lautlos und sehr vorsichtig sein; die meisten Fenster waren mit einem Maschendraht versehen, die Glasscheiben fehlten ganz oder teilweise, und wenn jemand zu Hause war, würde er sie sicher hören, wenn sie im Gestrüpp umherschlich.

Sie blickte zum Himmel, der noch immer ganz schwach erleuchtet war, und zu den Bäumen, die finster und behäbig in der Nachtluft standen. Einen Moment lang überlegte sie, ob sie zur Tür gehen, anklopfen und so tun sollte, als hätte sie sich verlaufen und wollte nach dem Weg fragen …

Sie zögerte.

Sie ließ ihren Blick schweifen, zum Balkon hinauf, zur Garage, nach links, nach rechts, wo die Schatten der Eichen das Haus einhüllten und ein Klangspiel unsichtbar und hohl in dem schwachen Wind klirrte.

Dies war ein unbehaglicher Ort, und ihr ungutes Gefühl und die Angst der vergangenen Nacht meldeten sich sofort wieder. Máire war allein, unsicher und fürchtete sich in dieser Sommernacht, die der dunklen, eingeschlossenen Stille einer Grabkammer glich, und ihre Instinkte sagten ihr, dass es das Beste wäre abzuhauen, solange sie noch konnte.

Aber sie musste C.J. finden!

Sie durfte nichts unversucht lassen!

Wie willst du vorgehen?, fragte sie sich. Je länger sie darüber nachdachte, desto absurder erschien ihr das ganze Unterfangen.

Natürlich kannst du so lange hier stehen bleiben, bis die Blätter von den Bäumen fallen! Sie hörte ihren Puls in den Ohren rauschen.

Nach kurzem Zögern nahm sie ihren Mut zusammen und schlich sich behutsam und geräuschlos durch das Gestrüpp bis ans Haus. Grillen zirpten in der Nähe, und sie bemerkte, dass die stickige Luft nach Moschus, Blumenstaub und Schimmel roch.

Wieder warf sie einen Blick über die Schulter und in die wispernde Dunkelheit unter den Bäumen. Da bewegte sich nichts, auch keine schattenhaften Gestalten. Sie war ganz allein. *Dachte sie jedenfalls.*

Sie reckte den Hals, um durch das verrostete Drahtnetz

eines Fensters zu spähen. Sie konnte gedämpfte Stimmen ausmachen, die aus einem Fernseher kamen, und das Aroma von Kaffee und etwas Undefinierbarem, süß Riechendem, das sie im Augenblick nicht genauer einordnen konnte.

Die Fenster waren relativ hoch, und Máire musste sich auf die Zehenspitzen stellen, um hineinzusehen. Sie blickte in eine große, düstere Stube mit zerschlissenen, altmodischen Möbeln und zahllosen Quasten, Troddeln und Polsterstühlen. In der schwachen Beleuchtung erkannte Máire einen blassen Mann mit hellen Haaren, der in einem klobigen bequemen Ohrensessel mit Samtbezug vor dem Fernseher saß, die Füße auf einen ausgebeulten Sitzsack gestützt. Bei diesem Anblick machte ihr Herz einen Satz. Jedes Mal, wenn das Fernsehbild wechselte, nahm sein Gesicht eine andere Farbe an: zuerst weiß, dann grau und danach dunkellila. Er war Mitte dreißig, muskulös und trug einen schwarzen Anzug sowie schwarze Nike-Turnschuhe. Er zog ein paarmal an seiner Zigarette und inhalierte den Rauch. Als er ihn durch die Nase ausblies, nahm Máire sofort den intensiven Geruch von Marihuana wahr.

Sie schluckte und sah sich um.

C.J. war nirgends zu sehen. Aber falls sie hier gefangen gehalten wurde, saß sie natürlich nicht in der Stube und sah fern. Sie wäre in einem dunklen Keller oder irgendeinem anderen fensterlosen Raum.

Einerseits fand Máire es beruhigend, in dieser völlig verlassenen Gegend einen anderen Menschen zu sehen, andererseits ängstigte es sie. Es könnte schließlich *der*

Mann sein, oder zumindest einer der beiden. Ihr war noch etwas anderes aufgefallen, was ihr verriet, dass sie am richtigen Ort suchte: Auf dem Tisch neben dem Mann lag ein Gewehr. Der Lauf glänzte matt im flackernden Lichtschein des Fernsehers.

Wer zum Henker hatte ein Gewehr auf dem Couchtisch liegen? Einer, der mit unangenehmen Überraschungen rechnen musste?

Der Typ würde sicher Gebrauch davon machen, wenn er jemanden dabei erwischte, wie er auf seinem Grundstück herumschnüffelte.

Máire schluckte angespannt.

Der Hellhaarige nahm noch einen langen Zug von seiner Marihuanazigarette, inhalierte und bewegte sich im Sessel. Máire duckte sich blitzschnell. Einen riskanten Moment lang war sie fast sicher, er hätte sie entdeckt. Aber das war natürlich nicht der Fall. Er hatte nicht mal den Kopf gedreht.

Das Herz hämmerte in ihrer Brust. Eine stille Gewissheit sagte ihr, dass sie hier genau am richtigen Ort war. Und das, was sie vorhatte, war ein äußerst unvernünftiges Unterfangen. Sie überlegte kurz, einfach wieder wegzulaufen.

Nein!

Ruf Bondurant an!

Lächerlich! Völlig ohne Anhaltspunkte! Bondurant würde sie nicht ernst nehmen. Es gab nichts Verdächtiges, sie hatte überhaupt keine Beweise. Sie musste ganz sicher sein, dass C.J. hier war, bevor sie die Polizei einschaltete!

Sie reckte den Hals und lugte wieder durchs Fenster. Er saß immer noch da und schien ganz gebannt das Geschehen auf dem Bildschirm zu verfolgen. Er sah wie ein ganz gewöhnlicher Mann aus, der mittwochabends zum Fußball und mit seinen Kumpels einen trinken ging. Jedenfalls sah er nicht wie ein Medizingenie oder Psychopath aus, der …

Was hast du denn erwartet? … Jemanden, der aus Schleim und Lehm besteht mit Schuppen und Hörnern? Diese Vorstellung war ziemlich überspannt. Und trotzdem …

Sie wurde ungeduldig. Und komplett ratlos. Gerechterweise musste sie zugeben, dass ihre Fantasie ohnehin kurz davor war, mit ihr durchzugehen. Aber sie wollte nichts lieber, als das Haus zu inspizieren, es Millimeter für Millimeter zu durchsuchen, oder zumindest an der Tür zu klingeln, ihn unter die Lupe zu nehmen, ihn dieses oder jenes zu fragen und zu sehen, ob sich ihr irgendetwas offenbaren würde …

Aber das war zu gefährlich. Es war besser, morgen bei Tageslicht wiederzukommen, wenn der Mann zur Arbeit gefahren und sie allein war. Dann hatte sie freie Bahn …

Ihr wurde klar, dass sie nach einer Ausrede suchte, um sich in aller Seelenruhe Zutritt zu dem Hause verschaffen zu können.

Vielleicht wäre es besser, ein zufälliges Treffen zu arrangieren, oder …

Máire konnte nicht weiterdenken, denn ein Geräusch lenkte sie ab und ließ sie zusammenfahren. Ihr Blick zuckte Richtung Auffahrt. Der Himmel war nicht mehr zu sehen, die Dunkelheit war beinahe umfassend, aber zwischen dem dunkelgrünen Eichenlaub tauchte der Kühler einer schwarzen Limousine auf.

Máire wich zurück, hielt den Atem an, drückte sich an die Hauswand und verschmolz mit den Schatten.

Der Wagen raste den Kiesweg hinauf und kam mit einem Ruck vor dem Haus zum Stehen. Ein Mann schälte sich aus dem Auto und schlug die Tür so schwungvoll zu, dass sie abzufallen drohte. Er trug eine dunkle Baseballmütze, eine Cowboyhose und ein enges weißes T-Shirt, das in der Dunkelheit leuchtete und von regelmäßigem Steroidmissbrauch gewölbte Körperkonturen verriet. Ohne anzuklopfen, öffnete er die Haustür, das Licht von drinnen warf einen gelblichen Schein in die Augustnacht, und sie konnte das Gras erkennen, das ungehindert zwischen Blättern, Papierfetzen, alten Ölfässern und anderem Unrat spross.

Máire duckte blitzschnell den Kopf, ihr Herz pochte, und kalte Schauer liefen ihr den Rücken hinunter. Am Fenster huschte ein Schatten vorbei, und kurz darauf konnte sie in Bruchstücken die aufgebrachte Stimme eines Mannes aus dem Wohnzimmer hören. »Verdammt … dir kommt dein Hirn ja schon zu den Ohren raus … bist du völlig durchgeknallt, Mann?« Sie hörte eine zweite Stimme, entspannt und provozierend: »Darf ich vielleicht erst mal reinkommen?«

Die Situation verlangte ihr sehr viel ab: Sie waren auf der anderen Seite des Fensters, *nur wenige Meter von ihr entfernt*. Was, wenn es wirklich *sie* waren?

Ihre Nerven waren bis zum Zerreißen angespannt. Das

offene Fenster hatte etwas Unheimliches an sich – als wäre sie bereits ins Haus, in die privaten vier Wände eingedrungen wie eine Fliege an der Wand, ein ungebetener Gast. Und die drückend schwere Atmosphäre wirkte noch furchterregender.

Über eine Minute saß sie gebückt im Kies und horchte. Sie konnte nicht mehr hören, was sie sagten, denn sie waren in ein angrenzendes Zimmer gegangen, wo sie lautstark stritten, und sie hörte, wie etwas umgestoßen wurde und klirrend zu Bruch ging.

Die Schwüle der Nacht war bis in ihre Knochen gedrungen, und sie sehnte sich nach der Geborgenheit der Stadt. Sie fror, und es kam ihr so vor, als fröstelte und schwitzte sie gleichzeitig. Ihr Herz schlug schneller, und sie hoffte, dass sie es waren, aber andererseits war sie so geschockt von der Vorstellung, sie könnten es tatsächlich sein, dass sie wie gelähmt war. Sie musste sich eingestehen, dass sie nicht *wirklich* geglaubt hatte, sie würde C.J. finden, und einen Augenblick dachte sie an die Redensart: *Pass auf, was du dir wünschst, es könnte in Erfüllung gehen!*

Auch wenn sie einerseits am liebsten glauben wollte, dass die Fantasie ihr einen Streich spielte, spürte sie, dass es genügend Gründe gab, Angst zu haben. Wenn sie auf ihre Intuition und ihren sechsten Sinn vertraute.

Der Wunsch, diesen unheimlichen Ort wieder zu verlassen, überwältigte sie, und sie wollte um jeden Preis weg. Sie hasste es, solche Angst zu haben. Aber nicht nur ihr Magen krampfte sich zusammen, auch auf ihre Brust legte sich ein Druck. In gewisser Weise war dies der Anfang der Vollendung ihrer Aufgabe – eine Aufgabe, die ihr Angst und Bange machte, weil sie nicht wusste, wie sie ausgehen würde.

Ungeduldig schüttelte Máire den Kopf und erinnerte sich daran, dass sie C.J. noch nicht gefunden hatte. Bislang hatte sie keinen feuchten Kehricht entdeckt, alles, worauf sie gestoßen war, war ein großes, düsteres und unheimliches Haus. Und zwei Männer, die stritten. Wie groß war die Wahrscheinlichkeit, dass *sie* es waren? Eins zu einer Million? Eins zu zehn Millionen vielleicht. Tatsächlich war es realistischer, dass C.J. für immer verschwunden blieb.

Máire war unentschlossen, dann gewann die Vernunft, und sie schlich sich von dem Haus fort zu ihrem Wagen, und erst als sie auf die geteerte Straße fuhr und ein entgegenkommendes Auto sah, fühlte sie sich wieder sicher.

18

Eine Stunde später lag Máire in dem breiten, gemütlichen Himmelbett in ihrem Hotelzimmer, schlürfte einen Kaffee mit warmer Milch und blätterte in dem örtlichen Telefonbuch, das sie in der Nachttischschublade gefunden hatte.

LeBelle …

Unter LeBelle gab es nur einen Eintrag: LeBelles Bestattungsinstitut und Krematorium, West Hall Street. Ihr Herz begann, schneller zu schlagen, und sie begriff, was sie da las. Dort war ihr der Name schon mal begegnet. Sie griff nach dem Branchenbuch, das ebenfalls im Nachttisch gewesen war, blätterte hektisch, bis sie die Bestattungsinstitute fand, und ließ den Blick die Seite hinunterwandern. Savannah hatte neunundzwanzig Einträge in dieser Branche. Auf der ersten Seite stand *Marlon R. LeBelles Bestattungsinstitut und Krematorium,* und unter seinem Namen war das Logo abgedruckt – ein Kreuz mit Flügeln, das besser auf den Oberarm eines Rockers als zu einem Bestattungsinstitut passte. Darunter war *Der Herr befreie uns von allen Sünden und nehme uns auf in sein Himmelreich* zu lesen.

»Marlon LeBelle«, flüsterte Máire in die Stille. Sie klopfte mit dem Bleistift auf ihren Block. Dem Kerl gehörte also ein Bestattungsinstitut. Die schwarze Limousine war also ein Leichenwagen. Máires Herz überschlug sich. Wenn das kein Zufall war!

Totenmänner!

Sie holte tief Luft und legte eine Hand auf ihr Herz. Er hatte gar nicht ausgesehen wie ein Bestatter, fand sie, abgesehen von seiner Gesichtsfarbe. In Filmen waren Bestatter immer ernste, geschäftsmäßige, grauhaarige Herren mit einer guten Portion Heiliger Geist in ihrer Miene, die makellose schwarze Anzüge trugen. Der Mann im Ohrensessel glich eher einem Model oder Schauspieler.

Máire merkte sich die Adresse des Instituts in der Stadt, legte die Telefonbücher in die Nachttischschublade zurück und warf einen Blick auf die Uhr auf dem Kaminsims. Zehn Minuten vor zehn. Valerie ging selten vor Mitternacht zu Bett. Máire gab ihre Nummer ein. Nach dem dritten Freizeichen sprang der Anrufbeantworter an. Sie wartete auf den Piepton und hinterließ eine Nachricht, in der sie Val um Rückruf bat. Máire wollte dringend alles mit Val besprechen, ihr von ihrem Verdacht und ihren Bedenken erzählen. Val würde ihr vermutlich ausreden wollen, auf eigene Faust Nachforschungen anzustellen. Val würde sich Sorgen machen, Máire beschützen wollen und sagen, sie solle zur Polizei gehen. Aber das spielte keine Rolle. Máire brauchte jemanden zum Reden.

Nachdem sie ein Bad genommen und sich die Zähne geputzt hatte, rief sie wieder bei Val an. Sie hinterließ eine weitere Nachricht, lag lange wach und betrachtete die verzerrten Schatten an der Decke, bevor sie aufstand und sich wieder anzog.

19

Das Lokal hieß *Goldmine,* obwohl Marlon LeBelle sich nicht erschließen konnte, was diese Bretterbude von einem Wirtshaus, das rund um die Uhr jeden Tag in der Woche geöffnet hatte, mit Edelmetallen zu tun hatte.

Über der Tür hing ein grünes Neonschild, und Girlanden aus bunten Glühbirnen schmückten die Fensterrahmen. Drinnen spielte eine altmodische Jukebox Evergreens und Countrymusik, und Jerry Lee Lewis klang wie jemand, dem ein Meißel tief im Hintern steckte.

Sepiafarbene Fotografien verstorbener Hollywoodschauspieler, verewigt auf dem Höhepunkt ihrer Karriere, schmückten in geschmacklosen Rahmen die unbehandelten Holzwände. Einem furchterregend aussehenden Kerl mit Bürstenschnitt, dem Kiefer einer Bulldogge und den Zähnen einer Muräne gehörte der Laden. Er hieß Billy-Bob Waylon, zahlende Kunden und Freunde nannten ihn Beaver. Als Marlon eintrat, blickte er hinter dem Tresen von seiner Boulevardzeitung auf, grüßte mit einem gleichgültigen Nicken und senkte den Blick wieder. Er trug eine Cowboyhose und ein strahlend weißes ärmelloses T-Shirt mit dem Aufdruck *Schone das Pferd, reite den Cowboy.* Seine Arme waren hart wie Autoreifen.

Marlon fröstelte. Er hegte eine extreme Antipathie gegenüber Homosexuellen und versuchte, sich auf etwas anderes zu konzentrieren als auf die Bilder, die beim Lesen des Spruchs unweigerlich vor seinem inneren Auge auftauchten.

Marlon drehte eine Runde. Es war spät, und der Laden brummte. Die Luft war stickig, und der Geruch von Bier, Zigaretten und Parfüm vermengt mit Schweiß und anderen unschönen Körpergerüchen kitzelte in seiner Nase. Er trat in den Billardsalon und ließ den Blick durch den überfüllten Raum schweifen wie ein Radar. Die vier Billardtische in der Raummitte sowie die Sitznischen an der Wand waren besetzt. Die Billardkugeln klickten im schmutzig-grauen Zigarettenqualm, ein paar Mädchen tanzten selbstvergessen im Rauch, und die Männer, die sich über die Tische beugten, um sich abzustützen, sahen nicht so aus, als hätten sie mehr Substanz als Gespenster.

An der Bar waren noch ein paar Hocker frei. Marlon ging an den Tresen und setzte sich neben einen speckigen Kerl Mitte vierzig, der einen Leinenanzug mit Harlekinmuster trug. Mit seiner Brille und seinem Hut sah er aus wie ein Kassenprüfer – abgesehen von seinem Mardi-Gras-Anzug.

Marlon bestellte ein Red Stripe, schob vier Scheine über den Tresen und musterte die Wand – eine beleuchtete Spiegelfläche mit Metallregalen, auf denen Gläser und Flaschen kunstvoll gestapelt waren. Zwischen den Flaschen blickte er in sein Spiegelbild. Der Mann, der den Blick aus dem gelblichen Spiegel erwiderte, trug Schwarz. Das war fast immer so. Schwarz war seine Farbe. Schwarz passte zu seiner Augenfarbe und betonte sein dichtes goldblondes Haar, das ihm nur scheinbar wie zufällig in die Stirn fiel. In Schwarz verschmolz er perfekt mit den Schatten der Nacht. Er achtete stets sehr sorgfältig auf seine Frisur und seine Garderobe und vertrat die Ansicht, dass Kleider ebenso wie Lebensmittel ein Verfallsdatum haben sollten.

Die Bedienung brachte ihm das Bier, ließ die Scheine in eine unsichtbare Tasche ihrer Schürze gleiten und schenkte ein. Marlon fuhr sich mit einer Hand durchs Haar, nahm eine Handvoll Erdnüsse, die in einer Schale vor ihm standen, und trank einen großen Schluck. Der kurzsichtige Kassenprüfer musterte ihn und fragte: »Trinken Sie gern ausländisches Bier?«

Marlon sah auf und kaute die salzigen Nüsse. *Ja, du Fettsack mit deinen beschlagenen Brillengläsern in deiner leberfleckigen Fresse und mit deiner Billigzigarette, die im Mundwinkel parkt. Klar tue ich das.* Marlon hatte keine Lust auf sinnentleertes Geschwätz mit Fremden im Clownskostüm und auch mit sonst niemandem. Ihm stand nicht der Sinn danach, seine Lebensgeschichte zu erzählen, aber er wusste auch, dass das keine unfreundliche Bemerkung gewesen war – der Typ war nicht auf Streit aus –, sondern nur eine Beobachtung, formuliert als geistesschwache Frage mit nasalem Südstaatenakzent.

Während Marlon ein breites Grinsen aufsetzte und mit den Schultern zuckte, stellte er sich vor, wie der Kerl aussehen würde mit seinen Klöten in einer Plastiktüte um den Hals und mit von Kontaktkleber verschlossenen Augen.

Er wandte sich ab, um nicht an dem Schwall von Gleichgültigkeiten zu ersticken, der zweifelsohne von links im Anmarsch war. Sein Grinsen erstarb augenblicklich beim Anblick des Bananenpflückers auf der anderen Seite, als hätte er eine Ohrfeige bekommen. So bezeichnete Marlon die Schwarzen. Es gab nur eine Kategorie Mensch, die er noch weniger ausstehen konnte als Schwule, und das waren die Farbigen. Sie waren dazu da, Schafe zu ficken, Klos zu putzen und Hühnerdreck zu beseitigen – so rochen sie normalerweise auch, aber heutzutage wurden sogar Präsidenten und alles Mögliche aus ihnen. Bei dem Gedanken bekam er eine Gänsehaut.

Die Welt war ein gigantischer Abort geworden.

Man musste sich mit enorm viel Zeug abfinden, bevor man sich zur Ruhe bettete, dachte er und versuchte, seine Irritation zu verbergen, aber das Adrenalin pulste durch seine Blutbahn, und er konnte die Aggressivität, die sein Nervensystem durchströmte, nur schwer in Schach halten. Natürlich war es keine gute Idee, eine Schlägerei anzuzetteln. Überhaupt keine gute Idee. Außerdem glaubte er zu wissen, wer der Mann war (was sicherlich auf Gegenseitigkeit beruhte): Er war Gemeindemitglied drüben in der Baptistenkirche. Ein guter Christ. Aber wollte er wirklich hier sitzen, im Dunstkreis von diesem Psalmenkrämer? Auf gar keinen Fall! Der Kerl war so schwarz wie der Hinterausgang eines Grubenarbeiters!

»Der Stuhl ist besetzt, Macker«, sagte er und nickte Richtung Hocker, während er bitter dachte, dass er über die perfekte Baptistenharmonie verfügte: Es war wirklich gesegneter zu geben als zu empfangen, besonders wenn es um einen gebrochenen Kiefer und ein paar ausgeschlagene Schneidezähne im Hals ging. Er dachte daran, wie gut sich das abgebrochene Eisenrohr, das er im Auto liegen hatte, dafür eignen würde.

Der Baptisten-Zambo schien gar nicht zu hören, was er sagte. Er spielt mit einem silbernen Kreuz, das an einer dünnen Kette um seinen Hals hing, nickte im Takt der Musik mit dem Kopf und freute sich offenbar darüber, dass er es sich hier gemütlich machen konnte.

Marlon hatte nicht die Absicht, sich das gefallen zu lassen. Eine Niederlage akzeptierte er nie. Er räusperte sich, warf dem Mann einen Blick zu, als wäre er mit Schmeißfliegen übersät, und brüllte, um die Musik zu übertönen: »Hallo! Ich rede mit dir, Bruder!«

Der Typ hob die Brauen, und seine hervorstehenden schwarzen Augen schienen aus ihren Höhlen zu fallen. »Meinen Sie mich?«

Ach, er siezt mich, dachte Marlon. *Man gibt sich sogar noch höflich, obwohl die bloße Anwesenheit die Luft schon mit dem Gestank von Hühnerdreck verpestet.* »Ja.« Marlon zog die Nase hoch. »Der Stuhl, auf dem du sitzt, ist besetzt.«

»Ach so?« Die glatte, braune Haut des Mannes glänzte im Schein der bunten Lichter wie feuchter Lehm.

Marlon nickte. »Ja, meine Freundin sitzt da.«

»Freundin? … Welche Freundin?« Er sah sich um.

Offensichtlich hatte er Hühnerdreck in den Ohren. »*Meine* Freundin!«

»Ja, aber wie kann das sein? Ich meine … Sie sind gerade erst gekommen, und Ihre Freundin ist gar nicht hier.«

»Nein, aber sie braucht den Stuhl gleich.«

Sie sahen sich an. Marlon zuckte mit keiner Wimper.

Der andere blinzelte pausenlos und senkte schließlich den Blick.

Er hat Angst vor dir, dachte Marlon. Er lehnte sich ein Stück vor, damit er die unsichtbare Grenze überschreiten konnte, die den persönlichen Raum des Mannes markierte. Allerdings hatte er nicht im Geringsten vor, irgendetwas mit dem schwarzen Schwein zu teilen – nicht einmal Luft –, und er sagte mit gesenkter Stimme: »Ich wollte Sie nur darauf aufmerksam machen, dass Sie gerade dabei sind, sich in eine üble Klemme zu manövrieren.« Marlon blickte ihn starr an und bekam plötzlich Lust zu lachen. »In eine üblere, als Sie vielleicht ahnen …«

Marlon strich sich eine goldblonde Haarsträhne aus der Stirn.

Der Idiot hielt seinem Blick lange stand, als bräuchte er Zeit, um die Wörter zu verdauen und ihre Bedeutung zu dechiffrieren, dann beugte er sich Marlons Überlegenheit. »Hören Sie, ich will keinen Streit«, gab er mit – wie Marlon es deutete – herablassendem Wohlwollen zurück. »Wenn Sie sagen, dass Ihre Freundin hier zuerst saß …« Ein Mundwinkel kräuselte sich nach oben, als stünde er über Dingen wie diesen.

Marlon hatte noch mehr Lust, ihn zum Auto zu begleiten, ihm sein Grinsen zwischen seinen Schneidezähnen breit zu treten und noch ein paar andere Dinge klarzustellen, doch er widerstand der Versuchung. Das Blut rauschte in seinen Adern, und der Puls pochte in seinen Schläfen, aber er sah nur zu, wie der Hohlkopf ohne Eile seinen Bourbon nahm, vom Stuhl kletterte, die Hose zurechtrückte und von dannen zog.

Marlon atmete ein und inhalierte die feuchte Luft bis tief in die Lungen, während er bis zehn zählte. Er fühlte sich gedemütigt und schwitzte, unterdrückte jedoch seine Gewaltbereitschaft in dem Wissen, dass sie noch vor Tagesanbruch Verwendung finden würde: Der eine oder andere würde eines schmerzvollen Todes sterben.

Bald.

Aus Erfahrung wusste er, dass Arschlöcher Brüder und Schwestern hatten, und er ließ den Blick sorgfältig schweifen, um sicherzugehen, dass niemand mit einer abgeschlagenen Flasche auf ihn wartete. Ihm fiel eine junge Frau auf, die ihn musterte. Sie war nicht zum ersten Mal in der *Goldmine.* Er nahm einen Schluck von seinem Bier, zwinkerte ihr durch den Zigarettenqualm hindurch zu und lachte in sich hinein. Ihr dunkles Haar war schulterlang und verdeckte ein Auge, ihre Lippen waren kirschrot. Ihm fiel außerdem auf, dass ihre Augen gerötet waren und glänzten, als hätte sie geweint; vielleicht hatte sie sich mit ihrem Freund gestritten, dachte er. Marlon hatte die besondere Gabe zu analysieren, was in den Menschen vorging und was sie zu verbergen versuchten. Nicht lange und sie würde zu ihm an die Bar kommen, das wusste er. Er wusste auch, dass er ihr nicht mal ein Bier ausgeben musste. Er folgte ihr mit dem Blick, während sie den Stuhl vom Tisch wegschob und ihre Habseligkeiten zusammensuchte. Ihre gesamte Erscheinung schrie nach einer Aufreißtour. Sie trug eine hautenge Cowboyhose und ein pinkfarbenes Oberteil mit Spaghettiträgern, das sowohl ihren Sonnenbrand als auch ihren Silikonbusen betonte. Marlon bemerkte aus dem Augenwinkel, dass sie eine schmale Taille und einen kleinen, strammen Hintern hatte, aber er war nicht neugierig genug, um das genauer in Augenschein zu nehmen. Er durfte sich nicht ablenken lassen. Außerdem war eine andere Spielfigur auf der Bildfläche erschienen, die ihn weitaus mehr interessierte. Ihm war eine blonde junge Frau aufgefallen, die ihn musterte. Sie versuchte, das – ganz im Gegensatz zu den meisten anderen Mädels im Lokal – zu verbergen. Deshalb war sie ihm überhaupt erst aufgefallen. Er war es gewohnt, dass die Frauen sich nach ihm umdrehten. Aber das erklärte nicht das unentwegte Starren, mit dem sie ihn musterte, wenn sie dachte, er bemerke es nicht.

Sie war hübsch. Keine Frage. Aber nicht auf die direkte, herausfordernde Art, wie die Models in den Zeitschriften. Sie hatte eine andere Schönheit – eine nach innen gekehrte, beinahe poetische Schönheit, die jeden Augenblick zu zerbrechen drohte, es jedoch nicht tat –, und er wäre nicht überrascht, wenn ihr selbst das gar nicht bewusst war. Marlon versuchte, seine Aufregung zu bändigen. Sie war nicht von hier.

Die Blondine senkte sofort den Blick. Verstohlen betrachtete er ihr Gesicht, den olivfarbenen Schimmer ihrer Haut, die matt glänzenden Lippen. Sie fächelte sich mit der Getränkekarte Luft zu. Er wollte sie berühren. Er fand sie unglaublich faszinierend.

Er konnte zwar pro Abend auch zwei Frauen abschleppen, aber er befürchtete, wiedererkannt zu werden, wenn er hier in einer Bar im Ort eine ansprach, zumal …

Die Dunkelhaarige zwängte sich zwischen Marlon und den leeren Barhocker und sagte: »Was geht denn hier?«

Er stellte fest, dass ihr Atem stark nach Alkohol und Pfefferminz roch, und außerdem, dass sie aus der Nähe nicht besonders appetitlich war.

»Nicht viel!« Marlon lächelte ihr höflich zu, setzte eine gleichgültige Miene auf und ließ den Blick schweifen, um zu kontrollieren, ob sie beobachtet wurden.

Sie lachte, als hätte er gerade einen Witz erzählt, klemmte sich eine Haarsträhne hinter das Ohr, an dem ein langer Ohrring zum Vorschein kam, der wie eine Discokugel glitzerte und funkelte.

Als sie sich auf dem Barhocker zurechtsetzte und sich so weit nach vorn lehnte, dass sie beinahe wieder herunterfiel, war fast die ganze obere Hälfte ihrer kompakten Honigmelonenbrüste zu sehen.

»Wie heißt du?«, fragte sie und ließ einen Finger über seinen Unterarm wandern.

»Lennox«, log er und zog den Arm an sich in dem Versuch, seine Gänsehaut zu verbergen.

Sie wirkte überrascht. »Bist du da sicher?«

Er schwieg.

Sie zuckte mit den sonnenverbrannten Schultern. »Ich heiße Wendy«, erklärte sie und wandte sich an den Barkeeper. »Gibt es in diesem verfluchten Loch vielleicht auch 'ne Bedienung?«

»Entschuldigung. Ich verschwinde mal auf die Toilette.« Marlon stand auf, schob sich Richtung WC und hoffte, sie würde weg sein, wenn er zurückkam.

Das war sie nicht. Sie saß da und nippte an einem Glas Rum. Er bemerkte, dass auch die Blonde immer noch da war.

Die Schlampe neben ihm stellte Fragen, als handelte es sich um die verdammte Spanische Inquisition, und nach ein paar erfundenen Anekdoten über sein Leben bekam er Kopfschmerzen. Er kniff die Augen zu, öffnete sie wieder und sah sich um. Zu seinem Schrecken stellte er fest, dass die Blondine gegangen war. Das Bild ihres Gesichts schwebte im Raum wie das Nachbild eines Blitzes, aber der Stuhl, auf dem sie gesessen hatte, war leer. Er sah einen verschwitzten Typen, der zu ihm herüberschielte, während er sein Bier trank. Marlon versuchte, sich auszurechnen, wie lange er mit der Dunklen geredet hatte. Zehn Minuten vielleicht. Vielleicht weniger. Kaum lange genug, als dass es jemandem aufgefallen wäre, dachte er und überlegte, was er machen sollte.

»Ist der dein Freund?«, fragte er halblaut.

Sie schwieg kurz und drehte den Kopf. »Der da … dieses magere kleine Nichts?« Sie schnalzte geringschätzig mit der Zunge. »Nein, also wirklich …« Sie hielt inne, musterte gedankenverloren ein Paar Handschellen, die an Marlons Gürtel baumelten. »Was machst du denn damit, Lennox?«

Er blickte nach unten, stellte fest, dass er vergessen hatte, sie in den Hosenbund zu stecken und holte das nach. »So dies und das. Gefallen sie dir?«

»Ich weiß nicht. Kann sein. Wenn man's mag«, überlegte sie.

»Und was magst du so?«

»Romantik!« Sie schürzte die Lippen.

»In Romantik bin ich richtig gut. Bei mir ist sie auch richtig von Dauer, wenn du verstehst, was ich meine.«

Sie lächelte ihn an wie eine Hexe, die den Teufel anbetet. »Dann bist du genau mein Typ«, erwiderte sie. »Das können nicht viele.«

Er zuckte mit den Schultern.

»Was machst du? Bist du einer von den Bullen?«, wollte sie wissen.

Er lachte. »Nein, ganz was anderes.«

»Was denn?«

»Das glaubst du sowieso nicht, wenn ich es dir erzähle.«

»Doch, sag schon, na los.«

»Gut. Ich bin Leichenbestatter.«

»Ha! Ja, alles klar.«

»Das stimmt! Ich habe ja gesagt, dass du mir nicht glaubst.«

»Wirklich?« Sie tat, als hätte sie eine Gänsehaut, und schlang die Arme um ihren Körper. »Wow! Ich kann mir lebhaft vorstellen, was es damit auf sich hat.«

Das glaube ich nicht, dachte er, ohne es laut zu sagen. Stattdessen sagte er: »Ja, viele lassen sich von meinem Beruf abschrecken. Aber ich sehe das so: Der Tod ist genauso natürlich wie zum Beispiel Sex …«

»Ja, das ist er wohl. Aber längst nicht so angenehm!«

Er spürte eine vertraute Lust und wusste, er würde sie umbringen und hatte keine andere Wahl, als sie zu bitten, ihn später an einem anderen Ort wiederzutreffen. »Treffen wir uns später … woanders? Hier gibt es für meinen Geschmack zu viele Augen und Ohren.«

»Du bist aber ziemlich paranoid, was?«, fragte sie. Ihr Blick zuckte zu seiner ringlosen linken Hand.

»Bist du verheiratet?«

»Geschieden«, log er. »Bist du mit dem Auto hier?«

»Ja.«

»Dann warte in einer Stunde beim Springbrunnen im Forsyth Park auf mich.« Er nickte Richtung Tür, und sie verstand das als Zeichen, dass sie gehen sollte.

Er leerte sein Glas mit dunklem Rum, legte ein paar Dollarscheine auf den Tresen und sagte laut: »Ich bin ein verdammt glücklicher Mann heute Abend, das bin ich wirklich!«

Er schenkte ihr sein bestes Lächeln – eins, das immer wirkte –, aber er sah ihr nicht nach, als sie in die Dunkelheit hinausstöckelte.

Das Leuchtzifferblatt der Uhr zeigte zehn Minuten nach Mitternacht. Die Geräusche der Nacht mit ihrem vertrauten Pfeifen und Quaken eroberten die Stille, und die Dunkelheit war genauso schwarz wie das Innere des Schranks, in den seine Mutter ihn als Kind eingesperrt hatte. Aber seine Augen gewöhnten sich rasch an das Dunkel, und die bei Tage altbekannten Umrisse und Abstände nahmen Form und Gestalt an. Ihre Schritte raschelten leise im feuchten Gras.

»Hier drüben ist es gleich«, sagte er. Eine schmale schmiedeeiserne Tür war in die Wand eingelassen, dahinter ein paar Stufen, die abwärts gingen und zu einer Art Keller zu führen schienen. Marlon förderte einen Schlüssel zutage, der mit einer langen Silberkette an seiner Hose befestigt war, und schloss auf.

Sie berührte das Gitter, das an einigen Stellen so rostig

war, dass es beinahe zu Staub zerrieselte. »Was machen wir hier unten?«, fragte sie eindringlich. »Warum gehen wir nicht durch die Haustür?«

Marlon lächelte – ein entspanntes, teuflisches Lächeln –, ignorierte ihre Ängstlichkeit und griff nach den Handschellen. »Wir machen ein kleines Experiment …«, sagte er leise.

»Uh!« Sie kicherte, als hätte er gerade etwas Anzügliches gesagt. »Das ist ganz nach meinem Geschmack!«

20

Máire betrachtete das Haus. Offenbar war niemand da. Die Läden waren geschlossen und verriegelt, und es war weit und breit keine Menschenseele zu sehen. Sie suchte nach elektrischen Leitungen und Bewegungsmeldern, aber nichts deutete darauf hin, dass irgendwo ein Alarm angebracht war. Zog man das Alter des Hauses und seine Abgeschiedenheit in Betracht, zweifelte sie auch daran, dass es mit einem Sicherheitssystem ausgestattet war.

Sie kniete sich hin, um unter dem Fußabstreifer nach dem Schlüssel zu tasten, fand jedoch nur Staub und Gras. Sie wusste nicht genau, was sie sich vorgestellt hatte, wie sie ins Innere gelangen sollte. *Vielleicht hast du gedacht, er würde nicht abschließen. Oder den Schlüssel unter die Fußmatte legen – falls jemand vorbeikommen und Lust verspüren sollte, reinzugehen und sich Särge anzuschauen.*

In die Haustür war ein kleines schmutziges Fenster eingelassen, aber als sie den Hals reckte, stellte sie fest, dass sie nicht hindurchsehen konnte. Sie ließ den Blick schweifen. Irgendein Gegenstand auf der Erde fing Sonnenstrahlen ein und reflektierte sie. Máire bückte sich und nahm ihn in die Hand. Sie drehte ihn um. Es war ein Stück Kupferdraht mit einer Diode. Sie schauderte und versuchte, ein unangenehmes Kribbeln in der Magengegend zu ignorieren. Sie ließ den Gegenstand langsam in ihre Hosentasche gleiten und ging hinter das Haus.

Dort gab es eine große Terrasse aus Holz, aber es fehlten Topfpflanzen und Gartenmöbel. Die Tür war mit einem robusten Holzladen verschlossen und mit Vorhängeschloss und Bolzen verriegelt. Máire sah sich um. An einer Seite des Grundstücks war ein zwei Meter hoher Zaun aus Holzplanken errichtet worden, und wilde Iris rankten daran empor. Zwischen den Bäumen stand ein alter Schuppen, aber eine flüchtige Untersuchung enthüllte kein Versteck, wo er eine Frau gegen ihren Willen festhalten konnte.

Máire wollte die Sache am liebsten schnell hinter sich bringen, ins Haus einbrechen und alles überprüfen. Wenn sie das vorhatte, gäbe es kaum einen perfekteren Zeitpunkt dafür, aber der grenzenlose Optimismus, den sie morgens nach dem Aufstehen verspürt hatte, war rasch wieder verflogen. Von diesem Ort bekam sie eine Gänsehaut. Das Haus stank nach Verderben und Verwesung, es personifizierte förmlich das Böse. Ihre Arme kribbelten und juckten. Sie fröstelte und fühlte die Angst aus den Tiefen ihrer Seele aufsteigen. Offensichtlich war sie der einzige lebendige Mensch im Umkreis von vielen Kilometern. Und doch … Sie seufzte unentschlossen. Gegen das, was sie vorhatte, gab es Gesetze. *Nötigung. Verfolgung. Einbruch.*

Dieses Mal hatte sie das Messer bei sich. Sie nahm es aus der Tasche, wog es in der Hand und drückte auf den kleinen Sicherungsknopf, der die Klinge schnell wie eine

Rakete vorschnellen ließ. Das lange scharfe Blatt funkelte in der Sonne.

Sie wusste nicht recht, was sie tun sollte, und fuhr schließlich nach Savannah zurück. Sie rief bei dem Bestattungsinstitut an, um unter dem Vorwand, es handele sich um einen Todesfall, mit LeBelle zu sprechen. Von einer Frau namens Cordelia erfuhr sie, dass er in der St. Lukaskirche bei einer Trauerfeier war.

Als Máire das düstere gewölbte Querschiff der Lukaskirche betrat, das als Trauerkapelle fungierte, schlug ihr ein bekannter Blumenduft entgegen, den sie mit Tod und Beerdigung verband. Ihr war kalt. Große Nelken- und Liliensträuße standen in Vasen, so weit das Auge reichte. Sie hätte beinahe wieder auf dem Absatz kehrtgemacht und wäre die Treppe hinuntergelaufen, als die schwere Eichentür durch einen Windstoß geräuschvoll hinter ihr zufiel. Einige der Trauernden wandten sich um und nickten stumm zur Begrüßung. Sie hielt inne und zögerte, dann holte sie tief Luft und zwang sich, ruhig zu bleiben. Sie hasste diesen Ort von ganzem Herzen.

Es war drückend heiß, und die Trauernden waren zahlreich erschienen. Sie schwitzte stark, war aber nicht sicher, dass das ausschließlich der Wärme zuzuschreiben war.

Sie sah sich um. Stühle gab es keine. Die Anwesenden standen beisammen oder gingen von Grüppchen zu Grüppchen, redeten, sprachen Gebete oder zündeten Kerzen an. Die Trauernden sprachen leise oder im Flüsterton, als hätten sie Angst, den Toten aufzuwecken.

Máire sah, wie sich ihre Lippen bewegten. Eine einzelne Stimme, die eine Tonlage höher war, übertönte die anderen: »Theodore ist sicher in den Himmel gekommen; wie sollte auch ein Mensch, der anderen so viel Gutes getan hat, anderswo hinkommen?«

»Der Arme«, sagte jemand anders.

»Ja, aber glücklich bis zum Schluss.«

»Und klar im Kopf!«, fügte ein Dritter hinzu.

Máire bemerkte mit Widerwillen, dass der weiße Sarg neben dem Altar geöffnet war und den Ehrengast mit rosigen Wangen und Volantkragen zeigte, umrahmt von der perlgrauen Seide der Sarginnenseite und durch den Tod vor diesem Melodram geschützt.

Ihr schauderte vor Unbehagen, und sie konnte kaum atmen; der Geruch und die stickige Luft wurden offensichtlich auch einem anderen Trauernden zu viel, der das einzige Fenster aufmachte, das sich öffnen ließ. Máire spürte den warmen Wind von draußen hereinwehen und stieß einen erleichterten Seufzer aus.

Sie reckte den Hals, ließ den Blick schweifen und entdeckte die Witwe, perlengeschmückt und in Trauerkleidung. Neben ihr stand Marlon LeBelle, das sandfarbene Haar zurückgekämmt, und sprach mit seiner gedämpften Theatersouffleurstimme, die die Hinterbliebenen immer hörten, wenn sie in sein Bestattungsinstitut kamen. Bei seinem Anblick setzte Máires Herz einen Schlag aus, und sie spürte, wie sich ihr Magen zusammenzog.

Verstohlen beobachtete sie LeBelle und verfolgte fasziniert, wie er die tränenüberströmten Umarmungen über sich ergehen ließ und mit allen Konversation machte.

Aus größerer Nähe stellte sie fest, dass er älter war, als sie zunächst angenommen hatte, vierzig oder vielleicht Anfang vierzig, gepflegt und in Berufskleidung: schwarzer maßgeschneiderter Anzug, nicht gerade billig. Mit dem Schwitzen hatte er allem Anschein nach keine Probleme. Auf seinem blassen Gesicht war kein einziger Schweißtropfen auszumachen.

Er rückte seine Krawatte zurecht und drückte mitfühlend die vogelkrallenartige Hand der Witwe. Er war gut, das musste sie ihm lassen, allerdings war es ihrer Meinung nach mit seiner Glaubwürdigkeit so eine Sache: Das Mitgefühl wirkte geheuchelt, der Blick ironisch. Seine Art, das höfliche und freundliche Gehabe, fand Máire viel zu aufgesetzt.

Die Witwe schmiegte sich stumm an ihn, er legte väterlich-behutsam den Arm um sie, und Máire sah, wie seine warmen Worte ihre Seele zu trösten schienen.

Aus einiger Entfernung folgte Máire ihm von seinem Büro bis nach Hause und ein paar Stunden später in eine Bar am Ortsrand von Claxton, wo er allein am Tresen ein Bier trank. Nun trug er eine schwarze Lederhose, Sneakers und ein kurzärmliges schwarzes Hemd. Das passte besser zu ihm als der Bestatteranzug. Sein glattes Haar glänzte und war sympathisch ungekämmt. Er war unglaublich blass, und seine Gesichtszüge hatten eine eigenartige Ähnlichkeit mit denen einer Frau; jedes Fältchen und jeder Pigmentfleck schienen bewusst platziert worden zu sein, um seine Schönheit hervorzuheben. Sie musterte ihn nachdenklich. Er war gekonnt verkleidet, dachte sie. Nach seinem Äußeren zu urteilen, sah er keineswegs wie jemand aus, der kaltblütig Frauen gegen ihren Willen einsperrte, und schon gar nicht wie einer, dem es schwerfiel, den Frauen zu gefallen … und trotzdem … Vielleicht war er noch viel gefährlicher, gerade weil seine Verkleidung so perfekt war.

Sie überlegte, welchen Eindruck die Leute im Allgemeinen von ihm haben mochten. Die meisten Frauen fanden ihn sicher ungeheuer attraktiv trotz seines unschönen Berufs. Und die Männer sahen in ihm zweifellos und berechtigterweise eine doppelte Bedrohung. In gewisser Weise wirkte er, als sähe er sich auch selbst so.

Máire dachte darüber nach. Doch ihr fiel nichts Konkretes ein. Irgendwas stimmte einfach nicht mit ihm. Außer dass sie die Aura des Bösen spürte, die ihn umgab, konnte sie nicht erklären, warum sie sicher war, dass irgendwas an ihm faul war. Aber sie wusste es, ganz bestimmt. Er war einfach ein bisschen zu makellos und glatt, als würde er nur die Sonnenseite des Lebens kennen. Hinter seinem Lächeln lauerte ein Anflug von etwas bei Weitem nicht mehr so Charmantem. Etwas anderes … Unbeschreibliches … das außerhalb ihrer Reichweite lag, das wusste sie mit Sicherheit.

Oder vielleicht bildest du dir das alles nur ein? Wie sah die Wahrheit wirklich aus?

Andererseits …

Die Wirklichkeit übertraf fast immer die Fantasie.

Sie musste an einen Zeitungsartikel denken, den sie gelesen hatte, über das Monster in Europa – in Österreich, genau gesagt. Der Mann hatte seine Tochter und mehrere ihrer Kinder den Großteil ihres Lebens in einem Kellerverlies in seinem Wohnhaus eingesperrt. In dieser Zeit hat er wie ein Unmensch Kinder mit ihr gezeugt und gleichzeitig vorgegeben, der liebende Ehemann, fürsorgliche Vater und nette Nachbar zu sein. Sie dachte daran, wie ihm die Behörden, Angehörigen und Nachbarn allesamt die Geschichte von den Enkelkindern abgekauft hatten, die bei Nacht und Nebel mit einer unleserlichen Notiz seiner »verschwundenen« Tochter, sie könne sich nicht selbst um die Kinder kümmern, weil sie Mitglied einer geheimen Sekte sei, vor seiner Haustür abgelegt worden waren. Wie glaubwürdig war denn so was? Bei genauerem Überlegen war es völlig unmöglich, sich das vorzustellen. Trotzdem war es passiert – über zwanzig Jahre lang, auch wenn man das nicht glauben mochte.

Máire saß weniger als zehn Meter von Marlon LeBelle entfernt und dachte, dass man unmöglich sagen konnte, was in den Menschen vorging, bevor man sie öffnete und hineinsah.

Er sah sich ein wenig um und bekam Augenkontakt mit einem Mädchen. Máire kratzte sich an der Nase, um ihr Gesicht zu verbergen, musterte ihn beiläufig und ließ ihren Blick weiterwandern. Sie wollte seine Aufmerksamkeit nicht auf sich lenken und die einzige Frau sein, die ihn keines Blickes würdigte. Soweit sie das feststellen konnte, war sie ihm noch nicht aufgefallen. Es waren viele Leute gekommen, sodass sie leicht in der Menge untertauchen konnte, aber sie war trotzdem nervös. Diese Verfolgungsjagd kam ihr ein wenig unheimlich und bisweilen absurd vor. Was, wenn er nur ein ganz gewöhnlicher, unschuldiger Mann war? Oder schlimmer noch – was, wenn er es wirklich war?

Sie holte tief Luft.

Es half alles nichts, sie musste es selbst herausfinden und den nächsten Schritt wagen. Ihr kam es so vor, als unternähme sie etwas unfassbar Wichtiges. Ein Gefühl sagte ihr, dass er etwas damit zu tun hatte. Und dieses Gefühl entstand aus nichts anderem als Überzeugung.

Sie bemerkte, dass er aufstand und sich in Richtung Toiletten durch die Menge schob. Kurz darauf kehrte er zurück, setzte sich wieder an die Bar und unterhielt sich mit dem Mädchen, das sich auf den freien Barhocker neben ihn gesetzt hatte. Máire musterte sein blutleeres Gesicht, während er einen Rum bestellte.

Máire hatte einen Entschluss gefasst. Aufgeben war ausgeschlossen. Sie musste die Sache so in die Hand nehmen, wie es ihr das Gewissen gebot. Es gab keine Alternative. Nur so konnte es sein, wollte sie diese Sache zu einem Ende bringen.

Máire erhob sich und verließ vor ihm die Bar.

21

Die Abenddämmerung war angebrochen, die Temperatur um zehn Grad gefallen und der Himmel leuchtete blauschwarz über den krummen Bäumen. Die Uhr im Armaturenbrett zeigte zwanzig Minuten nach zehn. Máire fuhr langsam vorbei. Ihre Handflächen waren warm und schweißnass, und ihr Herz pochte laut in ihrer Brust. Sie machte die Scheinwerfer aus, nahm den Gang heraus und ließ den Wagen lautlos die dunkle Auffahrt hinunterrollen, bis er zwischen den Bäumen verschwand. Sie klopfte leicht auf ihre Tasche, um sicherzugehen, dass Messer und Mobiltelefon noch da waren, und suchte im Handschuhfach nach der Taschenlampe. Sie fand sie, prüfte, ob sie funktionierte, und stieg aus.

Der Wind wirbelte mit einem Flüstern ein paar trockene Blätter durch die Luft, sonst herrschte drückende Stille, die jeden Augenblick zu bersten drohte, und eine Welle der Angst spülte über Máire hinweg. Das spanische Moos in den Eichen sah aus wie lange faserige Gazestreifen, die plötzlich zum Leben erweckt worden waren und sich gequält zwischen den knotigen Ästen wanden. Sie schluckte und zwang sich, normal zu atmen, während sie den Blick von den Bäumen zum Haus wandern ließ.

Dunkel lag es da, und es war niemand zu sehen. Die Fensterläden waren geschlossen, und sie konnte die leisen einsamen und kalten Töne des Klangspiels erahnen, die vom Wind an ihr Ohr getragen wurden. Sie schauderte.

Vorsichtig probierte sie die Haustür – natürlich verschlossen. Sie knipste die Taschenlampe an und richtete den Lichtkegel auf das kleine schmutzige Fenster in der Haustür. Sie konnte einen prachtvollen venezianischen Kronleuchter mit angelaufenen Prismen erkennen, die matt unter der Decke schimmerten, und auf der Kommode stand eine große Schale mit fauligem Obst. Ein Fliegenschwarm flog auf, als das Licht die Insekten streifte, dann landete er wieder.

Máire dachte nach, dann betätigte sie den rostigen Türklopfer und griff mit der anderen Hand nach dem Messer in ihrer Tasche. Sie wartete, dann klopfte sie noch einmal. Das Geräusch hallte in der Stille wider.

Nichts.

Es war niemand da.

Sie ging ums Haus herum, rüttelte an Fenstern und Türen in der Hoffnung, dass er irgendwo vergessen hatte abzuschließen.

Das war nicht der Fall.

Aber ihr war ein Glaskasten mit einer Brandaxt und einem Feuerlöscher an der Wand aufgefallen. Vor der Veranda lag ein großer Stein im Gras. Sie holte ihn und zerschlug die Scheibe damit. In der Stille klirrte es glockenhell.

Mit zitternden Händen griff sie nach der Axt.

Was machst du hier eigentlich?, dachte sie. Noch bevor sie sich ihre Frage beantwortete, ließ sie die Axt gegen die Tür sausen. Nach ein paar Schlägen klaffte ein Loch um das Türschloss herum, und ein letzter kräftiger Schlag ließ die Tür mit einem Knall nach innen fliegen. *Jetzt gibt es kein Zurück mehr,* dachte sie, während der Ernst der Lage sich über sie legte wie ein Steindeckel auf ein Grab.

Sie blieb im Türrahmen stehen, starrte in die Dunkelheit und lauschte nach Geräuschen oder Schritten. Hielt Ausschau nach wachsamen Geistern bei ihrer Nachtwache. Aber nichts rührte sich. Es war totenstill, fast als würde die Stille wie unsichtbare Wellen in der feuchten Luft wogen. Sie wartete ein paar Minuten. Noch immer kein einziges Scharren, Klicken oder Rascheln.

Als sie eintrat, schlug ihr das Herz bis zum Hals. Vorsichtig machte sie die Tür hinter sich zu. Wenn tatsächlich jemand hier war, wäre sie wirklich in Schwierigkeiten. Aber es war so still, dass sie jemanden hätte atmen hören können, und sie war sich einigermaßen sicher, dass sie allein war. Hier gab es nur Stille und Dunkelheit. Sie hätte natürlich ein bisschen weiter denken sollen.

Von der schönen Diele führte eine breite Treppe nach oben und teilte sich, sodass an jeder Wandseite Stufen verliefen. Aber das Haus hatte schon bessere Tage gesehen. An einigen Stellen war das Fliesenmosaik des Bodens gesprungen, oder Teilstücke fehlten, die Tapeten hatten Schimmelflecken, und die Kanten lösten sich.

Es roch feucht und modrig, vermengt mit dem schwachen Duft eines bekannten Parfüms: *Fleur du Mâle.* Obwohl es ein Herrenduft war, benutzte Máire ihn bisweilen selbst. Hier waren all die gewöhnlichen Dinge eines bewohnten Hauses versammelt, die ihren eigenen abgestandenen Geruch verströmten, aber es roch außerdem irgendwie schlecht, als würde das Haus nach Fieber stinken und am Bösen kranken. Sie blickte nach oben, und ein furchterregender Gedanke schoss ihr durch den Kopf: Es war, als würde sie das Horrorhaus aus *Amityville* betreten. Efeu rankte bis unter die Decke und suchte sich seinen Weg auf den vergammelten olivfarbenen Tapeten, als wollten sich die festen Blätter strecken und nach ihr fassen. *Aber Pflanzen versuchen nicht, einen zu fangen, und Häuser sind nicht böse,* redete sie sich ein und schob die Vorstellung beiseite.

Der Kronleuchter mit den baumelnden Prismen und zwanzig Glühbirnen, den sie von außen schon gesehen hatte, schwebte über ihrem Kopf, aber sie suchte nicht nach dem Lichtschalter. Das Licht würde jeden Winkel von hier bis nach Savannah ausleuchten, dachte sie. Ein Windstoß brachte die Prismen leise zum Klirren – ein unheimliches, kaltes Geräusch, das sie an das Klangspiel erinnerte und ihren Herzschlag beschleunigte.

Das Haus war groß. Rechts und links ging jeweils ein Zimmer von der Diele ab, ein drittes lag direkt vor ihr. Die Flügeltüren standen offen, und sie konnte zwei dunkle Sofas ausmachen, die sich gegenüberstanden, sowie einen weißen Kamin, der sich in der Dunkelheit verlor.

Sie schob sich vorsichtig in das Zimmer, das direkt vor ihr lag: Der Raum war lang und schmal. Selbst in seinem verfallenen Zustand war er sonderbar, und der weiße Marmorkamin schimmerte schwach. Die Wände waren vollkommen kahl, abgesehen von zwei Reihen mit Spiegeln, die sich über den Sofas gegenseitig kühl und düster in ihrem angelaufenen Glas spiegelten.

Von dem Zimmer zweigte quer ein enger Korridor ab. Die WC-Tür war angelehnt. Sie stieß sie vorsichtig auf und stellte fest, dass niemand darin war. Sie schlich rasch und lautlos die Treppe hinauf und versicherte sich, dass auch im Mansardenzimmer niemand war, dann ging sie wieder hinunter.

Sie blieb stehen und sah sich um.

Noch immer allein, noch immer kein einziger Laut, abgesehen von einem Wasserhahn, der irgendwo tropfte.

Am Ende des Korridors befand sich eine schmale Tür, vermutlich die Kellertür. Sie drückte die Klinke hinunter. Abgeschlossen. *Verdammt!* Wenn sie da rein wollte, musste sie auch diese Tür aufbrechen. Sie sah sich nach einem Schlüssel um. *Fucking Nancy Drew!* Sie überlegte. Trotz allem machte sie sich schlicht strafbar durch das Betreten von Privatgrund, widerrechtliches Eindringen in Privateigentum und Sachbeschädigung. Sie fluchte innerlich. Und sie verschwendete kostbare Zeit. Entweder blieb sie hier stehen und jammerte wie eine schrullige Alte oder …

Der nächste Schritt war zwar keiner, den die Heldin aller kleinen Mädchen und Superdetektivin Nancy Drew gemacht hätte, aber Máire entschied, da sie sich ohnehin schon tief genug hineingeritten hatte und nun ebenso gut auch gegen die Gesetze verstoßen konnte, die sie bisher noch befolgt hatte.

Sie holte mit der Axt aus, und schon beim zweiten Schlag durchdrang die Klinge die Tür. Sie steckte die

Hand durch das Loch, öffnete das Schloss und tastete nach dem Lichtschalter, doch das Licht war offenbar kaputt. Sie stellte die Axt an die Wand und machte ihre Taschenlampe an.

Eine schmale Treppe führte nach unten. Sie konnte einen schwachen Geruch in der Nase spüren, der ihr vage bekannt vorkam und der Luft eine gewisse Schärfe verlieh. Aber es war nicht der Parfümduft oder der Geruch nach alten Möbeln, diesmal nicht, da gab es keinen Zweifel. Sie wusste, wie der Tod roch. Und wie Chemikalien rochen. Máire fuhr zusammen, und ihr Herz begann so schnell zu schlagen, dass das Blut in ihren Ohren rauschte.

Sie stieg die wackligen Stufen hinab, kam unten an und sah sich um. Das Fundament bestand aus Backstein, ebenso wie der Boden. Ein langer Bogengang, offenbar ohne Fenster und Türen, verlor sich in der Finsternis und verlief, soweit sie sehen konnte, über die gesamte Länge des Gebäudes. Die Decke war unangenehm niedrig. Und der Gang bot zahllose geeignete Verstecke. Das Problem war, dass sie nicht den ganzen Keller überblicken und die beunruhigende Vorstellung verscheuchen konnte, dass er jeden Moment zurückkommen konnte. Dann wäre sie hier unten gefangen.

Ihre Stirn war schweißfeucht, als hätte sie Fieber, und sie hatte den Eindruck, dass dünne Spinnweben an ihrem Gesicht kleben blieben.

Sie wischte sich mit dem Handrücken den Schweiß von der Stirn, damit ihr die Tropfen nicht in den Augen brannten, als sie ein leises Knacken hörte.

Máire erstarrte und hielt den Atem an. Sie ließ den Lichtkegel kreisen, entdeckte jedoch nichts. Hatte sie das Geräusch gemacht, hatte bei einer Bewegung ihre Kleidung geraschelt?

Sie legte den Kopf schief und lauschte.

Nichts. Es war wieder still.

Vielleicht hatte eine Ratte oder Maus ihre Beute gejagt. Máire schauderte. Dann war sie jedenfalls nicht in Gefahr.

Eine halbe Minute hörte sie keinen weiteren Laut, dann schlich sie weiter. Sie hob die Taschenlampe und ließ ihren Blick umherwandern, der sich inzwischen an die Dunkelheit gewöhnt hatte. An der linken Seite des Gangs konnte sie die Umrisse einer Tür mit einer Glasscheibe erkennen. Sie drückte die Klinke, stellte fest, dass die Tür verschlossen war, fackelte nicht lange und zerschlug mit dem Schaft ihrer Lampe die Scheibe. Sie splitterte in einem Scherbenregen. Falls oben jemand im Haus war, wusste er jetzt, dass Máire sich im Keller aufhielt. Sie wartete, ob jemand mit Baseballschläger oder Gewehr bewaffnet heruntergerannt kommen würde, aber niemand erschien, und im Keller blieb es dunkel und still. Sie entfernte rasch die Scherben aus dem Türrahmen und zwängte sich hindurch.

Der Boden war gefliest und der Raum weiß gestrichen. Mehrere weiß glänzende Archivschränke standen an einer Wand, und es war so kalt wie in einem Gefrierschrank. Sie spürte, wie sie vom Scheitel bis zur Sohle eine Gänsehaut bekam. Es stank nach Tod, Verwesung und Formaldehyd, aber alles war blitzblank sauber und zeugte von einer schon fast krankhaften Gründlichkeit und Präzision. Unter der Decke hingen vier große Lampen, wie man sie aus OP-Sälen kennt.

»Zum Teufel!«, entfuhr es Máire, und sie merkte, wie ihr Herz einen Schlag aussetzte, als sie den bernsteinfarbenen Lichtschein ihrer Taschenlampe auf den Stahltisch unter den Lampen richtete und die Ursache des Verwesungsgeruchs entlarvte: die gepuderten Überreste einer jungen Frau, die mal sehr lebendig gewesen war. Von den Schultern bis zu den Füßen war sie von einem weißen Laken bedeckt, die ordentlich gefalteten Hände umschlossen einen Rosenkranz und ein Kruzifix. Wangen und Mund leuchteten rot von Rouge und Lippenstift und ließen sie eher unheimlich als natürlich aussehen. Auf jeden Fall sah all das dem Werk des Maskenbildners, der auch C.J. geschminkt hatte, sehr ähnlich.

Máire spürte, wie ihr der kalte Schweiß auf die Stirn trat, und versuchte, das Zähneklappern zu unterdrücken. Obwohl sie eine makabere Entdeckung gemacht hatte und es irgendwie verdächtig war, dass der Typ eine Leiche im Keller liegen hatte, war er trotz allem Bestatter. Sie wog die Situation ab: War es seltsam genug, dass sie die Polizei rufen konnte? Sie ermahnte sich, dass sie der Sache nicht zu viel Bedeutung beimessen sollte, denn hier bewahrte er offenbar die Leichen auf und schminkte sie für ihre letzte Reise – dass es dafür kalt genug war, stand außer Frage. Und in seinen Räumlichkeiten in der Stadt nahm er die Angehörigen in Empfang. Wenn man auf dem Grundstück eines Bestatters herumschlich, musste man wohl mit makaberen Entdeckungen rechnen. So musste es sein. Außerdem sah die Frau auf dem Stahltisch nicht danach aus, als wäre sie unter mörderischen beziehungsweise allgemein gewalttätigen Umständen ums Leben gekommen.

Máire holte tief Luft, denn der Gestank drohte sie zu ersticken, umrundete den starren Körper und schauderte unwillkürlich.

Hinten im Raum war neben einer Tür aus Milchglas eine große Glasvitrine an der Wand befestigt. Sie war bis zum Bersten gefüllt mit Flaschen, in denen sich Balsamierungsflüssigkeiten, Gifte und andere Chemikalien befanden, mit Tiegeln, Tuben, chirurgischen Instrumenten und großen Schachteln mit Watte und Verbänden. Aus den Etiketten ging hervor, was jede einzelne Tube und Flasche enthielt, aber weil Máire nicht mal wusste, was genau eigentlich Gelatine war, sagten ihr die Aufschriften überhaupt nichts.

Sie öffnete die Milchglastür und entdeckte die Umrisse von etwas Großem, Gespenstischem hinten im Raum: der Ofen, in dem die Leichen eingeäschert wurden. Sie wurde von Kälteschauern geschüttelt und machte die Tür schnell wieder zu.

Unter der Vitrine hatte ein breiter Arbeitstisch mit Computern inklusive Zubehör seinen Platz: Bildschirme, Tastaturen, Digitalkameras, Kartenleser und vieles mehr, was ihr nichts sagte. Ein leuchtender Bildschirmschoner bewegte sich auf einem Monitor hin und her und schien hell genug, dass ihr Blick auf ein großes Sammelbuch für Zeitungsausschnitte fiel. Plötzlich beschlich sie das starke Gefühl, dass ihr die Zeit davonlief und die

Dunkelheit des Kellers sich an ihren Nacken klammerte. Sie sehnte sich danach, wieder ins Freie zu kommen. Aber die Neugier brachte sie dazu, das Sammelalbum aufzuschlagen und darin zu blättern. Die Seiten waren sperrig wegen der eingeklebten Fotos, Zeitungsartikel und Haarlocken. Aber nichts darin ergab für sie einen Sinn, und sie schlug es wieder zu. Ein Gewerbeschein hing eingerahmt neben einem Abschlussexamen an der Wand unter der Vitrine. Máire las sie, aber sie verrieten nur, dass Marlon LeBelle eine anerkannte Ausbildung absolviert und die entsprechenden Examina abgelegt hatte.

Sie trat vor die Schubladen und begann, sie zu durchwühlen. In der obersten lagen zwei Fotos. Sie hielt den Lichtkegel darauf. Das erste Bild zeigte eine hübsche, elfenhafte junge Frau um die zwanzig in hellgrünem Rock und weißer Hemdbluse, die auf einem Segelboot stand. Das zweite Bild war an einem anderen Tag aufgenommen worden. Es zeigte dieselbe Frau, nun trug sie weiße Jeans und eine getupfte Bluse. Máire stieß einen Schrei aus und spürte, wie sich ihr Magen zusammenzog. Die Frau war jünger, die Fotos wiesen mehrere Knicke auf und ließen das Gesicht der Frau leicht verzerrt erscheinen, aber Máire zweifelte keine Sekunde daran, um wen es sich handelte.

Es war C.J.

Máires Körper fühlte sich auf einmal schwer und leblos an, und sie war sich ziemlich sicher, dass sie sich nicht von der Stelle rühren könnte, würde sie es versuchen. Hektisch durchsuchten ihre Hände die Schubladen und fanden ein drittes Bild. Sie starrte es mit großen aufgerissenen Augen an. Leichenblass.

»Oh Gott!«, hauchte sie. »Oh Gott im Himmel!« Ihre Kehle war wie zugeschnürt, sie spürte Herzstiche, und ihr blieb die Luft weg. *Valerie!*

Máire starrte ungläubig das Bild an. Ihre Hände und Arme schlotterten, dann wurde ihr ganzer Körper von einem Zittern ergriffen. Das Foto war eine Schwarz-Weiß-Aufnahme und zeigte Valerie, die wie Jesus am Kreuz hing. Sie trug große seidene Fledermausschwingen und zahllose schwarze Perlenketten. Die Ketten sowie ihr langes dichtes Haar bedeckten ihre Brüste, davon abgesehen war sie nackt. Im Gegensatz zu Jesus war sie mit den Handgelenken und Fußknöcheln mit schwarzen Seidentüchern am Kreuz festgebunden, und die Dornenkrone auf dem Haupt war durch eine enge Kapuze mit abstehenden Metallstacheln ersetzt worden. Um den Hals trug sie etwas, das an Stacheldraht erinnerte, ins Fleisch schnitt und zwischen den Perlenketten schimmerte. Sie war im Grufti-Stil geschminkt wie Marilyn Manson mit schwarzen glänzenden Lippen und ebensolchem Lidschatten. Ihr Gesicht war weiß wie eine Oblate. Der Mund stand offen, ihr Blick starr vor Angst und Schmerz, unwiederbringlich tot …

Der Schock versetzte Máire in Atemnot, und es fühlte sich an, als würde noch etwas anderes außer Blut – etwas Kaltes, Hasserfülltes – durch ihre Adern rauschen und ihr Herz in einen Eisblock verwandeln. Ihr wurde schwindelig, aber sie zwang ihre Hände, das Bild still zu halten, und ihren Blick, nicht auszuweichen.

»Oh Gott, oh Gott, oh Gott«, hörte sie sich selbst wiederholen. Sie war tot? Valerie war tot! Nach zwölf Jahren Freundschaft würde sie Valerie nie wiedersehen. Máire schluchzte. Was zum Teufel machte Valerie hier? Sie überwand sich, das Foto mit der Fingerkuppe zu berühren. Ihr lief es kalt den Rücken hinunter, und sie merkte, dass sie kurz davor war, das Bewusstsein zu verlieren. Alles wurde unscharf wie in einem schrecklichen Albtraum.

Sie sackte neben dem Schreibtisch zusammen und blieb an ein Tischbein gelehnt auf der Erde sitzen, während sie nach Luft rang. Die Trauer ging ihr durch Mark und Bein und drohte, sie zu ersticken. Sie starrte das Foto unentwegt an.

»Was hat er bloß mit dir gemacht?«, fragte Máire das Bild, doch die Antwort blieb aus.

Oh Gott. Máires Magen zog sich zusammen, Tränen rannen ihre Wangen hinab. Was immer er getan hatte, es war vorbei …

Ihr entfuhr ein Schrei, den sie nicht rechtzeitig hatte zurückhalten können. Sie presste ihre Hände vor den Mund und schluchzte. Sie schloss die Augen und drückte die Fotografie an sich, hielt sie fest, als wäre sie aus Fleisch und Blut, während sie ihren Körper hin und her wiegte wie eine Mutter, die ihr totes Kind im Arm hält, um es noch ein bisschen länger bei sich zu haben.

»Valerie, Valerie, oh Valerie …«

Sie wusste nicht, wie lange sie so dagesessen hatte. Ihr kam es wie eine Ewigkeit vor. Sie fühlte sich krank. Krank und elend. Sie fror, als hätte sie Fieber oder als wäre sie unbekleidet im Januar bei Schneesturm draußen unterwegs. Ihre Haut war eiskalt – als wäre die dünne Schweißschicht darauf zu Eis gefroren.

Vielleicht waren es der Überlebensinstinkt oder die kalte Luft im Raum, die sie die Augen wieder öffnen ließen. Sie drehte das Foto langsam um und legte es auf die Erde. Sie starrte auf die weiße Rückseite. Die andere Seite erschien ihr plötzlich unwirklich, surreal, wie ein schrecklicher Fieberwahn.

Erneut ergriff Panik von ihr Besitz. Sie merkte, wie Übelkeit in ihr aufstieg – und der schwere unangenehme Geruch in der Nase brannte. Wenn du dich jetzt nicht zusammenreißt, kommst du selbst nicht mehr lebend aus diesem Haus raus. Und was war mit C.J.? Vielleicht war es naiv, aber sie hatte immer noch Hoffnung, dass C.J. am Leben war.

Máire fischte das Mobiltelefon aus ihrer Tasche und ließ die Klappe aufschnappen.

Kein Netz.

Hektisch drückte sie die kleinen leuchtenden Tasten, wiederholte die Prozedur, jedoch ohne Erfolg. *Verfluchtes Telefon!*

Sie schlotterte am ganzen Körper, stand aber auf, und es gelang ihr, sich in Bewegung zu setzen und den Kellerraum zu verlassen, ohne sich umzusehen.

Im Gang versuchte sie es erneut, und endlich gab es eine Netzverbindung. Sie lehnte sich gegen die Wand, denn sie konnte sich nicht mehr auf den Beinen halten, und suchte in der Tasche nach Bondurants Karte. Irgendwie gelang es ihr, sie zu finden und die richtigen Tasten zu drücken.

Fast unmittelbar meldete sich eine Männerstimme, distanziert und geschäftsmäßig: »Hallo, Cooper hier!«

»Ich bin …«, sagte sie und räusperte sich. Sie setzte wieder an, brachte jedoch kein Wort heraus.

»Hallo?«, sagte er.

»Ich … äh …« Ihre Stimme klang unheimlich. Irgendwie Angst einflößend und fremd.

»Ja?«

»Bondurant! … Ich möchte mit Bondurant sprechen!«, brachte sie endlich heraus. Sie spürte, wie ihr Kopf ohne sie wegzuschweben schien. »Es ist dringend …«

»Tut mir leid. Er ist erst in einer Viertelstunde wieder da. Kann ich Ihnen helfen?«, erkundigte er sich bereitwillig.

»Seine Nummer? Können Sie mir seine Nummer geben?«

»Das hier *ist* seine Nummer. Er ist gleich wieder da«, wiederholte er geduldig. »Worum geht es denn? Vielleicht kann ich Ihnen weiterhelfen?«

»Er hat meine Freundin geholt«, begann Máire. »Ich glaube, sie ist tot! Ermordet! … Ich habe eben ein Foto von ihr gesehen, auf dem …«

»Wer? … *Bondurant?*«

»Nein, er! Marlon LeBelle … Er, er ist verrückt … Ich habe sein kleines widerwärtiges Labor gefunden …«

»Der Bestatter? Ich kenne ihn gut. Was hat er getan, sagen Sie? Wer sind Sie denn?« Er klang ein bisschen amüsiert. Oder versuchte er nur herauszufinden, ob das, was sie sagte, auch Hand und Fuß hatte?

»Máire Ann Mercer«, fuhr Máire rasch fort und versuchte, ruhig zu bleiben, aber die Worte stürzten wie gequälte Aufschreie aus ihrem geöffneten Mund. »Ich … ich war im Büro bei Ihnen …«

»Ah ja, daran erinnere ich mich gut. Sie waren das mit dem Knie … und irgendwas mit einem verschwundenen Mädchen.«

»Genau, C.J. Sie ist verschwunden und bestimmt tot, aber Bondurant wollte mir nicht zuhören. Er hat meine Freundin, er hat Valerie umgebracht. Verstehen Sie? Sie ist tot!«, wiederholte Máire verzweifelt wimmernd. »Ich bin sicher, dass sie tot ist! Sie hatte irgendwas um den Hals gehängt auf dem Bild und … und das … das ist so furchtbar! Sie ist *tot!*« Máire begann zu schluchzen.

»Nun mal ganz ruhig. Fangen Sie noch mal ganz von vorne an und erzählen der Reihe nach … was für ein Foto?« Er klang nicht länger, als würde er sich über sie lustig machen.

Sie erzählte ihm alles – nervös und mehr oder weniger zusammenhängend – und wurde sich währenddessen darüber klar, dass ihr Bericht nicht sonderlich überzeugend klang.

»Wo sind Sie jetzt?«, wollte er wissen, als sie verstummte, um Luft zu holen. Entgegen ihren Erwartungen wirkte er überhaupt nicht aufmerksam.

»Im Haus, im Keller. Ich sterbe vor Angst. Das war nur ein Hirngespinst, eine Idee auf gut Glück, verstehen Sie … ich habe nicht gedacht … ich hätte nie damit gerechnet …«

»Also gut, das muss ich nachschauen, ich habe keine Ahnung, wo das ist. Das kann eine Viertelstunde dauern oder auch eine halbe. Sehen Sie zu, dass Sie da rauskommen, aber bleiben Sie irgendwo in der Nähe, wo Sie sich versteckt halten können. Ich komme dann mit Blaulicht.«

»J-ja, in Ordnung«, gab Máire zurück.

Er legte auf.

22

Sie begann, wieder mit den Zähnen zu klappern, als sie das Mobiltelefon in die Tasche zurückgleiten ließ. Von allen Seiten schien der Wahnsinn sie einzukreisen, und sie überlegte fieberhaft, was passiert sein könnte. Sie meinte, es zu wissen. Er hatte in ihrem Auto herumgeschnüffelt und ihre Adresse gefunden. Er musste nach Charlotte gefahren sein, um ihr einen Besuch abzustatten, und hatte statt ihrer Valerie entführt. Und jetzt war sie tot!

»Und das ist deine Schuld!«, sagte sie laut zu sich selbst. Valerie hatte keine Chance. Máire versuchte, nicht darüber nachzudenken. Es nützte nichts, sich in Selbstvorwürfen zu ergehen. Dabei würde sie nur verrückt werden.

Ihr war schwindelig, als sie sich in Bewegung setzte. Ihre Beine waren schwach, die Knie zitterten. Im ersten Moment fiel ihr die Orientierung schwer, sogar das Atmen, und sie war kurz davor, jeden klaren Gedanken zu verlieren. Wo zum Teufel war der Ausgang? Rechts oder links?

Rechts natürlich. Da war die Treppe. Selbstverständlich, so war es.

Plötzlich hallte ein furchterregender, klagender Schrei durch die Dunkelheit. Wie in einem Gruselfilm aus einer Irrenanstalt. Oder aus der Hölle.

Máire keuchte, ihr Denkvermögen setzte aus, und beinahe hätte sie selbst aufgeschrien.

Sie hielt inne und lauschte lange, dabei starrte sie unverwandt in die Richtung, aus der der Schrei gekommen war.

Ein zweiter gellender Schrei hallte durch die Finsternis und echote in den Gängen, dann wieder Stille. Nur Stille. Keine Stille gleicht der anderen, und diese Lautlosigkeit schien auf irgendetwas zu warten.

»Hallo?« Ihre Stimme klang wie ein eingerostetes Scharnier. »Ist da jemand?«

Keine Antwort.

Máire horchte angespannt. Die Sekunden verstrichen, aber es gab keine weiteren Schreie, und die Taschenlampe erhellte nur die ockergelben Wände des leeren Ganges.

Sie zögerte, als hielte eine unsichtbare Mauer aus Angst sie zurück. Das Herz schlug ihr bis zum Hals. Sollte sie auf eigene Faust weitermachen? Naheliegender wäre es, möglichst schnell hier rauszukommen und sich zu verstecken, wie der Polizist es ihr geraten hatte. Die Polizei regelte dann den Rest, aber die Intuition sagte ihr, dass sie jetzt handeln musste. Wenn C.J. oder jemand anderes in Gefahr schwebte, musste sie helfen. Sie hatte es schon ein Mal zu viel nicht geschafft zu helfen, und das schlechte Gewissen meldete sich mit exakter Regelmäßigkeit.

Sie spannte die Muskeln an und hielt den Griff der Taschenlampe fester, um den restlichen Keller auszukundschaften. Am perlmuttfarbenen Flackern des Lichtkegels konnte sie das unkontrollierte Zittern ihrer Hand sehen.

Schatten zuckten über Boden und Wände und warfen unheimliche Silhouetten. Sie schlotterte am ganzen Körper, und ihr Herz raste, während sie verzweifelt versuchte herauszufinden, aus welcher Richtung der Schrei gekommen war.

Sie duckte sich an die Wand, warf einen Blick über die Schulter in den dunklen Gang, der im Nichts zu verschwinden schien, und ging langsam und vorsichtig in die andere Richtung – etwas anderes blieb ihr auch gar nicht übrig. Wenn sie stehen blieb, würde sie vor Angst sterben. Sie angelte das Messer aus ihrer Tasche und behielt es in der Hand.

In der Dunkelheit hinter ihr klirrte etwas – dachte sie zumindest. Sie keuchte und hielt inne. Ihr Herz pochte schmerzhaft. Hin- und hergerissen sah sie sich um, schlich aber schließlich leichtfüßig den Gang hinunter bis zu einer Abzweigung, als wieder ein Geräusch die Stille durchbrach. Sie schlug die Richtung ein, aus der es gekommen war, und bog leicht gebückt in einen weiteren schmalen Gang ein, der den ersten kreuzte und dessen ockergelbe Wände im flackernden Schein der Taschenlampe wie Tränen glänzten. Nach wenigen Schritten hielt sie inne und versuchte, ruhiger zu atmen. Nach einem Moment voller Anspannung nahm sie ihren Mut wieder zusammen und ging weiter. Der Gang wurde immer schmaler, kreuzte erneut einen anderen und machte wieder eine Biegung.

Die engen Gänge verliefen in Windungen und kreuzten sich, bis es schien, als befände sie sich nicht länger in einem Keller, sondern in einem Katakombensystem. Sie hörte ihre Atemzüge und ihr Herz pochen. Kurz darauf wieder einen Laut. Sie machte die Taschenlampe aus und horchte reglos.

Nichts.

Die Finsternis und die gewölbten Wände bescherten ihr ein unbehagliches klaustrophobisches Engegefühl. Sie tastete sich vorwärts und stellte fest, dass der Gang vor einem verrosteten Eisentor mit senkrecht aufragenden Speerspitzen endete, das eine Holztür schützte. Es war unmöglich. Da kam sie niemals hindurch. Sie rüttelte am Tor, aber natürlich war es verschlossen.

Eingesperrt – mit Grausen dachte sie an C.J.s Worte.

Máire schob die Hand zwischen die Gitterstäbe, schlug mit der Faust gegen die Tür und fragte vorsichtig: »Ist da jemand? Hallo? … C.J.?« Ihre Stimme hallte wie in einer Gruft.

»Hier!« Die Stimme war schwach und klang, als käme sie aus der Tiefe. Máire keuchte auf, richtete die Taschenlampe auf den Boden, machte sie an und sah, dass sie auf einer Luke aus Stahl stand. Ein Eisenring lag in einer Vertiefung in der Klapptür. Máire ging in die Hocke und zog ruckartig daran. Die Luke war schwer, und der Griff knirschte, als sie daran zog. Sie blickte in absolute Dunkelheit. Ein abscheulicher, stechender Geruch nach Fäulnis und Desinfektionsmittel schlug ihr entgegen und brannte in der Nase. Máire leuchtete in die Tiefe. Was sie sah, ähnelte einem Abflussrohr und war dazu da, Überschwemmungen vorzubeugen.

Vielleicht.

Die Vorstellung, sich da hinab zu begeben, gab Máire

das Gefühl, als krabbelte ein Spinnenschwarm über ihren Rücken, und ließ das Blut in ihren Adern gefrieren. Trotzdem zwängte sie sich durch die Öffnung und überlegte kurz, wie sie wieder heraufkommen sollte. Möglicherweise würde sie nicht mehr zurückkommen können. Aber nein, die Polizei war ja unterwegs! Und an einer Seite des Rohrs entdeckte sie Sprossen. Sie sog die Luft ein und kletterte so weit sie konnte hinab, dann ließ sie sich in die Tiefe fallen. Sie landete unsanft auf dem steinernen Boden. Sie sah sich um, konnte jedoch nichts erkennen. Sie spürte das Messer in ihrer Tasche, doch im Fallen hatte sie die Taschenlampe losgelassen und sie war aus oder kaputtgegangen.

Die Dunkelheit umhüllte sie, schien von allen Seiten näher zu kommen, und sie fühlte sich, als wäre sie in einem Koffer eingesperrt. Hektisch tastete sie nach der Taschenlampe. Sie musste irgendwo in der Nähe sein, aber sie konnte nichts sehen. Sie wusste nicht, ob sie vor lauter Dunkelheit oder vor Angst blind war. Aber ihr Geruchssinn war intakt. Der Geruch – der scheußliche Gestank von Chemikalien – stieg ihr in die Nase und brachte ihre Augen zum Tränen. Sie konnte den Gestank förmlich *schmecken.*

Kies und Splitt knirschten, und eine Hand griff in der Dunkelheit nach ihr. Eine Frauenstimme schluchzte: »Gott sei Dank! ... Oh Gott!«

Máire fuhr herum, der Schrei blieb ihr im Hals stecken, aber ihr Arm zuckte zurück, als hätte sie einen elektrischen Schlag bekommen. Sie hörte nur ihren eigenen Herzschlag. Obwohl sie die Anwesenheit der anderen spürte und sich bemühte, sie zu sehen, blieb alles um Máire herum pechschwarz. Aber die Stimme kam ihr irgendwie bekannt vor, und ihr fiel sofort ein, woher …

»Val?«

»Máire?«

»Valerie! Oh, Gott sei Dank, Gott im Himmel sei Dank. Ich dachte, du wärst … oh, Gott!«

»Máire? … Bist du das?« Und dann: »Was machst *du* denn hier? Was ist los? Wo sind wir?«

»Ja, ich bin's. Das ist eine lange Geschichte.« Máire wurde so einiges klar, aber jetzt war nicht der richtige Zeitpunkt für Erklärungen. »Wir sind in Savannah. Komm, wir müssen hier weg. So schnell wie möglich.«

»Oh, Gott!« Valerie war völlig verängstigt. »Er ist zu ganz fürchterlichen Sachen fähig … er hat mich an ein Kreuz gehängt … um zu sehen, wie das am Bildschirm wirkt …« Vals Stimme klang irgendwie belegt, und Maire vermutete, dass er ihr irgendwas gegeben hatte. »Ich habe die ganze Zeit geglaubt, ich würde sterben. Mehrmals war ich auch kurz davor, er hat versucht, mich zu ersticken, ich schwöre … Er, dieser … unheimliche Satan …«

»Ich weiß! … Ich weiß alles.«

»Wirklich? … Wie …?«

»Leise! Wir müssen hier raus. Schnell!«

Als Antwort klammerten sich Vals kalte, zitternde Finger an Máires Bluse. »Wer ist dieser Verrückte? … Und woher kennst du ihn?«

Máire legte ihre Hand beruhigend auf Vals und hieß sie stillschweigen. Vor ihrem inneren Auge tauchten LeBelles sandfarbenes Haar und seine stumpfen dunklen Augen auf. »Ein besonders psychopathischer Kerl. Und keiner, den ich gerne wiedersehen will … und schon gar nicht hier! Komm!« Máire fasste Vals Hand und zog sie zum Rohr. »Hier, fühlst du die Sprossen? Halt dich fest und zieh dich hoch, dann stütze ich dich von unten.« Sie hoffte, dass Val es nicht bemerkte, aber Máire hörte die unterschwellige Panik in ihrer eigenen Stimme. Jetzt wollte sie nur noch schnellstmöglich weg von hier.

»Máire. Ich kann nicht«, flüsterte Val.

»Doch, klar kannst du!«

Ein paar Sekunden verstrichen, die tausend Jahre zu dauern schienen, dann sagte Valerie mit einem mutlosen Seufzer: »Ich bin hier gefesselt … und ich glaube, ich habe mir den Knöchel gebrochen.«

Máire hob den Kopf und hörte leises Kettenklirren. Sie bekam eine Gänsehaut. Sie konnte noch immer nichts in der dichten unterirdischen Schwärze sehen, doch sie begriff, dass der Kerl Valerie irgendwo angekettet haben musste. »Wohin führt die Kette denn?«

»In die Wand! Es ist unmöglich freizukommen. Glaub mir, ich habe das schon versucht.«

Máire wollte reflexartig schreien und an der Kette zerren, stattdessen rief sie: »Dieser verdammte elende …« Sie beherrschte sich, hielt die Luft an und erklärte: »Hör mal zu. Ich habe die Polizei gerufen. Sie sind unterwegs. Sie können jeden Moment hier sein. Ich bleibe hier bei dir und warte.«

»Nein, versuch hier rauszukommen, Máire. Vielleicht finden sie uns hier unten gar nicht.«

»Doch, bestimmt. Ganz ruhig, wir warten hier. Die finden uns schon.«

»Geh bitte!«, flehte Valerie.

»Nein!«

»Los jetzt, kletter nach oben!«

»Ich will nicht. Ich habe schon einen Menschen im Stich gelassen, der mich gebraucht hat ... und wenn dir was passiert, würde ich mir das nie ...«

»Und was ist, wenn er kommt? Du hast selbst gesagt, dass wir uns beeilen müssen.« Valerie hatte ihre Hand auf Máires Schulter gelegt. »Wenn du wüsstest, wozu der fähig ist ... du musst Hilfe holen.«

Máire zwang sich, ruhig zu bleiben, aber sie spürte, wie ihr Herz zu rasen begann. Sie wollte Valerie auf keinen Fall in diesem Fegefeuer alleine lassen. Das Einzige, was jetzt noch eine Bedeutung für sie hatte, war Valeries Befreiung aus diesem Loch.

»Hilf mir, die Taschenlampe zu finden!«, flüsterte Máire. »Beeil dich, ja?«

Valerie erwiderte nichts und tat, was Máire verlangt hatte. Máire kniete sich hin und ließ wie eine Irre einen Arm in großen Halbkreisen über den Boden gleiten. Das gedämpfte Geräusch von Gummi auf Stein verriet, dass sie die Taschenlampe gefunden hatte. Sie bekam den Schaft richtig zu fassen und knipste die Lampe an. Sie funktionierte.

Máire suchte mit dem Lichtkegel die enge, unterirdische Kammer ab. Die kalte stickige Luft wurde von dem Lichtschein wie ein Pulvergeist aufgewirbelt. Der Kellerraum war gerade mal so groß wie eine Fahrstuhlkabine, nicht mehr als ein Verlies mit einer Fläche von drei mal zwei Metern. Decke und Wände waren mit schalldämpfenden Platten verkleidet, die Falltür jedoch nicht, nur deshalb hatte Máire überhaupt etwas hören können.

In dem hellen Licht der Taschenlampe sah Valerie kreideweiß aus vor Angst, aber sie schwieg. So wie sie dastand, glich sie einer Insassin einer Irrenanstalt mit Zwangseinweisung, klein und schmächtig, das schwarze Haar hing ihr nass und strähnig bis auf die Schultern. Sie hatte auch noch Reste der Schminke im Gesicht. Sie sah müde aus; ihre Augen waren blutunterlaufen, auf ihre Stirn waren tiefe Falten getreten, aber sie schien trotz alledem unversehrt zu sein. Sie trug ein weißes bodenlanges Totenhemd mit Spitzenbesatz an den Ärmeln, genauso eins, wie C.J. es getragen hatte.

Máire leuchtete mit der Taschenlampe auf Valeries Hals. Dort waren große schwarze Flecken und Blutergüsse zu sehen. Dann ließ sie den Lichtkegel zu Vals Arm hinunterwandern. Eine blanke Metallmanschette, verbunden mit einer Kette, die in der Wand befestigt war, umschloss ihr linkes Handgelenk. Unter der Manschette war Blut zu sehen, sicher von Vals vergeblichen Befreiungsversuchen.

Máire packte Valerie am Arm und zog behutsam an der Manschette, während sie in der Tasche nach ihrem Messer kramte.

Valerie stöhnte vor Schmerz auf.

Máire schüttelte den Kopf. »Entschuldige!«

»Was willst du denn *damit* machen?«, wisperte Valerie nervös beim Anblick des Messers in Máires Hand.

Mit klopfendem Herzen musterte Máire die Manschette. Es war unmöglich. Sie konnte sie nicht öffnen. Sie war mit einem Vorhängeschloss fest verschlossen. Máire trat vor die Wand und stellte fest, dass die Kette mit einer Platte und vier Schrauben im Mauerwerk befestigt war. Sie bohrte die Messerspitze in eine Mauerfuge und versuchte, eine Vertiefung um den Beschlag herum zu schaben. Erfolglos. Das würde viel zu lange dauern. Also setzte sie die Messerspitze auf die Einkerbung der obersten Schraube und drehte. Sie rührte sich keinen Millimeter. »Hier!«, sagte sie zu Valerie und reichte ihr die Taschenlampe. »Halt fest und leuchte hierher.« Dann probierte Máire es erneut. Sie umfasste den Messergriff so fest mit beiden Händen, dass ihre Fingerknöchel weiß durch die Haut schimmerten, und wagte einen zweiten Versuch. Die Schraube gab ein klein wenig nach. Máire musste sich richtig anstrengen und begann zu schwitzen. Dann ließ sich die Schraube eine halbe Umdrehung weit herausdrehen; sie drehte sich immer leichter und löste sich schließlich ganz aus der Wand. Nachdem Máire die vier Schrauben beseitigt hatte, zog sie an der Kette. Zuerst geschah nichts, doch als sie fester daran riss und ein Bein gegen die Wand stemmte, gab die Platte nicht nur nach, die Kette schoss regelrecht aus dem Mauerwerk heraus. Máire setzte sich ruckartig.

Valerie bemerkte das Geräusch zuerst. »Leise«, flüsterte sie und trat in den Lichtkegel. »Er kommt zurück!«

Máire legte den Kopf schief und horchte. »Ich höre nichts.«

»Doch, das ist er! Ganz sicher!«

In der Ferne hörte Máire das gedämpfte Brummen eines Automotors. Sirenen waren nicht zu hören, aber das hatte sie auch nicht erwartet. »Nein, das ist die Polizei. Lass uns von hier verschwinden!« Máire erhob sich.

»Nein, wenn er das ist? Ich bleibe besser hier unten.«

»Wir gehen zusammen«, entschied Máire bestimmt.

»Ich kann nicht gehen … mein Knöchel … ich glaube, er ist gebrochen.«

»Trotzdem!«

»Beeil dich und kletter wieder nach oben! Wenn er es ist, sind wir beide hier unten gefangen.«

»Nein! Ich gehe nicht ohne dich«, wiederholte Máire beharrlich.

»Und was ist, wenn die von der Polizei gar nicht durchgekommen sind? Wenn ihnen was zugestoßen ist?« Valeries Stimme war leise, aber bestimmt. Was immer ihr dieses Schwein gegeben hatte, die Wirkung ließ langsam nach.

Die beiden Frauen sahen sich unverwandt an. Valeries Lippen bebten. Máire kämpfte mit den Tränen und bekam einen Kloß im Hals. »Ich lass dich nicht allein«, hauchte sie mit Nachdruck. Dann griff Máire die Kette und wickelte sie um Valeries Arm, drückte ihr den Beschlag mit Steinresten in die Hand und nahm ihr die Taschenlampe ab. »Falls er es tatsächlich ist, werden wir schlimmstenfalls für den Heiligen Petrus Harfenduette spielen, aber das werden wir *gemeinsam* tun!« Máire streckte den Arm aus. »Komm, ich helfe dir nach oben.«

Valerie zögerte und sah unentschlossen aus, doch dann griff sie nach Máires Hand.

»Du schaffst das«, flüsterte Máire.

Sie leuchtete nach oben und dachte mit Grauen an ihre furchtbaren Vorstellungen dessen, was sie dort oben erwartete. »Hier, kannst du die Sprossen erkennen?« Máire legte die Taschenlampe aus der Hand, verschränkte die Finger zu einem Steigbügel und sagte: »Komm, steig hier drauf, ich helfe dir.«

Valerie hob das schwere Gewand bis zu den Knien an und hievte sich keuchend nach oben. Die Kette an ihrem Arm machte das Unterfangen nicht gerade einfacher, und ihr Fuß tat weh. Aber sie kletterte weiter, und Máire folgte ihr.

Als sie den Keller erreicht hatten, ließ Máire rasch die Luke zufallen und spürte, wie ein kalter Luftzug aus dem Loch entwich. Dann standen sie in der Rabenschwärze, ebenso isoliert wie die dunklen Totenhemden, die sie eines Tages unausweichlich umhüllen würden: Máire hatte die Taschenlampe vergessen. Ohne sie konnte sie die Hand vor Augen nicht sehen. Es half alles nichts, sie hatte nicht vor, noch mal hinabzusteigen.

Máire lauschte angespannt.

Es war totenstill.

»Links oder rechts?«, flüsterte Valerie und deutete in die beiden Richtungen.

»Nach rechts«, wisperte Máire und hoffte, dass im ersten Teil des Ganges keine Gefahren lauerten.

Val humpelte los und verschwand sofort in der Dunkelheit, als wäre sie von ihr verschluckt worden. Aber

Máire hörte ihre angestrengten Atemzüge und das leise Klirren der Kette an ihrem Arm, wenn sie sich bewegte.

Máire tastete sich mit ausgestreckten Armen an der kühlen rauen Mauer entlang; das Blut rauschte in ihren Ohren, die Nacht kam ihr unwirklich vor, und sie fühlte sich, als würde sie in der klammen raunenden Dunkelheit schweben. Sie versuchte, sich auf den Weg zu konzentrieren, der sie nach oben führte. Rechts, links, rechts!

Sie hatten fast schon die Kellertreppe erreicht – Máire konnte die Stufen schemenhaft erkennen –, als Val plötzlich stehen blieb. Máire stieß mit ihr zusammen und wäre beinahe gestürzt. Val griff ihre Hand und drückte sie fest. »Hörst du das?«, flüsterte sie, den Blick auf die Treppe geheftet.

Máire starrte auf Vals schwarze Silhouette und spürte ihren warmen Atem auf der Haut. Sie hatte es auch gehört: Eine Diele hatte leise geknarrt.

»Wenn er da oben ist, dann laufen wir ihm direkt in die Arme! Und wenn wir es nicht bis nach oben schaffen, schneidet er uns den Weg ab und wir können nicht entkommen!« Vals Stimme klang hilflos. »Was sollen wir tun?«

Máire schwieg. Sie näherte sich der Treppe, atmete tief ein und roch die frische duftende Luft von oben. Sie hörte in der Schwärze ein Geräusch, als würde eine gespannte Feder zurückschnellen oder ein Pfeil durch die Luft sausen. Máires Herz raste. Oben im Haus war es noch immer dunkel, er hatte also kein Licht gemacht.

»Ich probier das Telefon. Wenn es oben klingelt, wissen wir, dass die Polizei da ist«, entschied Máire. Sie fischte ihr Mobiltelefon aus der Tasche und öffnete die Klappe. Die kleinen Zahlen leuchteten grün, aber es gab keine Netzverbindung. Máire sah auf. Valerie glich im schwachen Licht der Tastatur einem dunklen Schatten, in ihrem Blick die nackte Angst. Mit einer Hand hielt sie die Kette umklammert.

»Kein Netz«, stellte Máire fest und versuchte, nicht allzu enttäuscht zu klingen. »Verdammtes Misttelefon!«

»Das ist nur, weil wir hier unten sind«, meinte Valerie.

»Nein, nein, ich habe vorhin schon von hier aus telefoniert.« Sie probierte es noch einmal, jedoch ohne Erfolg, dann klappte sie das Telefon zu und ließ es wieder in die Tasche gleiten. Ohne das leuchtende Display konnte sie kaum etwas erkennen. Sie versuchte, sich zu beruhigen, und musterte Valerie. Sie konnte sie nur undeutlich sehen, aber sie wusste, dass sie ihren Blick erwiderte. Starr wie Statuen standen sie einen Moment lang da, lauschten auf weitere Geräusche, nahmen die beunruhigende Finsternis in Augenschein. Máire stand mit einem Fuß auf der untersten Stufe, das Messer gezückt.

Nach einem unendlich langen und lautlosen Augenblick wandte Máire sich Val zu. »Warte hier. Ich schleiche mich nach oben und sehe nach, wer das ist.«

Val streckte Máire ihre kalten Hände entgegen, und sie merkte, wie ihre Hände zitterten. Sie ballte sie zu Fäusten.

»Mir gefällt das hier gar nicht«, hauchte Val kaum hörbar.

»Schaffst du das?«, fragte Máire.

»Ja, es geht schon, aber …«

»Pssst!«

Die warme Luft trug plötzlich das leise Geräusch von splitterndem Glas zu ihnen herab, dann wurde etwas über den Boden geschleift.

»Versteck dich irgendwo im Gang. Schnell!« Máire drückte kurz Valeries Hände.

»Sei vorsichtig. Pass auf!« Valerie verschwand in der Finsternis.

»Ich komme zurück«, flüsterte sie bestimmt, war sich aber nicht sicher, ob Valerie sie noch hörte. Dann erklomm sie die wackligen Stufen.

23

Máire drückte vorsichtig gegen die Tür. Totenstille lag in der Luft, und nur der blasse Mond, der sich zum Fenster hereinstahl und den Korridor mit samtigen Schatten füllte, erhellte die sonst vollkommene Dunkelheit. Irgendwo im Haus brach ein gedämpftes Klirren die Stille. Máire lief ein kalter Schauer über den Rücken, und sie versuchte verzweifelt, das Geräusch zu orten. Sie konnte sich noch einigermaßen an die Zimmer erinnern, die sie bei ihrem kleinen Rundgang durchs Haus betreten hatte. Vielleicht kam der Laut aus dem letzten, der Gästetoilette? Oder aus dem Kaminzimmer? Sie hielt den Atem an und verharrte mit dem Messer in der zitternden Hand mucksmäuschenstill.

Stille.

Sie durchdachte die verschiedenen Möglichkeiten. Falls es LeBelle war – und davon musste sie ausgehen – und alles so verlief, wie es sollte, würde sie sich an ihm vorbeischleichen und das Haus verlassen. Dort könnte sie sich dann irgendwo verstecken, auf Cooper oder Bondurant warten und mit ihnen dann das Haus unter die Lupe nehmen. Falls sie sich mit LeBelles Aufenthaltsort irrte, würde er sie entdecken, und *das* wäre fatal. Die Nacht bot ihm ideale Bedingungen, er hatte Heimvorteil und konnte von der Dunkelheit profitieren, sich frei im Haus bewegen, ohne überall anzustoßen, denn er kannte jeden Winkel wie seine Westentasche. Und war er es nicht, sondern einer der Polizisten, bestand die Gefahr, dass Máire in Notwehr aus nächster Nähe erschossen wurde.

Sie musste es einfach bis nach draußen schaffen.

Sie stand immer noch im Türrahmen, und als die Stille eine Weile angedauert hatte, beugte sie sich vor und warf einen Blick zu beiden Seiten der Tür. Die Finsternis schluckte die Länge des Korridors und die Umrisse der Möbel; es war niemand zu sehen. Sie begann schon fast, sich in der Dunkelheit mit ihren näher rückenden Wänden sicher zu fühlen. Die Dunkelheit war ihr vertraut, aber sie wog sich in einer falschen Sicherheit, das war ihr durchaus klar. Die Schwärze vermittelte einen verräterischen Eindruck. Es war, als würde sie eine Augenbinde tragen. Man wusste nie, wer oder was sich mit dem Mantel der Dunkelheit tarnte – auch wenn sie diesmal eine ziemlich genaue Vorstellung davon hatte, um wen es sich handelte. Es war der Teufel selbst.

Mit angehaltenem Atem schob sie sich um den Türpfosten herum und hatte plötzlich die kribbelnde Ahnung, er würde hinter ihr stehen. Sie warf einen raschen Blick über die Schulter, auch wenn die eigene Vernunft ihr sagte, dass er nicht aus dieser Richtung kommen würde. Ihre Intuition schrie ihr förmlich zu, die Beine in die Hand zu nehmen und so schnell wie möglich das Haus zu verlassen.

Ihr Herz pochte, und ihr Mund war so trocken, dass sie nicht schlucken konnte. *Nur keine Panik,* sagte sie sich. Sie zählte die Sekunden – zwei, sechs, zehn.

Nichts.

Fünfzehn, siebzehn, zwanzig …

Noch immer nichts. Nur Dunkelheit und Schatten. Und eine atemlose unheilvolle Stille.

Máire betrachtete den Boden. Es war nicht einfach, über alte Dielen zu schleichen, ohne dass sie knarrten. Dabei war Lautlosigkeit jetzt das Wichtigste für sie.

Sie traute sich nicht, tat aber trotzdem einen vorsichtigen Schritt und hoffte, dass die verräterischen Dielen nicht laut knarrten, wenn sie das Gewicht verlagerte, und ihr Versteck verrieten.

Sie offenbarten sie nicht – noch nicht.

Sie verzog das Gesicht und machte noch einen Schritt.

Auch jetzt nicht.

Dann noch einen.

Mit gesträubtem Nackenhaar tat sie den dritten. Bestenfalls würde man ein leises Knarzen hören, schlimmstenfalls würde es wie der große Chor der Carmina Burana klingen.

Nach ein paar weiteren lautlosen Schritten erreichte sie die Diele. Sie konnte die Umrisse der hohen weißen Eingangstür erkennen, sie schien nah und war trotzdem unendlich weit weg. Der blasse Mond warf Silberstreifen durch das kleine schmutzige Fenster und schien auf das Mosaik der Bodenfliesen, das sich kunstvoll wiederholte. Der Kronleuchter mit den traubenförmig geschliffenen Steinen funkelte matt und unheimlich.

Sie zögerte, blickte zu Boden. Ihr Herz raste. Sie musste es riskieren. Es war gefährlich, das wusste sie, aber was sollte sie sonst tun? Sie könnte wie eine Salzsäule stehen bleiben und warten, bis ihr die Haare ausfielen … oder bis er sie entdeckte. Sie würde nicht allein mit ihm fertig werden. Sie hatte zwar das Messer, aber es gab ihr in dieser Situation keine Sicherheit; sie wusste nicht, wie man nötigenfalls damit umging. Nicht die beste Ausgangslage, auch wenn sie sich sicher war, dass sie im Extremfall davon Gebrauch machen würde.

Während sie ihre Lage überdachte, warf sie einen Blick über die Schulter.

Niemand.

Und dennoch beschlich sie das Gefühl, dass sie jemand aus der Dunkelheit anstarrte – einer, der so still war wie die Toten und nur darauf wartete, dass sie sich verriet.

Ihr Blick wanderte wieder Richtung Boden. Ihr war vorhin schon aufgefallen, dass mehrere Mosaikfliesen locker waren oder komplett fehlten, und sie entschied, dass es das Beste war, die Schuhe stehen zu lassen.

Flink schlüpfte sie aus ihren Sandalen und hörte ein leises Scharren – so leise, dass sie es fast unbewusst wahrnahm. Sie ging jetzt schneller. Die Fliesen waren eiskalt, aber davon spürte sie nichts. Die Angst drohte sie zu übermannen. Sie schlotterte am ganzen Leib und unterdrückte den Impuls wegzurennen. Von Panik erfüllt, wurde sie beinahe von einer Hysteriewelle erfasst. Nein. Würde sie jetzt panisch werden, wäre Valerie verloren. Sie konnte Valerie nicht im Stich lassen.

Dann hörte sie wieder ein Geräusch: einen raschelnden, tickenden Laut wie von einer Marionettenpuppe, die, zum Leben erweckt, einen Two-Step tanzte. Sie begann zu zweifeln. Vielleicht war er gar nicht im Kaminzimmer, sondern ganz woanders. Sie konnte nicht ausmachen, woher das Geräusch kam.

Máire sah sich um, ihr Blick zuckte von Schatten zu Schatten, aber in der Schwärze war niemand, und es kam auch niemand in der grabkammerähnlichen Türöffnung vom Kaminzimmer zum Vorschein. Es blieb mucksmäuschenstill.

Aber ihre Angst, wem sie im nächsten Moment Auge in Auge gegenüberstehen würde, wenn sie hier nicht herauskam, ließ ihr Herz so schnell davongaloppieren, als wollte es aus ihrem Brustkorb springen. Wo zum Henker war er? Sie spitzte die Ohren in der Hoffnung, ihn zu hören.

Aber in der unheimlichen Leichenhallenatmosphäre war kein Laut zu hören.

Irgendwie war sie bis zur Haustür gelangt und drückte nun behutsam die Klinke herunter – aber die Tür war verschlossen. Vielleicht waren Klinke oder Schloss zerstört worden, als sie die Tür mit der Axt aufgebrochen hatte, oder klemmten? Oder war sie wirklich zugesperrt? Vielleicht hatte *er* sie abgeschlossen? Ihr Herz hämmerte wie besessen, und durch ihre Adern rauschte das Adrenalin. *Warum zum Teufel hast du sie nicht einfach offen stehen lassen? Hast du gehofft, er würde nicht merken, dass die Tür aufgebrochen wurde? Idiotin!*

Sie drehte sich um und ließ nervös ihren Blick schweifen. Da entdeckte sie ihn. Den Bruchteil eines Schattens, aber sie wusste, dass sie sich nicht irrte. Sie schnappte nach Luft und erstarrte. Er *war* im Kaminzimmer.

Sie konnte ihn nicht sehen, aber wusste jetzt, dass er

sich in der klebrigen Stille aufhielt. Einen Augenblick lang konnte sie weder Arme noch Beine rühren. Vielleicht weil sie wusste, dass jede noch so minimale Bewegung sie verraten würde. Und sie wusste, dass es keine andere Möglichkeit zur Flucht gab, wenn sie die Haustür nicht öffnen konnte.

Sie biss die Zähne zusammen, damit sie nicht laut keuchend Atem holte. Die Diele eignete sich nicht gut als Versteck. Träte er in diesem Augenblick auf den Flur, hätte sie nicht die geringste Chance, unentdeckt zu bleiben.

Es gab keine Alternative, nur einen Weg: raus!

JETZT!

Ohne es zu merken, war sie ein paar Schritte zurück in die langen Schatten getreten. Eine Wolke verhüllte den Mond, und in der Diele wurde es vollkommen finster. Sie schauderte, trat wieder vor die Tür und drückte die Klinke herunter. Jetzt oder nie. Sie lehnte sich mit aller Kraft gegen die Tür.

Es tat sich nichts.

Die Tür bewegte sich keinen Millimeter. *Oh, Gott!* Wenn sie hier nicht rauskam, würde Valerie auch nicht rauskommen. Und wenn die Wolken jetzt die Sicht auf den Mond freigaben, würde sie wie auf einer Bühne stehen, die Scheinwerfer auf sich gerichtet, der Vorhang aufgezogen. Einen Augenblick lang wurde sie völlig von Panik überflutet, aber dann fiel ihr ein, dass die Tür möglicherweise nach innen aufging. Sie stand immer noch in völliger Dunkelheit da, die Hand hatte die Klinke losgelassen. Sie tastete wieder danach, berührte das kühle

Messing, drückte es herunter und zog es zu sich. Die Tür ging auf, widerstrebend und begleitet von einem Quietschen, das er sicherlich nicht überhörte, es sei denn, er war schwerhörig oder taub.

Máire stürzte aus dem stinkenden Haus, stolperte hektisch durch die halb offene Tür, fühlte sich unsicher auf den Beinen und wäre in ihrer Hast beinahe über einen Kanister gefallen.

Der Geruch von Schimmel und Verwesung war fort, das fiel ihr zuerst auf. Sie sog die Luft tief ein, als wäre sie zuvor beinahe erstickt. Die feuchte warme Nachtluft war wie Nektar für ihre Lungen.

Die Bäume sahen wie Luftspiegelungen auf einer übergroßen Leinwand aus, mit pechschwarzem Samt umwickelt. Es war absolut windstill. Trotzdem konnte sie das Klangspiel hören, der einzige Laut in dieser Nacht, der sein unheimliches kaltes Klirren in die Stille schickte wie eine Melodie der Unendlichkeit.

Sie rannte ungelenk weiter, lief in ein Spinngewebe, das wie Seidenflügel über ihr Gesicht strich, und weiter in dem kniehohen Gras Richtung Bäume. Das Gestrüpp streckte seine trockenen Hände nach ihr aus. Erschrocken drehte sie sich um, aber es war nichts zu sehen, nur leere Schatten. In der Auffahrt stand auch kein einziges Auto. Wo die Polizei nur blieb?

Als sie das Haus hinter sich zurückgelassen hatte, flüchtete sie sich in den gigantischen Schatten einer riesigen Eiche. Sie wischte sich mit dem Handrücken über ihre schweißnasse Stirn. Sie ließ ihren Blick schweifen, während sie in der Tasche nach ihrem Mobiltelefon suchte, und holte geräuschvoll Luft. Zuerst fürchtete sie, sie hätte es verloren, und eine eiskalte Hand griff nach ihrem Herzen. Dann ertastete sie es in der anderen Tasche. Sie setzte sich, den Rücken gegen den Baumstamm gelehnt. Ihre Hand zitterte und hätte das Telefon beinahe fallen gelassen, als sie die Klappe aufschnappen ließ und sich an Bondurants Nummer zu erinnern versuchte. Hastig drückte sie die Tasten, merkte aber erst nach einigen Sekunden, dass der Akku leer war: mausetot.

Perfektes Timing! Das hatte gerade noch gefehlt!

Unentschlossen und schwer atmend blieb sie am Baumstamm sitzen und schaute nach oben ins Blätterwerk, das den Halbmond daran hinderte, sein Licht auf sie zu werfen.

Sie lauschte.

Und hörte ihre Atemzüge und das Blut in den Ohren rauschen.

Aus den Blättern waren kein Mucks und kein Rascheln zu hören. Windstill und lautlos. Nichts. Die Nacht hielt genauso intensiv die Luft an, wie die Dunkelheit ihre Geheimnisse hütete. Es war, als dauerte diese Nacht bereits seit tausend Jahren an. Und die Wirklichkeit schien in einen zarten durchscheinenden Schleier gehüllt.

Máire stand auf, ging ein paar Schritte um den Baum herum, spürte die raue Borke unter ihren Handflächen und schielte zum Haus hinauf. Der unförmige Klotz zeichnete sich mit seinem Dach wie schwarzer Lack vor dem mondhellen Himmel ab und wirkte wie ein Spukhaus. Es war keine Menschenseele zu sehen und auch kein verdächtiger Schatten.

Sie wartete noch ein bisschen, um eine Regung zu erspähen. Ihr Herz pochte, Schweiß perlte auf ihrer Stirn.

Nichts.

Das war beunruhigend. Wo war er? Hatte er sich rausgeschlichen, als sie mit dem Rücken an den Baum gelehnt dagestanden hatte? Vielleicht schlich er sich gerade jetzt an sie heran?

Sie warf einen Blick über die Schulter. Hinter ihr war niemand.

Sie ließ den Blick schweifen und überlegte, wie lange es dauern würde, zum Auto zurückzulaufen. Maximal ein paar Minuten.

Ihr suchender Blick sah nur die schwarzen düsteren Schatten der Nacht. Sie sah zu den Wolken auf, die den Mond verhüllten, und hörte immer noch das Klangspiel. Von den Tönen bekam sie eine Gänsehaut, und jeder Atemzug schmeckte nach Angst. Sie hielt inne, um durchzuatmen, und zögerte noch eine ganze Weile, bevor sie den schützenden Schatten der Eiche verließ und zu laufen begann, um den Akku aufzuladen und vom Auto aus zu telefonieren.

Ich muss es einfach bis zum Auto schaffen, dachte sie und schlug sich wie ein Schatten im Slalom zwischen den Bäumen hindurch.

Sie blieb abrupt stehen, als sie den Fahrweg erreichte, und hielt den Atem an: Ein schwarz-weißer Polizeiwagen parkte zwischen den Bäumen. Endlich! Soweit sie sehen konnte, war er leer. Sie überlegte kurz, ob sie zum Haus zurücklaufen sollte, um den Polizisten zu suchen, entschied sich dann aber dagegen. Es wäre besser, vorher anzurufen, damit sie nicht dem Falschen in die Arme lief. Sie wartete.

Eine Brise streifte ihr Gesicht und ließ die Eichenblätter erzittern. Hinter ihr rührte sich etwas.

Sie fuhr herum.

Aber es war nichts. Nur der Wind.

Aber es ging gar kein Wind.

Vielleicht ist das nur deine Fantasie, sagte sie sich.

Während sie dastand und den verchromten Spoiler des Autos betrachtete, das Messer in der zitternden Hand, wurde ihr klar, dass das Geräusch nicht nur in ihrem Kopf existiert hatte. Da war noch etwas anderes …

Máire rannte los, vorbei am Polizeiwagen zu ihrem Land Rover.

24

Sie ließ sich auf den Fahrersitz fallen, schlug die Autotür zu und verriegelte sie rasch. Das Blut rauschte in ihrem Kopf, und sie schlotterte am ganzen Körper in der Erwartung, dass das widerwärtige Arschloch mit raschen leichten Schritten die Verfolgung aufgenommen hatte wie ein Raubtier auf der Jagd. Aber die Nacht blieb still.

Máire atmete erleichtert aus, legte das Messer auf den Beifahrersitz, steckte den Schlüssel ins Zündschloss und wendete. Nur der Motor brummte leise, und in der Stille ging ihr plötzlich auf, dass jemand in ihrer unmittelbaren Nähe Luft holte.

Sie hob langsam den Blick und keuchte auf.

Für einen Sekundenbruchteil sah sie die Umrisse einer gesichtslosen Person im Rückspiegel. Aber bevor sie reagieren und nach dem Messer greifen konnte, glitt das blassweiße Gesicht aus dem Spiegelradius und ein kräftiger Unterarm legte sich um ihren Hals, während ihr ein Tuch fest auf Nase und Mund gedrückt wurde.

Máire trat das Gaspedal durch und drückte mit dem Ellbogen den Knopf, um das Seitenfenster herunterzulassen. Der Wagen setzte sich in Bewegung, rumpelte über die Wurzeln der Eichen und stoppte mit einem Ruck. Sie drehte den Kopf zur Seite, befreite sich für ein paar Sekunden von dem Tuch und schrie so laut sie konnte. Doch im nächsten Augenblick wurde ihr der Stoff wieder vor Mund und Nase gedrückt. Sie ruderte mit den Armen und zappelte kräftig mit den Beinen, während sie mit zusammengebissenen Zähnen die Luft anzuhalten versuchte.

Das Tuch war mit einer Flüssigkeit getränkt, die ihre Augen tränen ließ, und in ihrem Gesicht breitete sich ein taubes Gefühl aus. Sie warf einen Blick durch die Frontscheibe, wo die sternenklare Nacht ein Muster aus indigoblauen Flecken bildete, die miteinander verschmolzen und sich in der Dunkelheit auflösten. Dann entwich die Luft aus ihren Lungen, und sie hörte ihren pfeifenden Atem und die Gurgellaute ihrer Kehle. Sie versuchte zu schreien, aber es hörte sie sowieso niemand – außer sie selbst, der Sensenmann auf der Rückbank und die grünen Eichen.

Máire riss die Augen auf und starrte in die Dunkelheit. In ihrem Blickfeld schwankten unscharfe Schatten, hinter ihrer Stirn und in ihren Ohren dröhnte es, und sie begriff, dass sie kopfüber getragen wurde. Sie blinzelte, um klarer zu sehen, und erahnte die verschwommene Silhouette eines breiten Rückens, gegen den sie rhythmisch schlug. Sie konnte die Gesäßtaschen einer verschlissenen Jeans erkennen sowie die Rückseite von einem Paar Gummistiefeln mit hohem Schaft. Vor ihrer Stirn wurde ihr Haar von dem schwachen Wind leicht hin und her geweht. Sie hob das Kinn und ließ ihren Blick nach rechts gleiten. Eine Schaufel oder ein Spaten wurde von einer Hand getragen, am dazugehörigen Arm zeichneten sich die Muskeln und Sehnen wie Tauwerk unter der Haut ab.

Wie ein Sack Kartoffeln baumelte Máire über der Schulter des Mannes, ihr Brustkorb drückte gegen seine Schulter, die bei jedem Schritt Luft aus ihrer Lunge presste.

Zuerst konnte sie sich nur daran erinnern, dass sie in das Haus eingedrungen war, aber jetzt kam alles wieder zurück: das Haus, das Klangspiel, die schmalen unterirdischen Gänge, die Leiche, die Finsternis, der Schatten im Rückspiegel. Val …

Kalter Schweiß perlte auf ihre Haut, und ihr Hals fühlte sich trocken an und brannte. Voller Angst starrte sie auf ihre Arme, die wie überflüssige Fortsätze neben ihrem Kopf schlenkerten. Ihre Handgelenke waren fest zusammengebunden mit einem durchsichtigen Kunststoffband, das die Blutzufuhr einschränkte. Abwesend registrierte sie, dass sie auch kein Gefühl mehr in den Füßen hatte. Sicher waren sie auf die gleiche Weise gefesselt.

Sie konnte nur sich selbst Vorwürfe machen. Natürlich hätte sie daran denken müssen, dass ein Mörder sehr gefährlich werden konnte, wenn man ihn in die Enge trieb wie eine Ratte.

Sie konnte seine angestrengten Atemzüge und das schmatzende Geräusch seiner Gummistiefel auf dem Waldboden hören, wenn er unter ihrem Gewicht ins Schwanken geriet. Sie überlegte, was sie tun konnte. Vielleicht wäre sie stark genug, um ihn vollkommen aus dem Gleichgewicht zu bringen, aber nicht um ihre Beine zu befreien und ihn ins Gesicht zu treten. Und sie wusste, dass es ihn reizen würde, wenn sie zu schreien anfing und um Hilfe rief. Diese Befriedigung wollte sie ihm nicht geben. Außerdem würde sie sowieso niemand hören.

Sie drehte ihren Oberkörper ein wenig, sodass sie die Lunge leichter mit Luft füllen konnte, und blickte zurück. Sie wusste nicht, wie lange sie nicht bei Bewusstsein gewesen war, aber es war noch immer dunkel. Der Mond stand hoch am Himmel und warf kleine funkelnde Silberstreifen in die Pfützen. Sie befanden sich in einem Wald oder einer Plantage – überall Bäume, so weit das Auge reichte –, aber sie wusste nicht in welchem oder welcher.

Nach einer Weile blieb er stehen, um sich zu orientieren, dann setzte er seinen Weg zwischen den Bäumen fort und ging eine Böschung hinauf. Als er auf der anderen Seite anlangte, die talwärts führte, hielt er wieder inne, ging in die Hocke und legte sie unter den riesigen smaragdgrünen Eichenkronen auf die Erde. Durch die dünne Bluse fühlte sich die Erde feucht und glitschig an.

Sie musterte ihn. Es war Marlon LeBelle.

Einen atemlosen Augenblick starrte er sie an. Eine gefühlte Ewigkeit lang, aber Máire zwang sich, den Blick nicht zu senken. Er brauchte nicht zu wissen, wie groß ihre Angst war. Er sah aus wie das Böse in Person.

Ein Jagdgewehr baumelte über seiner Schulter. Er nahm es ab und legte es auf den Boden. Dann zog er das T-Shirt aus der Hose und über den Kopf. Er war breitschultrig wie ein Waldarbeiter, und schloss man von seiner Hautfarbe auf seinen Zustand, war er tot. Sein schweißüberströmter Oberkörper glänzte in der mondhellen Nacht wie weißer Marmor. Vor Schreck bekam sie eine Gänsehaut und zuckte angewidert zurück. *Er wollte sie vergewaltigen!* Sie stieß mit dem Rücken gegen etwas Spitzes, ohne es zu merken.

Er legte die Taschenlampe, die er an einer Schnur um den Hals trug, auf die Erde, aber anstatt seine restliche Kleidung abzulegen und sich auf sie zu stürzen, wie sie erwartet hatte, griff er nach der Schaufel, stieß sie mitten in ein dunkles Rechteck regennasser Erde und begann zu graben.

Die Erleichterung darüber, dass er trotz allem nicht beabsichtigte, sie zu vergewaltigen, wurde von einem neuen Angstschub abgelöst. »Willst du mich erschlagen und dann begraben?«, fragte sie ungläubig. Ihr Herz raste, und sie zitterte am ganzen Körper.

Er fuhr schweigend fort, ihr Grab auszuheben.

Wenn das ein psychologischer Trick war, um ihr Angst einzujagen, funktionierte er einwandfrei. Aber das glaubte sie nicht. Ebenso wenig glaubte sie, ihn reinlegen oder überlisten zu können. Vielleicht konnte sie etwas Zeit schinden? Sich etwas ausdenken? Aber was?

»Ich kann dir auch gleich sagen, dass ich keine Angst vorm Sterben habe«, sagte Máire und lachte ein hohles schepperndes Lachen.

Er sah hoch. Sein Gesicht war ausdruckslos und wächsern, wie bei einer Leiche, bevor sie geschminkt wird. In seinen Augen war nichts anderes als ein eiskalter Mangel an Barmherzigkeit und Mitgefühl zu finden – gelinde gesagt. »Halt die Fresse, sonst schneide ich dir deine Titten ab und stopfe sie dir in den Hals!«

Máire blickte verstohlen nach links. Das Gewehr lag

zwischen ihnen. Vielleicht gelang es ihr, sich so weit nach vorn zu rollen, dass sie es erreichen konnte, während er grub. Die Chance stand eins zu einer Million, dass ihr das mit gefesselten Armen und Beinen gelang. Oder eher noch eins zu zwei Millionen. Und es war kein echter Plan, aber die einzige Hoffnung, die sie hatte. Wenn sie ihn nur etwas näher zu sich herüberlocken könnte ...

»Stimmt es, dass perverse Schweine wie du eigentlich nur verkappte Schwule sind, die ihn nicht hochkriegen können?«, sagte Máire und versuchte, ruhig zu sprechen. »Trainiert ihr alle, um so wie Schwarzenegger auszusehen? ... Ich meine, um zu vertuschen, dass ihr auf Arschlöcher steht?«

»Verfluchtes Miststück!«, brüllte er. Er ließ den Spaten fallen, trat einen Schritt auf sie zu und holte zu einer Ohrfeige aus. Sein Handrücken traf ihren Kiefer mit lähmender Wucht. Sie rollte zur Seite. Der Schmerz stach wie eine Flamme, sie biss sich auf die Zunge und schmeckte Blut. Sie spuckte aus und bewegte sich kaum merklich weiter nach links. Aus dem Augenwinkel sah sie, dass das Gewehr jetzt keine drei Meter von ihr entfernt lag. Aber sie konnte sich nicht so weit vorrobben, ohne dass er etwas davon bemerkte. Und das Manöver würde sie zweifelsohne das Leben kosten. Was sollte sie nur tun?

»Na, da habe ich wohl einen empfindlichen Punkt getroffen, was?«

»Habe ich dir nicht gesagt, dass du die Fresse halten sollst?«, brüllte er und zog sie an den Haaren vor das Grab. Sie schrie vor Schmerz auf. Sie blinzelte hektisch und hob ihre Arme, um die nächste Ohrfeige abzuwehren. Aber er drehte sich um und grub weiter.

Sie war näher an das Gewehr herangerückt.

Aber ihr lief eindeutig die Zeit davon. Das Grab nahm immer deutlichere Formen an, selbst bei Dunkelheit, und die Arbeit bereitete ihm keine Mühe. Die Spatenstiche hallten im Wald wider, und der Erdhaufen wuchs verblüffend schnell.

Oh Gott, hilf mir!

Sie spürte, wie sich Blut im Mund sammelte, und spuckte aus. »Hatten deine Eltern dich nicht lieb?«, fragte sie.

Er schwieg.

Sie machte einen zweiten Versuch. »Vielleicht konnten sie schleimige Arschlöcher nicht leiden?«

Sie öffnete langsam die Finger und schloss sie wieder. Sie fühlten sich wie zehn dicke Würste an, und sie befürchtete ernsthaft, dass sie nicht mehr zu gebrauchen waren, wenn sie sie am dringendsten benötigte. Außerdem hatte sie noch nie in ihrem Leben auf jemanden geschossen und nicht die geringste Ahnung von Schusswaffen. Sie bewegte die Füße. Die Zehen waren taub, die Knie fühlten sich wie Gummi an. Das war kein gutes Zeichen.

Er stand im Grab und schaufelte Erde nach oben. Dabei konnte sie seinen Kopf und seine Schulterpartie schemenhaft erkennen. Eine Stimme in ihrem Innern schrie: *Jetzt! Jetzt!*

Dann hörte sie, wie der Spaten gegen etwas Hartes stieß, und hielt den Atem an.

Marlon LeBelle machte die Taschenlampe an und leuchtete in das Grab. Máire reckte den Hals, lehnte sich über den Rand und stieß einen Schrei des Entsetzens aus. Mit Schrecken sah sie, dass ein Sarg in der Erde bereitstand – eine sechseckige Kiste aus Mahagoniholz, auf deren Deckel ein Kreuz eingraviert war.

Wollte er etwa eine Leiche ausbuddeln?

Kurz hielt er den Lichtkegel auf ihr Gesicht. Durch ihre zugekniffenen Augen konnte sie seinen massigen Oberkörper mit den muskulösen Armen erkennen, und sie dachte, er würde sie ohne Weiteres mit seinen bloßen Fäusten umbringen können. Sie wandte den Blick ab. Sie wusste, dass ihr der Schweiß auf der Stirn stand und Tränen ihre Wangen hinabrannen. Und sie schlotterte.

»Guck mich an, du Schlampe! Wie hast du mich gefunden?«

Sie sah ihn trotzig an. »Du kannst mich mal!«

»Gut«, erwiderte er und nickte. »Wenn du es so willst.«

Sie hatte unwillkürlich zu dem Gewehr hinübergeschielt, das knapp einen Meter von ihr entfernt lag. Falls ihm das aufgefallen war, ließ er sich nichts anmerken.

»Der hier ist für dich«, sagte er und lachte. »Du bist hier der Ehrengast!«

Ein Schrei entrang sich Máires Kehle und entwich ihrem Mund.

Hier sollte ihr Leben enden? Auf diese Weise? Für einen Sekundenbruchteil sah sie sich selbst tot im Sarg liegen. Einen Moment lang spekulierte sie, ob sie Schmerzen spüren oder sofort sterben würde. Das kam natürlich darauf an, ob er ein guter Schütze war. Er war sicher nicht schlecht und würde sie aus nächster Nähe erschießen. Alles würde in Sekundenschnelle vorbei sein, das wusste sie bestimmt. Sie wollte schnell getötet werden. Ein Schwindelanfall überkam sie, und sie konnte den brennenden Schmerz der sich zwischen ihre Rippen bohrenden Kugel fast schon physisch spüren. Der Refrain eines Liedes hallte in ihrem Kopf: *One day your life will flash before your eyes. Make sure it's worth watching!* Oder vielleicht war das gar kein Lied, sondern nur etwas, was sie irgendwo gehört oder gelesen hatte … Was hatte sie in ihrem Leben erreicht, woran zu erinnern sich lohnte? Jetzt, im Angesicht des Todes, war alles weg. Die mentale, pastellfarbene Filmvorführung fand nicht statt. Vielleicht später? Wenn die Kugel getroffen hatte und der Körper sich meilenweit von der Seele entfernt anfühlte. Der Augenblick der Wahrheit, von dem alle redeten. Sie starrte ihn an, und als er sich räusperte, fuhr sie zusammen.

Er wischte die restliche Erde an den Seiten herunter, kletterte aus dem Grab und legte sich auf den Bauch, um den Sargdeckel zu öffnen. Máire schaute hinunter und sah mit Schrecken, dass das Sarginnere mit rosafarbener Seide ausgekleidet war. Ihr Blick glitt weiter. Das Herz schlug ihr bis zum Hals, und sie wehrte sich gegen einen hysterischen Zusammenbruch. *Oh Gott!* Innen war der Sarg mit allerlei Elektronik aufgestattet: steife graue spaghettiartige Drähte, Ventile und ein paar Apparate, die so aussahen wie Router. Sie konnte die leisen Pieptöne hören, die die Geräte aussandten. Sie ließ ihren Blick weiterwandern, bis er an einem kleinen Behälter mit der

Aufschrift Distickstoffmonoxid hängen blieb, der an einer Seite des Sargs festgebunden war. *War das Lachgas? Das kannte sie noch von ihren Zahnarztbesuchen.*

Was zum Teufel wollte er denn damit? … Mal sehen, dachte sie. Ein Gummischlauch war mit Riemen am Fußende des Deckels befestigt. Er machte ihn los, öffnete ein Ventil und Máire hörte ein scharrendes Geräusch, als er ein Schlauchende durch ein Loch im Sargdeckel nach oben zog. Einen Moment lang starrte sie ihn verständnislos an, dann riss sie vor Angst ihren Mund auf, es war die finsterste Angst, die sie jemals erlebt hatte. Jetzt begriff sie, wozu der Schlauch diente. Ihr Magen zog sich vor Panik zusammen. Es ging um Luftzufuhr! Der Schlauch war exakt so lang, dass er aus der Erde herausragte! Um auf diese Weise Sauerstoff einzuatmen. Wie durch einen Strohhalm. Sie stieß einen halb erstickten Schrei aus. *Oh GOTT! Heilige Jungfrau Maria!* Er wollte sie gar nicht umbringen – jedenfalls nicht sofort. *Er wollte sie begraben – bei lebendigem Leib!* Sie konnte ihre Angst fast schmecken und dachte, sie müsste sich übergeben oder würde ohnmächtig.

»Ich fürchte, ich habe schlechte Neuigkeiten für dich«, sagte er.

Sie wechselten einen langen Blick über den Sarg hinweg. Sein Gesicht war so leblos wie ein verblasstes Bild, aber er schien sich innerlich diebisch zu freuen: Seine Augen verrieten ihn. Das Böse funkelte unheimlich unter seiner dichten Haartolle. Während er sie beerdigte, würde er pfeifen und triumphieren.

Jetzt war es ihr egal, ob sie ihm diese Befriedigung

gönnte, egal, ob sie allen Stolz und alle Selbstachtung verlor: Sie verlor etwas ganz anderes, und das war viel schlimmer. Máire schrie, verzweifelt und gellend, immer wieder, und warf sich auf das Gewehr, doch weiter kam sie nicht. Er packte ihr Haar im Nacken und zog, sodass sie dachte, er würde ihr das Genick brechen. Voller Schmerz und Angst stieß sie einen halb erstickten Laut aus.

»Oh nein! Hör auf. Ich bitte dich!« Aber es war sinnlos. Er würde sie lebendig begraben, ganz gleichgültig, was sie tat oder sagte, wie sehr sie flehte und bat. Sie war vollkommen preisgegeben. Ihre Arme und Beine fühlten sich so kraftlos an wie Gelee. Sie konnte nichts tun. Es war zu Ende. *Vorbei.* Sie schloss die Augen und glitt in einen traumartigen Zustand. Sie merkte, dass er sie hochhob und zum Grab trug, in die Grube sprang und sie in den Sarg legte. Kies und Erde regneten auf sie herab und der klamme Seidenstoff umfing sie wie Fangarme. Der Geruch von Tod und feuchter Erde strömte aus jeder Faser des Gewebes. Widerwärtig. Ihr Körper spannte sich wie eine Feder, und sie streckte ihre gefesselten Arme nach seinem Gesicht aus. Dieses Mal schlug er sie nicht, trat nur mit einem grünen Gummistiefel auf ihr Zwerchfell, damit sie sich nicht aufsetzen konnte. Sie schrie und krümmte sich.

Dann geschah alles in einer einzigen Bewegung: Er beugte sich zu ihr herunter – sie sah etwas Metallenes in seiner Hand aufblitzen. Ein Messer! *Wie gnädig!* Sie schloss die Augen, spannte die Muskeln an und wappnete sich für den Schmerz.

Aber er kam nicht.

Sie hörte ein Surren und spürte, dass die Kabelbinder gelöst wurden, mit denen ihre Handgelenke und Fußknöchel zusammengebunden waren. Máire fuhr zusammen und schlug die Augen auf.

»Wenn du dich rührst, schlitze ich dich auf wie ein Schwein«, sagte er und wedelte mit dem Messer vor ihrem Gesicht. In seinen Blick war wieder diese Leere getreten.

»Zur Hölle mit dir!«, brüllte sie. Sie versuchte, ihn zu schlagen, zu kratzen und an den Haaren zu ziehen. Ihm fiel das Messer aus der Hand, und er fluchte.

Máire traf ihn seitlich am Kopf, aber ihr Schlag hatte nicht genug Wucht, um ihn zu Fall zu bringen. Er griff nach ihrem Arm und drückte ihn grob nach unten. Sie versuchte noch, ihn im Gesicht zu kratzen, doch er setzte sich rittlings auf ihren Brustkorb und zog ruckartig an irgendetwas. Sie hörte eine Kette rasseln, und etwas Metallenes schloss sich mit einem Klicken um ihr Handgelenk. Máire wollte den Arm anwinkeln, aber die Bewegung wurde gestoppt. So gut sie konnte, hob sie den Kopf und stellte fest, dass sie mit dem Handgelenk an den Sarg gekettet worden war.

Sie wand sich wie eine Verrückte, trat um sich und versuchte, ihm mit der anderen Hand die Augen auszukratzen, während sie so laut schrie, wie sie konnte. Aber ein kraftvoller Schlag in die Zwerchfellgegend presste pfeifend die Luft aus ihrer Lunge. Auf ihrem Gesicht vermischten sich Tränen mit Schweiß, sie versuchte zu rufen, konnte aber nicht mal mehr Luft holen.

Völlig kraftlos lag sie da, während er ihre freie Hand und ihre Fußgelenke an die Ketten legte, die an den Sarginnenwänden befestigt waren. Die Ketten ließen ihren Armen und Beinen einen Bewegungsradius von zehn Zentimetern. Jetzt befand sie sich ganz in seiner Gewalt, in der morastigen Erde, gefesselt an einen Sarg.

Er prüfte, ob die Eisenmanschetten an den Handgelenken eng genug saßen, verband ein paar Schläuche miteinander und rieb sich die Hände. Er erhob sich, blieb aber an die Grabwand gelehnt stehen, um alles noch einmal zu begutachten. Dann kletterte er nach oben und legte sich auf den Bauch, um den Deckel zu schließen.

»Zu Staub sollst du werden. Aber nach dem Tod wirst du weiterleben. Jetzt sollst du wie die Toten schlafen«, sagte er.

Máire stieß einen halberstickten Schrei aus, verrückt vor Angst. »NEIN!« Sie riss ihre Beine und Arme nach oben und versucht, sich aufzusetzen, wurde jedoch von den Ketten daran gehindert.

Oben am Himmel zogen dunkle Wolken Richtung Osten am Mond vorbei. Die Baumkronen, die ihre breiten Schatten auf das Grab warfen, raschelten mit ihren Blättern im Wind. Aus der Ferne hörte sie den heiseren Klageruf einer Krähe. Sie holte Luft und schrie aus vollem Hals. Sie schrie und schrie.

Dann senkte sich der rosafarbene Deckel auf sie herab. Das Schloss klickte und ihre Schreie verstummten. Die negativen Nachbilder des Halbmonds schwebten als blassgelbe Kreise auf ihrer Netzhaut. Dann verschwanden auch sie.

Und es wurde finster.

Das Geräusch von Erde und Schotter, die auf den Sarg prasselten.

Danach beherrschte die Stille ihre Sinne, sie durchdrang das Holz wie eine riesige Orgelpfeife.

Ein kläglicher Schrei entrang sich ihrer Kehle. »*Gott im Himmel, sag, dass das nicht wahr ist!*«, flüsterte Máire.

Allmächtiger!

25

Sie schrie. Immer wieder, bis die Muskeln am Hals hervortraten und aussahen wie Seile, sie schrie ihre Angst und Panik heraus, bis ihre Stimme in ihrer Kehle stecken blieb und nur noch in ihrem Schädel widerhallte.

Nur die Stille antwortete.

Oh hilf mir. Hilf mir, Gott! Lass mich sterben. Lieber Gott, lass mich sterben.

Sie rang nach Luft.

Lass mich sterben! Nur der Tod kann die Angst besiegen.

Vielleicht gelang ihr es selbst? Sich irgendwie umzubringen …

Oh Gott, musste sie wirklich in dieser Kiste unter der Erde sterben? Sie stieß einen gellenden, verzweifelten Schrei aus und riss hektisch an ihren Handfesseln. Sie spürte den Widerstand an den Handgelenken, riss und zerrte aber weiter an den Ketten, bis der Schmerz in den Knochen und Sehnen so groß war, dass ihr die Tränen in die Augen traten und das Atmen schwerfiel. Ihr Herz klopfte wie wild, und der Schweiß rann ihr an den Schläfen hinunter.

Ihr wurde schwarz vor Augen. Und einen Moment lang gab es nur Finsternis und Leere, als hätte ihr Bewusstsein sie verlassen. Es fühlte sich an, als hätte sie Fieber, und sie schlotterte. Aber das Bewusstsein kam zurück. Erschreckend klar.

Du kannst davon ausgehen, dass du hier unten sterben wirst, sagte eine kalte resolute Stimme in ihrem Kopf.

STERBEN!

Verstehst du das? Das Leben, das du dir nie gewünscht hast, ist zu Ende.

Überstanden. Der letzte Vorhang ist gefallen.

Ja, ich verstehe das, antwortete sie lautlos. *Ich begreife auch, dass alles viel zu langsam geht.*

Nur die Ruhe, morgen bist du mit Sicherheit tot.

Die Stimme lachte laut und durchdringend. »Halt dein verdammtes Maul«, brüllte Máire.

Der Tod macht, was er will. Der Tod macht nur das, was er will und wann er es will, und du kannst absolut nichts dagegen tun.

Sie versuchte, die Stimme ihres Richters zu ignorieren, die in ihrem Kopf herumspukte. Sie atmete tief ein und horchte. Die Geräusche von oben waren verklungen. Aber sie konnte einen gedämpften, einschläfernden Laut irgendwo in der Dunkelheit hören. Es hörte sich an wie eine Sauerstoffflasche. Bestimmt handelte es sich um das Lachgas, oder was immer das war. Etwas war undicht oder auch nicht. Oder das war beabsichtigt. Aber das spielte keine Rolle.

Sie wollte nur noch schlafen, für immer verschwinden und von Angst, Schmerz und Sehnsucht befreit werden. Und vergessen.

Endlich vergessen.

Sie schloss die Augen.

Aber in der Schwärze hinter den Lidern sah sie ein hübsches Gesicht – das Jesse in gewisser Weise ähnlich sah und ihm auch wieder nicht ähnelte. Es rief ihren Namen. Sie konnte seine Stimme hören. Sie wurde von den Holzwänden des Sargs wie ein fernes Echo zurückgeworfen. Sie wollte die Augen öffnen, aber die Lider waren so schwer wie Blei. Ihr schwindelte, und es kam ihr so vor, als hätte sie ihr Gehör verloren.

Máire bekam kaum noch Luft. *»Jesse!«*

Bleib ruhig, Máire, hauchte die Stimme. Dann kam ein Paar weißer Hände zum Vorschein. Lange schlanke Pianistenfinger streichelten ihre Wangen, und ein samtweicher Mund küsste ihre Stirn.

Dann entfernte er sich ein wenig und legte ihr die Hände auf die Schultern. Wie ein Engel mit Laute stand er da, ein weißes Wesen aus Luft und Nebel, einzig beseelt von ihrem innigsten Wunsch. Und er war trotzdem so bestechend lebendig, dass sie den schwachen vertrauten Duft seines Moschus-Aftershaves riechen konnte, der ihn umgab. Und sie konnte den Staub auf seinen Schuhen erkennen. Vielleicht hatte sie vor lauter Verzweiflung seinen Geist angerufen, ungefähr so wie das Mädchen aus *Der Exorzist,* das unfreiwillig einen Dämon gerufen hatte. Vielleicht geleitete er sie in den Tod? Und war jetzt gekommen, um sie zu holen. Vielleicht konnte sie darauf hoffen, den Schwebezustand zu erreichen. Sie unterdrückte ein hysterisches Lachen.

Komm mit, sagte Jesses Geist.

Máire ließ den Blick hinter den geschlossenen Lidern schweifen. Sie war nicht länger im Sarg, sondern an einem anderen, magischen Ort: eine verzauberte, alte Stadt mit versteckten Wegen, deren Brücken schmale Kanäle überspannten, gebogenen Brücken, spitzen Türmen und imposanten Kuppeln.

Venedig!

Sie drehte sich um sich selbst und blickte zum Himmel. Sterne funkelten an einem überwältigenden, dunkelvioletten Himmel, der sie an die Deckengewölbe einer Kathedrale erinnerte. Eine große Rasenfläche glitzerte silbern unter ihren Füßen, und in der Ferne sah sie einen Kanal mit Gondeln in leuchtenden Farben und maskierte Damen, die auf einer breiten weißen Treppe standen. Sie konnte sie flüstern hören und ihre Halbmasken schimmern sehen, ihre vollen, dunkelrot geschminkten Lippen glänzten. Die Frauen schienen sie zu mustern.

WILLKOMMEN IN DER IRRENANSTALT!

Die Welt schwoll an und zog sich wieder zusammen, wie nasse Zuckerwatte – doch das passierte natürlich nicht in der Realität. Vielmehr war es ein weiterer Schritt auf dem Weg in den Wahnsinn. Sie konnte nicht auf die andere Seite, in den Tod, wechseln, aber vielleicht gelang es ihr, einen anderen Weg zu finden, der ihre Welten voneinander trennte und der in den Wahnsinn führte.

Verrückt sein war gut, der Wahnsinn war eine Gnade. Hatte man diesen Weg eingeschlagen, gab es keine Rückkehr mehr …

Das Gespenst der Liebe setzte das ihr so vertraute, freundliche Lächeln auf und versetzte sie mühelos in einen Schwebezustand. Hinter ihm sah sie die Zwillingstürme auf dem Markusplatz und die rot-weißen

Pfosten zum Vertäuen der Boote im Wasser. Die Traumsequenz war voll von unglaublich vielen Details: smaragdgrüne venezianische Laternen, die sich leicht im Wind bewegten, die Sterne leuchteten klarer und heller denn je, das Geräusch schlagender Wellen, gurrender Tauben …

Aber plötzlich fielen die Sterne herab, der Himmel schrumpfte zusammen, Häuser stürzten ein, Lichter erloschen, und die Dunkelheit wurde finsterer und schwärzer.

Sie sah ihm in die Augen. Sie strahlten wie violette Glassteine. Einen Moment lang konnte sie die Knochen ausmachen, die sich hinter seiner Gesichtshaut verbargen. Im nächsten Augenblick waren sie wieder weg.

»Ich habe Angst«, flüsterte sie. »Ich glaube, ich sterbe.«

Nein, Máire, du stirbst nicht. Nicht heute. Deine Zeit ist noch nicht gekommen. Du musst hier raus. Du musst zusehen, dass du von hier wegkommst.

Sie wollte die Arme heben, um ihn aufzuhalten, aber sie konnte nicht. »Bleib bei mir!«

Doch sie konnte das Bild von Jesses Gesicht nicht festhalten, konnte die Barriere zwischen dieser und der nächsten Welt nicht durchdringen. Von irgendwoher entstand ein Druck, und sie musste in die Wirklichkeit zurückkehren.

Nein!

Verlass mich nicht!

Seine letzten bittenden Worte hallten in der Sargfinsternis wider: *Verstehst du nicht? Du warst die wunderbare, vollkommene Geschichte meines Lebens, Máire. Und ich war nur …*

Nein, sag das nicht, ich bitte dich. Sie schüttelte den Kopf.

Die Liebe wird dich wiederfinden.

Sie schlug die Augen auf. Hatte sie geträumt? »*Du hast den Verstand verloren*«, sagte sie zu sich selbst. Sie schnappte nach Luft. Einen Augenblick lang schwebte das Bild von Jesses Gesicht am Rand ihres Blickfelds, dann verschwand es in der Stille wie eine Seifenblase, die platzt.

Puff!

Weg.

Dann fiel ihr Blick auf den Sargdeckel.

Und nur die Stille blieb.

Nirgends ein Laut. Nur wispernde, rasselnde Atemzüge. Ihre eigenen!

Hier ruht Máire Ann Mercer, geborene Lanaghan …

Oh Gott!

Ihre Wirklichkeitsflucht war beendet, noch bevor sie angefangen hatte. Ohne Zweifel. Sie hob den Kopf ein paar Zentimeter und stieß mit der Stirn gegen den Sargdeckel. Eine Gänsehaut lief ihr den Rücken hinunter. Oh, das war nah. Nur wenige Zentimeter vor ihrer Nase.

»Passiert das hier wirklich?«, fragte sie den Sargdeckel.

Sie befürchtete schon, er würde ihr tatsächlich antworten.

Sie fühlte sich benommen, als hätte sie Watte im Kopf. Außerdem hatte sie jegliches Zeitgefühl verloren.

Wie lange lag sie jetzt schon hier?

Eine Minute? Eine Stunde? Sie hatte keine Ahnung.

Sie war verspannt und verschwitzt, obwohl sie fror

und ihre Beine kribbelten. Sie versuchte, sich zu bewegen. Sie hatte nur wenig Platz: Der Sarg und die Eisenmanschetten hemmten ihre Bewegungen in alle Richtungen. Sie versuchte Ruhe zu bewahren, kämpfte darum, nicht den Verstand zu verlieren und hysterisch zu werden, wie sie bisher noch nie zuvor gekämpft hatte.

Sie drehte den Kopf, streckte die Hand und spreizte die Finger, doch die Kette hielt sie zurück.

Oh Gott, hilf mir!

Sie konnte nichts sehen, einerseits, weil ihre Augen blind waren vor Tränen, die sich anfühlten wie verstrichenes Gelee, andererseits, weil sie in vollkommener Finsternis lag. Sie holte in dem engen Grab Luft und spürte ihren Puls in den Schläfen pochen. Ihr Hals war so rau, als hätte sie Glasscherben gegessen.

Ich bin die Auferstehung und das Leben.

Wer an mich glaubt, wird ewig leben …

Sie sog ein paarmal tief Luft ein und versuchte, nicht in Panik zu geraten und ihre klaustrophobischen Anwandlungen in Schach zu halten.

Oh Gott! Du hast die Toten zum Leben erweckt …

Dann hörte sie ein Piepen, und direkt vor ihrem Gesicht leuchteten grüne Digitalziffern auf. Dann ging ein silbriges Lämpchen über ihrem Kopf an. Es gehörte zu einer Kamera, und Máire vermutete, die grünen Ziffern zeigten an, dass sie aufnahm. Dieses Psychopathenschwein wollte wohl ihre Todesqualen aufnehmen.

»Zum Teufel mit dir«, schrie sie hysterisch.

Warum war sie so naiv gewesen zu glauben, dass sie C.J. … ganz alleine … retten konnte? Und Buße tun konnte? Máire starrte hilflos den rosa ausgekleideten Sargdeckel an und wartete darauf, dass die nächste Panikattacke kommen und ihr das Atmen erschweren würde.

Hoffnungslos und völlig idiotisch! Wie hatte sie glauben können, einen Psychopathen auszutricksen, der, was Grausamkeit und Unvorhersehbarkeit anbelangte, eine Klasse für sich war? Wo war ihr gesunder Menschenverstand geblieben?

Sie hatte nicht die geringste Hoffnung, dass jemand nach ihr suchte. Niemand wusste, wo sie war, also konnte sie auch nicht damit rechnen, dass jemand kommen und sie retten würde.

Sie überlegte fieberhaft. Vielleicht würde Valerie sie finden. Máire schüttelte den Kopf. Sie würde längst tot sein, bis Valerie auf den Gedanken kam, dass sie hier draußen begraben sein könnte. Vorausgesetzt, Val selbst würde überleben. Sie würde hier liegen bleiben, bis sie verrückt werden oder ihr Blut zu Eis gefrieren würde. Möglicherweise würde sie an Hypothermie sterben. Ihre Arme fühlten sich schon jetzt taub an, und ihre Hände glichen mit gefrorenem Wasser gefüllten Handschuhen. Oder schlimmer noch: Sie würde hier liegen, bis sie in der Stille des Waldes und in ihren eigenen Exkrementen verrotten würde.

Oh Gott! Wann würde sie auf die Toilette müssen? Wann würde sie durstig werden? Hungrig? Wann würde sie zusammenbrechen und anfangen zu lallen? Verlor man den Verstand, bevor man starb? Wie lange würde der Todeskampf dauern? Eine Stunde? Zwei? War das eine Frage des Willens?

Sie dachte an C.J. Vielleicht war das hier Gnade?

NEIN! Sie unterbrach ihre Gedanken. Solchen Ideen wollte sie erst gar kein Gehör schenken. Die Situation würde nur noch widerwärtiger werden, das wusste sie. Aber sie durfte nicht so denken. Sie holte tief Luft und atmete wieder aus. Ungeachtet ihrer fürchterlichen Verfassung konnte sie jetzt nicht einfach aufgeben. Mit der Selbstkontrolle war es genauso wie mit Schwimmbewegungen im Wasser: Wer nichts unternahm, ging unter. Der Gedanke, nicht aufzugeben, erschien gleichzeitig vollkommen verrückt und absolut vernünftig.

Unter Aufbringung all ihrer Willenskraft gelang es ihr, die Selbstkontrolle zurückzuerlangen. Sie war stark, stark und optimistisch – ihr Optimismus und ihre unverwüstliche Hoffnung waren schon immer ihre Stärken gewesen, obwohl beides auf eine harte Probe gestellt wurde und schon recht mitgenommen war. Es half nichts, das Negative zu fokussieren, auch wenn es im Moment nicht viel Positives gab. Sie konnte einfach nicht aufgeben. Sie musste sich helfen, sich und Valerie und C.J. Sie musste hier raus. Und wenn sie sich durch den Sarg hindurchnagen musste …

Positiv denken!

Warmer Schweiß perlte auf ihrer Stirn und fühlte sich an wie Schleim.

Gab es denn überhaupt etwas Positives, woran sie sich halten konnte?

Ja, doch! Selbstverständlich! Jetzt konnte sie in die Kamera hineinsehen. Sie blickte in zwei kleine Lampen, die ihr Gesicht matt beleuchteten. Sie sah an sich hinunter und versuchte, die Hände aus den Manschetten zu ziehen, doch das war vollkommen unmöglich. Sie saßen viel zu eng. Um die Hände zu befreien, müsste sie sich beide Daumen an den Grundgelenken abtrennen. Obwohl sie ihre Daumen sogar opfern würde, hatte sie nichts, womit sie sie abschneiden konnte. Vielleicht konnte sie die Gelenke brechen? Das nützte auch nichts: Um das eine zu brechen, benötigte sie die andere Hand und umgekehrt … außerdem …

Sie hob den Kopf, soweit der Sarg dies zuließ, und betrachtete die Manschetten an ihren Handgelenken. Sie sahen wie Handschellen aus – jedoch nicht wie die Modelle der Polizei mit Schlüssel, sondern die, die man in Sexshops kaufen konnte und die für Bondage geeignet waren.

Beide Manschetten waren mit Leder gefüttert und jeweils einem Zahlenschloss ausgestattet, das aus drei Rädchen bestand und fast so aussah wie die Schlösser an ihrem Samsonite-Koffer. Es gab also tausend mögliche Kombinationen. Sie winkelte das Handgelenk ab und versuchte es trotz allem. Mit dem Zeigefinger konnte sie die Rädchen ganz knapp berühren, wenn sie das Handgelenk so weit nach innen drehte, wie es nur ging. Es war schwer, aber sie drehte an den Rädchen, bis alle drei die Neun zeigten. Dann probierte sie neun, neun, acht, danach neun, neun, sieben. Und dann neun, neun, sechs. Sie versuchte es auch mit neun, neun, fünf und neun, neun, vier. Dann fuhr sie eine unendliche Ewigkeit damit fort, so kam es ihr jedenfalls vor. Sogar die Kombination von ihrem Koffer stellte sie ein: sieben, eins, drei. Sie drehte die Rädchen wie eine Gejagte, stellte eine ganze Reihe unterschiedliche Kombinationen ein und verzog vor Anstrengung und Schmerz das Gesicht.

Es war nicht machbar.

Sie begann wieder, in der drückend feuchten Kälte zu schwitzen. Der Schweiß legte sich wie ein kühler, klammer Film auf ihre Haut, und sie schlotterte. Acht, neun, sieben … acht, neun, sechs … acht, neun, fünf. Es würde Tage dauern, vielleicht Wochen, um die richtige Kombination zu finden. Sie wischte den kalten Schweiß ihrer Fingerspitzen an den Shorts ab. Ihr standen weder Wochen noch Tage zur Verfügung, vielmehr ging es um Stunden. Wie sollte sie vorgehen? Sie holte tief Luft und atmete durch die Nase wieder aus. Soweit sie sich erinnern konnte, war sie noch nie so verzweifelt gewesen. So vollkommen hilflos. Sie unternahm noch einen Versuch: acht, neun, vier … acht, neun, drei … acht, neun, zwei. Frustriert riss sie an den Ketten, schloss die Augen und versuchte, regelmäßig zu atmen. Dann schien plötzlich jemand vor ihrem Gesicht mit den Fingern zu schnipsen, und sie musste an Jesse denken, der vor ihrer Bahamasreise die Zahlenschlösser an den Samsonite-Koffern eingestellt hatte. Am Ziel angekommen, hatte er die Zahlenkombination vergessen. Sie stellte sich die Koffer vor und hatte eine Idee. Eine absolut schräge Idee. Sie würde mit Sicherheit nichts bringen, aber trotzdem …

Sie schlug die Augen wieder auf. Was war, wenn LeBelle sich gar nicht die Mühe gemacht hatte? Wenn er die Kombination des Herstellers gar nicht geändert hatte? Er hatte es jedenfalls nicht getan, als sie schon im Sarg lag, das konnte sie mit Sicherheit sagen. Nein, das wäre zu einfach. Natürlich hatte er das schon vorher erledigt, genauso wie er den Sarg schon in das Grab befördert und ihn mit der ganzen Elektronik ausgestattet hatte.

Aber sie drehte trotzdem an den Rädchen, bis sie auf null, null, null standen.

Das Schloss klickte.

Das kann nicht sein!

Ha!

Sie wollte über ihren Triumph laut loslachen. Sie streckte eine zitternde Hand aus, soweit die Kette ihr das erlaubte, und klappte mit der anderen gefesselten Hand die Manschette auf. Sie befreite die Hand aus der Manschette und wiederholte die Prozedur mit der anderen Hand. Sie rieb sich die Handgelenke, aber der Sarg hinderte sie daran sich aufzusetzen, sodass sie ihre Beine nicht losmachen konnte. Aber zumindest waren ihre Arme nicht mehr gefesselt. Mit einer raschen Bewegung wischte sie sich den Schweiß aus dem Gesicht.

So weit, so gut!

Doch was sollte sie jetzt tun?

Was jetzt?

Die Stille donnerte in ihren Ohren.

Sie trommelte gegen den Sargdeckel, und es ertönte ein gedämpftes *bum, bum, bum.* Sie drückte unter Aufbietung all ihrer Kräfte mit den Handflächen gegen den Deckel. Er fühlte sich *sehr* solide an und bewegte sich keinen Millimeter. Sie wollte auch noch die Knie dagegenpressen, aber die Ketten reichten dafür ganz knapp nicht aus – schlau ausgedacht.

Ihr entfuhr ein verzweifelter Aufschrei.

»Was nun?«, fragte sie sich. Ein merkwürdiger Geruch stieg in ihre Nase. Es roch ein wenig nach Plastik und Teer. Sie versuchte, den Kopf zu heben, aber ihr wurde schwindelig. Er musste ihr etwas gegeben haben, wovon der Schwindel kam und wodurch sie alles verschwommen sah. Sie fror ganz furchtbar und hatte die Orientierung verloren. Waren das Anzeichen von Hypothermie? Oder konnte man nur in kaltem Wasser an Unterkühlung leiden? Sie wusste es nicht. Sie atmete immer schneller – vielleicht hyperventilierte sie?

Ihr Blick wurde immer unschärfer, und sie musste mit den Augen blinzeln und zwinkern, um wieder klar zu sehen. Was ging hier vor? Im nächsten Augenblick vergaß sie, wo sie sich befand. Wo war sie? Ihre Wahrnehmung war nun stark beeinträchtigt – irgendetwas in ihrem Gehirn funktionierte nicht richtig. Sie registrierte den Geruch von Tod. Es war ihr eigener Tod, und für einen Sekundenbruchteil sah sie ihr Gesicht vom Schatten der schwarzen Kapuze verdeckt, die der Tod zu tragen pflegt. Sie merkte, dass sie gegen irgendetwas ankämpfte, aber *was* war das? Vielleicht war der Tod ihr Gegner? Er war der Gegner *aller* Lebewesen!

Die Seitenwände des Sargs wurden konturlos, schattenartig und unscharf. Ihr fielen die Augen zu, doch sie zwang sich, sie offen zu halten und ruhig zu atmen. Konzentration! *Nimm dich zusammen!*

Im Sarg schien es kälter geworden zu sein.

»Ich bin hier!«, sagte sie laut. Ihre Stimme klang heiser, sodass sie sogar ein bisschen Angst davor bekam.

Du bist tot, flüsterte eine Stimme.

NEIN!

Konzentration!

Welcher Tag war heute? Vielleicht ein Feiertag? Aber welcher Feiertag? Sie blinzelte, um die Augen offen zu halten, und versuchte, sich an die Bahamas zu erinnern. Zählte man auch die unbewohnten Inseln mit, waren es etwa siebenhundert – genügend Reiseziele: Grand Bahama, Harbour Island, Eleuthera, New Providence, Andros, Exuma, Bimini, Paradise Island, San Salvador …

Nein, nein. Long Island … Cat Island … Máires Augen fielen langsam zu.

26

Es war wie eine Illusion. Der Gang neigte sich zuerst in die eine Richtung, dann in die andere, und die Dunkelheit verstärkte das Gefühl, dass alles völlig unwirklich war.

Valerie stand an einer Weggabelung und überlegte, welche Richtung sie einschlagen sollte. Es schien, als hätte sie den Keller ganz für sich allein. Sie war so weit durch die Korridore zurückgehumpelt, um sich zu verstecken, dass sie nicht mehr wusste, wo sich die Treppe befand, aber sie war sich ziemlich sicher, dass sie allein war. Immerhin war sie nicht durch das gesamte Kellersystem gekommen, so viel war klar.

Sie kam sich wie eine kurzsichtige Katze vor. Sie konnte kaum etwas sehen, aber doch so viel, dass sie die schimmernden glatten Kalksteinwände und den Boden voneinander unterscheiden konnte, wenn sie ihre Augen anstrengte.

Sie hörte von irgendwoher das leise Schlagen einer Uhr und wählte die Richtung, aus der das Geräusch kam.

Sie hatte einen Stoffstreifen von ihrem Hemd abgerissen und ihn stramm um ihren Knöchel gewickelt. Die Ketten an ihren Armen rasselten leicht bei jeder Bewegung, und es war fast unmöglich, mit dem schweren Totenhemd zu laufen, das viel zu warm war und sich bei jedem Schritt zwischen ihren Beinen verfing, obwohl der Lumpen nur bis zur Wade reichte. Sie hätte es gerne abgelegt, aber sie trug nichts darunter. Sie spürte, wie sich ihre Pobacken und Brüste unter dem Stoff bewegten, und setzte ihren Weg in gebeugter Haltung fort. Ihr Knöchel schmerzte immer noch, konnte aber ihr Gewicht tragen – dank des Verbandes. Ob das Gelenk auch noch mitmachte, wenn sie um ihr Leben rannte, war eine andere Frage.

Mindestens eine Stunde war verstrichen, seit Máire nach oben gegangen war. Sie trug keine Uhr – die ihr bei dieser Dunkelheit ohnehin nichts genutzt hätte, aber sie war sicher, dass *zu viel* Zeit vergangen war. Es musste etwas passiert sein.

Valerie konnte nicht länger warten. Sie war wie hypnotisiert gewesen vor Angst – und durch die Geschehnisse der letzten vierundzwanzig Stunden: im Keller an eine Wand gekettet zu sein, die Begegnung mit *ihm*, das schlimmste Erlebnis ihres bisherigen Lebens. Aber die Angstwelle und die lähmende Verwirrtheit begannen, abzuklingen und in Wut umzuschlagen, eine schmerzvolle, bittere Wut. Sie war nicht länger paralysiert, jedoch von einer grausamen Vorahnung überwältigt. Eine Vorahnung, dass Máire etwas Schlimmes zustoßen würde – wenn das nicht schon geschehen war. Ihr traten Tränen in die Augen. Sie hätte ihre Freundin niemals allein nach oben gehen lassen dürfen. Valerie lief vor schlechtem Gewissen ein eiskalter Schauer den Rücken hinunter. Vielleicht hatte *er* die ganze Zeit dort oben gestanden und auf sie gewartet. *Oh, warum hast du sie nur allein da raufgehen lassen?* Sie verfluchte sich, weil sie alles andere als logisch gedacht hatte, ihre Logik war von abgrundtiefer Angst und Panik völlig außer Funktion gesetzt worden. Sie wappnete sich, um nicht wieder von Furcht übermannt zu werden.

Schließlich erreichte sie den Treppenabsatz. Sie spürte einen warmen Luftzug von oben – richtige Luft, nicht diese stickige kranke Luft von hier unten. Die Stufen nahmen kein Ende. Sie hochzusteigen, kam einer Reise gleich. Sie schielte zurück – sie kam nicht umhin, irgendjemandem den Rücken in der Dunkelheit zuzudrehen, aber da war niemand, und sie begann, sich langsam die Treppe hinaufzuschleichen. Die Beine fühlten sich schwer an wie kanadisches Treibholz, und ihr Knöchel tat beim Abrollen unbeschreiblich weh.

Sie hatte etwa die Hälfte der dunklen Kellertreppe hinter sich gelassen, als sie eine Männerstimme sagen hörte: »Was zum Henker machst *du* denn hier?«

Valerie fuhr zusammen und griff nach dem Geländer, um nicht zu stürzen. Sie musste ihr ganzes Gewicht auf den verletzten Fuß verlagern, um nicht das Gleichgewicht zu verlieren, ein scharfer Schmerz schoss durch ihren Knöchel. Die Kette rasselte schwach.

Eine Angstwelle wogte in ihr auf wie ein Geist. Einen Augenblick lang dachte sie, der Mann redete mit ihr. Aber dafür war die Stimme zu weit weg. Außerdem war sie durch die Dunkelheit vollkommen geschützt. Hatte er sie womöglich gehört?

Sie schluckte nervös, spürte, wie ein Schweißtropfen ihre Wange hinablief und am Kinn hängen blieb. Sie wischte ihn mit der Schulter weg.

»Wie bist du hier reingekommen?«

Das hörte sich nicht nach *ihm* an. Aber wer war es dann? Die Polizei? ... Und mit wem sprach er?

Wer immer es war, mit dem der unbekannte Mann redete, er antwortete nicht.

Irgendjemand lief mit schnellen lauten Schritten über den Boden im Erdgeschoss, riss etwas um, es krachte, dann wurde es wieder still.

Valerie erstarrte.

Dann vergaß sie alles, vergaß, dass sich ihre Beine schwer anfühlten und ihr Knöchel schmerzte. Einen Augenblick herrschte totale Stille, dann hörte sie das leise Geräusch eines startenden Autos und den Schrei einer Frau, der den Motor übertönte und abrupt verstummte. Er schien aus weiter Ferne zu kommen – von draußen. Aber sie wusste genau, wer da geschrien hatte.

Máire!

Ohne zu überlegen, ob jemand sie hören würde, lief Valerie die Treppe hinauf. Sie erreichte die oberste Stufe, schlich über die Türschwelle und blickte den Gang hinunter. Es musste Nacht sein. Das ganze Haus ruhte im Dunkeln, obwohl hier und da ein schwacher Lichtschein hineindrang und eine rautenförmige Fläche auf dem Boden golden erscheinen ließ. Tintenschwarze Schatten sammelten sich in allen Ecken und Winkeln, man konnte die Hand vor Augen nicht sehen. Ihr Herz raste unter dem schweren Totenhemd, und sie schmeckte eine nahezu alkalische Trockenheit im Mund, als wäre ihr Speichel kristallisiert. Sie schluckte – oder versuchte es zumindest. Es war, als würde sie Mehl schlucken.

Sie spürte, wie ihr die unsichtbaren Finger der Angst auf die Schulter tippten, aber sie durfte sich nicht von der Angst übermannen lassen. Sie nahm ihre gesamte Wut und Willenskraft zusammen und *wollte* einfach nicht an die Furcht denken.

Lautlos tastete sie sich in der heißen Dunkelheit an der Wand entlang, um eins zu werden mit den langen Schatten, für den Fall, dass jemand auf den Korridor hinaustreten würde. Aber es war niemand zu sehen, kein neugieriges Augenpaar folgte ihr, niemand sprach sie an.

Sie sah sich um. Zu beiden Seiten des Korridors waren die Türrahmen mit Efeu umrankt, etwa zwei Meter von ihr entfernt. Wohin die Türen führten, wusste sie nicht, aber sie tastete sich weiter voran.

Über dem Haus lag eine beunruhigende, allumfassende Stille, abgesehen von einem Dielenbrett, das leise unter ihren Schritten knarrte. Sie hielt inne und horchte angespannt, doch sie hörte nichts. Vielleicht hatte sie sich das Geräusch auch nur eingebildet. Sie schlich weiter.

Kurz darauf stand sie wie erstarrt in der Eingangshalle. Das Glück war auf ihrer Seite. Sie konnte die Haustür ganz schwach erkennen. Sie war angelehnt. Valerie zitterte am ganzen Körper. Sie hörte keinen Laut.

Sie war zwar in Windeseile aus dem Keller nach oben gekommen, aber zweifelsohne zerrann ihr die Zeit zwischen den Fingern. Valerie durchquerte die Eingangshalle und lief durch die Haustür ins Freie.

Stille durchdrang die Nacht auf eine völlig unnatürliche Art und Weise – wie ein Fluch in einem Märchen. Und die Luft war so schwer und feucht wie in einem Dampfbad.

Sie ließ ihren Blick schweifen, um sich einigermaßen zu orientieren. Die Umgebung ähnelte einer alten Plantage. Zur Rechten lag ein quaderförmiger Holzbau – eine Garage oder ein Anbau, der mit nachtschwarzen Schlingpflanzen bewachsen war. Zur Linken führte eine Fahrspur einen Weg hinauf, der mit kleinen Büschen und kniehohem Gras zugewuchert war und auf dem herabgefallene Äste lagen. Sonst standen, soweit sie sehen konnte, nur uralte knorrige Eichen mit langen silbrig schimmernden Schleiern aus spanischem Moos auf dem großen Grundstück. Nachbarhäuser waren nirgends zu sehen.

Geparkte Autos ebenso wenig. Vielleicht war er mit Máire weggefahren? Valeries Herz pochte noch schneller.

Sie lief auf die Rasenfläche, wo das Gras ihr fast bis zur Taille reichte, und bahnte sich einen Weg durch das von Gestrüpp überwucherte Gerümpel. Sie merkte, dass sie sich an irgendetwas den Fuß aufschrammte, aber das war ihr gleichgültig. Sie rannte weiter auf den Anbau zu. Das musste die Garage sein; sie konnte die mit Moos und dünnen Zweigen bedeckten Umrisse der Einfahrt sowie eine Tür an der Seite ausmachen. Vielleicht hielt er Máire da drinnen gefangen?

Sie umrundete das Gebäude, um festzustellen, ob es ein Fenster gab, durch das sie hineinsehen konnte. Es gab keins. Sie lief wieder zurück und legte ihr Ohr an die Tür. Drinnen war es still.

Dann drückte sie vorsichtig die Klinke herunter. Die Tür war nicht abgeschlossen. Aber weder Máire noch ein geparktes Auto waren hier. An der Wand hing neben allen möglichen anderen Werkzeugen ein alter Klauenhammer. Für den hatte sie eventuell Verwendung. Damit konnte sie seinen verfluchten Schädel einschlagen, ihn wie eine Walnuss spalten – das würde sie mit wahrer Freude tun, *so wahr mir Gott helfe,* und das Schwein dahin schicken, woher es gekommen war.

Sie ließ ihren Blick schweifen, um etwas zu finden, womit sie die Kette oder das Schloss knacken konnte. Ein Bolzenschneider und eine Axt mit blanker Klinge hingen nebeneinander an der Wand. Mit der Axt riskierte sie, sich die Hand abzuhacken. Sie entschied sich für den Bolzenschneider. Er war schwer und unhandlich, außerdem konnte sie ihn nur mit einer Hand halten. Es war fast unmöglich, die Schneide unter den Bügel vom Vorhängeschloss zu schieben. Dass ihre Handflächen schwitzig und rutschig waren, machte die Sache nicht einfacher. Sie trocknete sie an ihrem Totenhemd und unternahm einen zweiten Versuch.

Nun komm schon, verdammt! Valerie schwitzte.

Ganz vorsichtig schob sie die Schneide unter den Bügel, legte sich auf die Seite, spannte die Bauchmuskeln an und verlagerte ihr ganzes Gewicht auf das große, unhandliche Gerät und drückte. Zuerst passierte nichts. Sie atmete tief ein und mobilisierte all ihre Kräfte. Es klang, als würde eine Gitarrensaite reißen, und das Vorhängeschloss war geknackt, die Manschetten ließen sich öffnen, und sie war frei. Sie berührte ihre Handgelenke: Die Haut war rundherum abgeschürft, der Bereich schmerzte und war angeschwollen, aber das spielte keine Rolle: Sie war frei!

Sie griff nach dem Hammer und war schon im Begriff,

wieder ins Freie zu schlüpfen, als sie hörte, wie eine Autotür zugeschlagen wurde.

Sie fuhr herum und spürte, wie ihre Haut im Nacken spannte. Sie öffnete die Tür einen Spaltbreit: immer noch keine Autos in der Auffahrt. Ihr Herz raste. Kein Mensch zu sehen. Sie wollte sich gerade etwas weiter herauswagen, als sie hörte, wie sich schwere Schritte der Garage näherten – Schritte, unter denen die Zweige am Boden knackten.

Verdammt!

Valerie hielt den Atem an, ließ die Tür vorsichtig los und drückte sich rasch an die Wand, wo er sie nicht sehen würde, wenn er die Tür aufmachte. Sie hielt den Hammer mit beiden Händen und hob ihn über den Kopf …

Sie hörte scharrende, schlurfende Schritte von jemandem, der draußen über den Schotter ging. Trug er Gummistiefel? Sie hielt wieder den Atem an und heftete ihren Blick auf die Türklinke.

Die Sekunden verstrichen langsam wie Minuten. Wie angewurzelt stand sie da … und überlegte kurz, was sie noch alles aushalten musste. Das alles kam ihr vor wie etwas, das jenseits ihrer Vorstellung lag, das nicht real passierte.

Die Schritte entfernten sich wieder.

Irgendwie setzten sich ihre Beine in Bewegung, und mit zitternden Knien öffnete sie die Tür langsam ein paar Zentimeter weit.

Sie holte tief Luft. Adrenalin rauschte durch ihre Blutbahn. Er war höchstens einen Meter von ihr entfernt –

eine massige, dunkle Gestalt im Mondschein, die mit raschen Schritten einen gewundenen Pfad einschlug, der in den Wald hineinführte. Ein Gefühl der Übelkeit überkam sie. Er hatte etwas Monströses an sich – die Art, wie er ging und sich bewegte: wie ein Schattenwesen, wie der Tod, der kam, um einen zu holen. Sie konnte sein Gesicht zwar nicht sehen, aber das brauchte sie auch gar nicht: Sie wusste auch so, wer er war. Er trug etwas, das aussah wie eine Leiche – wie der Nachtwächter in *Halloween*, abgesehen von der weißen Maske, aber ebenso bar jeder zivilisierten und menschlichen Empfindung.

Es war Máire, die er trug.

Scheinbar leblos hing sie über seiner Schulter: eine kraftlos schlenkernde Puppe. Ihr blasses Gesicht ruhte an seiner Achsel.

Valerie starrte sie an. Auf einen Schlag fröstelte sie, und ihr Herz raste.

Sie würde sich bewegen, wenn sie noch lebte, oder? Es sei denn, sie war bewusstlos …

Vielleicht war es das Beste, zum Haus zurückzulaufen und Hilfe zu holen? Nein, wenn Máire ohnmächtig war, konnte sie sterben, während Valerie drinnen war, um die Polizei zu rufen. Das war zu riskant. Außerdem musste sie wissen, wo er sie hinbrachte.

Statt zum Haus zu laufen, schlich Valerie vorsichtig und gebückt durch das Gras, stieg über die dicken knorrigen Wurzeln eines umgestürzten Baumes und kniff die Augen zusammen.

Der Mörder bewegte sich schnell. Sein weißes T-Shirt leuchtete in der schwarzen sternenlosen Nacht, und die

Schaufel, die er in einer Hand trug, zeichnete sich scharf am Nachthimmel ab.

Valerie wartete, bis er einen größeren Vorsprung von etwa zwanzig Metern hatte, dann nahm sie die Verfolgung auf.

Der Pfad schlängelte sich zwischen Bäumen und Gebüsch hindurch. Als er das Haus ein gutes Stück hinter sich gelassen hatte, wandte er dem Garten den Rücken, überquerte einen schmalen Wasserlauf und ging unter den hin und her wehenden Moosgirlanden hindurch und verschwand im Wald, als hätten ihn die schwarzen Bäume verschluckt.

Sie folgte ihm. Die Schmerzen in ihrem Knöchel kamen und gingen in Schüben. Sie zerkratzte sich ihre Beine und nackten Füße, doch das nahm sie kaum wahr.

Sie beschattete ihn aus sicherem Abstand und hoffte, er möge sie in dem knirschenden Schotter nicht hören. Ihr Blick war auf Máires leblosen Körper geheftet. Wohin brachte er sie? Oh Gott! Es war wie in einem nie enden wollenden Albtraum. Was hatte er vor? Was würde der nächste böse Traum bringen?

Er hielt inne, um sich zu orientieren, und sah sich um. Valerie duckte sich blitzschnell. Hatte er sie gesehen? Sie verfluchte ihr weißes Totenhemd, duckte sich noch tiefer und schloss die Augen wie ein Kind, das Verstecken spielte. Sie wartete einen Moment, dann reckte sie den Kopf langsam über die Büsche. Wenn er sie gehört oder gesehen hatte, ließ er sich jedenfalls nichts anmerken. Er lud sich Máire wieder auf die Schulter, als wäre sie leicht wie eine Feder. Ihre schlappen Arme schlugen gegen seinen Rücken, als er tiefer in den Wald hineinging. Valerie hörte seine rhythmischen federnden Schritte, die in der Stille widerhallten.

Sie kniete sich hin und wartete. Als sie das Warten nicht länger aushalten konnte, richtete sie sich unsicher auf. Sie konnte seine dunkle Silhouette in der Ferne erahnen. Er trug Máire zu einer Lichtung, ging bis zur anderen Seite und dann bergab, bis er aus Valeries Blickfeld verschwunden war. Valerie merkte sich die Stelle und lief in einem Bogen um den Pfad herum, wo sie mit den Schatten verschmolz und von niemandem entdeckt werden konnte. Dann erspähte sie ihn erneut. Sie packte den Hammer fester und überlegte, ob er ebenfalls bewaffnet war.

Schwerer feuchter Nebel hing unter dem dichten Blätterwerk der Bäume über dem Boden, aber sie konnte ihn im Profil sehen. Auf seinem Gesicht standen Schweißperlen, als würde die Luft kondensieren. Er sah wie eine Wachsfigur aus, starr und vollkommen ausdruckslos. Sämtliche Schönheitsfehler waren ausgemerzt worden.

Er hatte etwa fünfzig Meter Vorsprung, als er stehen blieb und das Bündel auf die durchweichte Erde legte.

Valerie war hin- und hergerissen. Was sollte sie tun? Versuchen, ihn zu überwältigen, oder abwarten und beobachten, was er vorhatte? Oder sollte sie versuchen, ihn abzulenken, sodass er irgendwie die Kontrolle über die Situation verlor? Sie überlegte. Es stand zu viel auf dem Spiel, falls sie scheiterte. Wahrscheinlich würde sie nicht mit heiler Haut davonkommen, wenn sie versuchte, es mit ihm aufzunehmen. Auf der anderen Seite – was wäre, wenn …

Sie starrte ihn mit offenem Mund an. Sie entdeckte, dass er ein Gewehr bei sich hatte. Er zog sein T-Shirt aus. Was machte er jetzt? Máire bewegte sich und sagte etwas zu ihm.

Gott sei Dank, sie war noch am Leben.

Er wandte Máire den Rücken zu und begann zu graben. Sie sagte wieder etwas. Sie hatte offenbar Angst und kroch weiter von ihm weg. Er schaufelte weiter, als hätte er sie nicht gehört. Valerie spitzte die Ohren, um zu verstehen, was sie wollte, aber sie war zu weit entfernt, als dass sie die einzelnen Wörter unterscheiden konnte.

Valerie schlich sich vorsichtig näher heran und hockte sich hinter einen Busch. Sie wartete. Die Spatenstiche hallten in der Nacht. Was zum Teufel grub er da aus?

Oh Gott! Er wollte Máire umbringen und sie hier draußen begraben! Das war sein Plan.

Dann kam ihr ein eigenartiger Gedanke. Das war zu simpel. Das war für diesen Psychopathen nicht krank genug. Warum sollte er sich damit zufriedengeben? Wollte er Máire töten, hätte er das bereits getan. Valerie schloss die Augen und sah ihn vor sich: den Blick auf den Bildschirm geheftet, um per Computer alles zu verfolgen, eine Zigarette im Mundwinkel. Er genoss den Anblick, als sie gedemütigt und wie eine Gekreuzigte dahing, um im nächsten Moment vor seinen Augen gequält zu werden.

Dann schrie Máire. Er schlug sie, zog sie an den Haaren bis ans Grab. Jetzt begriff Valerie, was er im Schilde führte. In der Angstsekunde, als er Máire ins Grab legte, entglitt der Hammer ihrer Hand.

Er wollte sie *lebendig* begraben! Deshalb war sie nicht tot, deshalb hatte er sie nicht umgebracht. Dieses elende perverse Schwein.

Valeries Herz pochte wie wild, und gelähmt vor Angst rang sie nach Luft. *Das darf nicht wahr sein,* hörte sie ihre innere Stimme wispern. Aber es war wahr. Zuerst kniete er sich neben das Grab, dann sprang er hinein. Sie konnte seinen breiten schweißüberströmten Rücken sehen und Máires Schreie hören. Dann wurde es plötzlich still, und Valerie sah, wie er irgendetwas anschloss. Kurz darauf hörte sie einen dumpfen Knall, als er etwas Schweres zuschlug.

Valerie entschied sich gegen eine direkte Konfrontation und fixierte ihn wie gebannt, während er eine lange Leitung zu einem dunklen Gerät zog und beides miteinander verband. Sauerstoff? Dann schaltete er die Maschine an. Sie konnte ein schwaches Flüstergeräusch in der Nacht hören. Und sie konnte Máires panische Schreie hören, die jedoch gedämpft waren, als würde sie in ein Bündel Taschentücher schreien. Valeries Nackenhaare sträubten sich – schließlich lag Máire in einem verdammten *Sarg*.

Er brauchte eine knappe Viertelstunde, um die Erde wieder in das Grab zu werfen, danach nahm er noch ein paar Korrekturen vor, sammelte Schaufel, T-Shirt und Gewehr ein und sah sich um.

Valerie starrte ihm nach, als er das Gewehr schulterte, die Erde auf dem Grab festtrat und zwischen die Bäume huschte, wo er so flüchtig wie Rauch in die Nacht verschwand.

Sie wartete einen Moment und behielt die Stelle im

Blick, wo ihn der Wald geschluckt hatte, lauschte auf das Zischen des Sauerstoffgeräts und auf seine verklingenden Schritte. Schließlich war sie sicher, dass er weg war. Der Wald war wie ein Albtraum, nachdem er dort gewesen war. Nur noch ein Blendwerk aus geduckten Schatten und verzauberten Bäumen. Aber sie hielt den Blick auf die Realität gerichtet. Im Kopf war sie klarer denn je.

Der einzige Vorteil war, dass er nicht wusste, dass sie entkommen war.

Ihre Beine waren schwach, ihre Schritte unsicher, aber als seine letzten Tritte aus dem Wald verklungen waren, humpelte sie durch das Dickicht über Kies und Zweige, sodass ihre Fußsohlen schmerzten und bluteten, doch sie blieb nicht stehen, sondern versuchte nur, ihren Schmerz abzuschütteln, bis sie das dunkle Rechteck erreicht hatte und hektisch zu graben begann.

Sie musste sich beeilen. Sie war Máires einzige Chance. Und sie hatte nicht unbegrenzt Zeit zur Verfügung. Die Erde war feucht und ließ sich leicht mit den Händen zur Seite schaffen: Sie grub mit beiden Handflächen und sämtlichen Fingern, bis ihre Arme vor Anstrengung zitterten. Sie wusste allerdings nicht, wie viel Sauerstoff noch im Apparat war – vorausgesetzt, es handelte sich überhaupt um Sauerstoff –, aber sie wusste, dass sie schnell sein musste. Jede Minute war kostbar.

27

Etwas schwirrte durch die Luft, und er registrierte eine Bewegung. Marlon LeBelle stieß einen überraschten Schrei aus. Eine spitze Stiefelkappe traf ihn von hinten genau dort, wo es besonders wehtat. Er krümmte sich vor Schmerz und ging in die Knie, die Arme wie Flügel von sich gestreckt, als hätte ihn ein Güterzug gerammt. Die Schaufel flog aus seiner Hand und landete auf Stein, sodass das Metall vibrierte. Seine Eingeweide wanden sich wie Schlangen, und die Übelkeit stieg bis in seinen Hals. Er schnappte nach Luft, ruderte mit den Armen, um das Gleichgewicht wiederzufinden, und wollte auf die Beine kommen. Doch es gelang ihm nicht. Die Wucht des Tritts hatte ihn vornüber katapultiert, und er war mit dem Kopf auf etwas Spitzes gefallen. Ihm wurde schwarz vor dem rechten Auge, und die Schmerzen im Unterleib waren unerträglich.

Er hob die Hand und legte sie auf seinen Schritt, während die Übelkeit weiter zunahm. Seine Bewegungen kamen ihm träge und kraftlos vor, wie bei einem Film in Zeitlupe. Er machte keinen Laut, obwohl ihm Tränen die Wangen hinabströmten und sein Mund sich vor Schmerz verzog. Eine Minute lang konnte er nicht atmen.

Er hörte schwere Stiefelschritte über den Kies gehen und hob langsam den Blick. Aber seine Augen wollten nicht mit seinem Gehirn kooperieren, und er konnte nur die Silhouette von einem grauen schattenhaften Gespenst erkennen.

Marlon LeBelles Augen waren vor Schreck und Panik weit aufgerissen. Er klimperte mit den Lidern, die sich wie widerspenstige Federn anfühlten, und versuchte klar zu sehen. Er hörte Donnergrollen in der Ferne. Mit blutendem Kopf starrte er auf die Ursache des Tritts, genau auf Augenhöhe: zwei Stiefelspitzen mit Eisenbeschlägen.

Er war wie gelähmt.

Der Angreifer wartete geduldig, trat aus dem Schutz der Dunkelheit einen Schritt nach vorn, musterte den Verletzten, der blutverschmiert am Boden lag. Dann flüsterte er kalt: »Du bist zum Kotzen …«

LeBelle hörte, wie eine Feder gespannt wurde, sah auf und blickte in den Lauf einer Smith & Wesson .357, die von einer großen behandschuhten Hand gehalten wurde. Die Armmuskeln unter dem kurzärmeligen Uniformhemd spielten, und über dem Bizeps prangte eine große dunkle Tätowierung.

LeBelle wurde blass, seine Lippen bebten.

»Guck mich an, du armseliges Dreckstück!«, zischte der Gegner. »Ich bin dein *schlimmster* Albtraum! … Dein *letzter* Albtraum!«

Der Angreifer könnte auch alles im Rahmen der gesetzlichen Möglichkeiten abwickeln, aber dann könnte sich das Schwein auf Unzurechnungsfähigkeit berufen und würde freigesprochen werden. Das wollte er nicht. Heute Nacht war er Richter, Henker und Gott zugleich.

Heute Nacht legte er die Dienstmarke ab, die Waffe behielt er.

Einen Stiefel setzte er auf die Treppenstufe und stützte den Unterarm auf das Knie, damit sein Gesicht etwa auf einer Höhe war mit Marlon LeBelles. Wenn sein geistiger Zustand sich überhaupt in seiner Miene widerspiegelte, dann war er kalt wie arktisches Eis. Er verzog den Mund zu einem bösen Lächeln.

LeBelle schnaubte.

»Wo hast du sie begraben?«, fragte die ruhige Stimme des Mannes.

LeBelle starrte geradeaus ins Leere, während sich ein manisches Lachen seine Kehle hocharbeitete. »Hast du einen Dienstausweis? Und einen Durchsuchungsbefehl?«

Der Mann verpasste ihm mit dem Revolver einen schwungvollen Schlag ins Gesicht.

LeBelle spuckte Blut und lachte – es sah aus, als würden seine Mundwinkel bis zu den Ohren gezogen mit den Fleischerhaken, mit denen er sonst lustvoll die Brustwarzen seiner Opfer durchbohrte. »Leck mich am Arsch! ... Du kannst mir gar nichts nachweisen. Du hast überhaupt keine Beweise.«

»Da irrst du dich aber. Denk drüber nach. Guck dich mal an. Du bist bewaffnet. Du bist angezeigt worden. Ich vergreife mich nicht an Unschuldigen. Es ist also sehr glaubwürdig, wenn ich sage, dass du mich bedroht hast. Das ist reine Lüge, aber ich habe kein Problem damit, das kannst du mir glauben. Und es wird niemanden geben, der das Gegenteil behauptet. Der Keller da unten ist eine Goldgrube, was Beweise für deine widerlichen sadomasochistischen Fantasien angeht und für dein krankes Hirn und die vielen unschuldigen Frauen, die du vergewaltigt, misshandelt, gequält und getötet hast.«

LeBelle lachte nervös und blinzelte.

»Du hast einen Polizisten umgebracht, oder soll ich besser sagen, deinen Komplizen? Denn das war er doch, oder? Ihr seid zu zweit gewesen, das hat zumindest das Mädchen gesagt. Und sie hat dich gefunden. Die Ordnungshüter haben es nicht geschafft, dich zu finden, weder mit Spürhunden noch mit Taschenlampen. Aber sie *hat* dich gefunden.«

Marlon LeBelle war perplex.

»Glaub ja nicht, dass sich jemand die Mühe macht, die Umstände näher zu untersuchen.« Er hielt kurz inne, dann fügte er hinzu: »Ich tue der Welt einen Gefallen und erlöse sie von einem weiteren sadistischen Schwein. Das funktioniert immer. Die Behörden sind der Todesursache gegenüber erstaunlich gleichgültig eingestellt. Das Einzige, was die interessiert, ist, dass du weg bist. Klingt das für deine Ohren nachvollziehbar?« Er lächelte kalt: »Und wenn hier sowieso eine Ratte stinkt, dann ist es nur gut, wenn gerade ein Rattenfänger in der Nähe ist, oder?«

Die Bedeutung der gesagten Worte hing in der Luft und klang klirrend nach wie eine Glasglocke. Ihm wurde das Ausmaß an Ekel klar, den sein Gegner für ihn empfand. Marlon LeBelle sah einen Moment lang aus wie jemand, der eine Fischgräte verschluckt hatte, und sein finsterer Blick schien zwischen Euphorie und Panik zu schwanken. Sein Lächeln erstarb, und aus seiner Kehle drang ein Laut, der seiner Panik Ausdruck verlieh.

Sein Gegner wartete nicht, bis er die Frage beantwortete. »Ich finde sie selbst«, sagte er, nahm den Fuß von der Stufe, zielte, indem er die Hand mit der Waffe mit dem anderen Arm stützte, und feuerte eine Sekunde später zwei Schüsse aus nächster Nähe ab, sodass Funken und Hirnmasse in die Dunkelheit spritzten.

Während sich die Totenblässe über Marlon LeBelles Gesicht ausbreitete und seine Haut weiß werden ließ wie ein verwaschenes Laken, wurde sein letzter Gedanke in seinem Kopf immer wieder abgespult …

28

Máire wurde in dem kühlen Sarg wach. Zuerst zitterten die Lider, die Mundwinkel zuckten unkontrolliert, und ein Klagelaut entrang sich ihrer Kehle. Ganz langsam wachte sie auf. Sie blinzelte, silbrige Flecken glitten einen unendlich langen Korridor der Finsternis entlang, dann überlagerten sie sich und verschmolzen zu zwei hellen Lampen, die wenige Zentimeter dicht vor ihrer Nase leuchteten. Zunächst dachte sie, sie sei tot, doch ihre Wahrnehmung kehrte rasch zurück. Sie sah sich hilflos um, wurde aber nur mit dem Anblick der rosafarbenen Seide des Sargs belohnt. Sie holte tief Luft und schüttelte den Kopf, als würde so der Wahnsinn verschwinden. Sie meinte, Valeries Stimme gehört zu haben, aber sie hatte bestimmt geträumt oder halluziniert. Sie hatte wohl eher den Tod gehört. Den Sensenmann, der jetzt kam, um sie zu holen. Ho. Ho. Ho. Endlich.

Doch Máire glaubte auch, das Scharren einer Schaufel zu hören. Und die Stimme war ebenfalls wieder da. Eine dumpfe verzerrte Stimme, die *ihren* Namen rief?

Die Auferstehung!

Oder der Tod?

Wurden die Totgeglaubten vom Sensenmann ausgegraben?

Die Hölle?

Vielleicht war sie schon längst da.

Oder im Himmel?

Egal, wo …

Oh Gott, lass mich hier rauskommen.

Das Schloss knackte widerstrebend und zerfiel schließlich in zwei Teile. Die obere Deckelhälfte wurde langsam geöffnet. Máire hörte leises Gemurmel und Ächzen. Kurz darauf wurden beide Deckelhälften ganz nach oben gehoben.

Máire fuhr zusammen, stieß einen Schrei aus, setzte sich mühsam auf und befreite sich von dem klammen rosafarbenen Seidenstoff, der sie wie eine böse Kraft widerwärtig feucht umfangen hatte. Sie kratzte sich wie eine blinde Wahnsinnige, die übersät ist von imaginären stechenden, juckenden Insekten. Nach ihrem eigenen Empfinden lag sie noch immer unter den geschlossenen Deckelhälften, einen halben Meter Erde über sich.

»Bist du okay?«

Máire spürte eine Hand auf ihrem Arm, wich zurück und hätte beinahe laut aufgeschrien. Einen schrecklichen Augenblick lang dachte sie, eine lebende Tote hätte sie berührt.

Máire starrte die Tote in dem langen Gewand verständnislos an, die Tote, die aufgeregt und im Flüsterton auf sie einredete, doch sie verstand kein Wort. Die Laute hämmerten in ihren Ohren und vermengten sich zu schallendem Lärm.

Die Tote sah sie mit ihren blanken Augen an.

»Ganz ruhig, Máire. Es ist vorbei!«, sagte sie.

Máire schlotterte und klopfte sich die Kleider ab.

»Ganz ruhig«, wiederholte die Tote, nun etwas lauter.

Máire kam im Jetzt an, die Tote fasste sie leicht an den Schultern und rüttelte sie, und allmählich wurde ihr klar, dass Valerie vor ihr stand.

Valerie! Máire wollte etwas sagen, aber ihre Zunge fühlte sich an wie ein Störfaktor, der nicht in ihren Mund gehörte.

Im nächsten Augenblick war alles um sie herum hell, voller bunter Farben und voller Reinheit – so kam es ihr jedenfalls vor, nachdem sie der Dunkelheit im Sarg entstiegen war. Aber es war noch immer Nacht. Das fiel ihr zuerst auf. Die Wolken sahen wie Ascheflocken aus, silbrig-schwarz über den mächtigen Baumkronen – Bäume und Himmel, die sie schon nicht mehr wiederzusehen geglaubt hatte.

Die Luft war feucht und frisch und roch nach Moos und Ozon – und es gab so *viel* davon. Sie war außerdem voller Geräusche: Zweige knackten, Grillen zirpten …

»Es ist überstanden. Aber wir müssen hier weg.« Valerie kniete am Boden und starrte Máire aus großen angstvollen Augen an.

»Es ist vorbei!«

Máire musterte ihre erdverschmierte Gestalt. »Okay«, sagte sie.

Direkt über ihren Köpfen blitzte es, als hätte jemand ein gigantisches Streichholz am Himmel entzündet, gefolgt vom Donner. Die Himmelsschleusen taten sich auf, und plötzlich setzte ein sintflutartiger Regen ein.

Máire begann unkontrolliert zu zittern, als hätte sie die Grabeskälte mit nach oben gebracht. Regentropfen funkelten in Valeries Haar, und ihre Finger waren schwarz von der Erde. Sie wischte sie rasch an ihrem Totenhemd ab, fasste Máire am Handgelenk und versuchte, ihr aus dem Sarg zu helfen, als sie bemerkte, dass sie an den Knöcheln festgekettet war.

»NEIN!«, rief sie und dachte, das Herz müsste ihr in der Brust zerspringen. Schluchzend holte sie Luft. »Dieses verfluchte, idiotische …« Dann sackte sie unter Tränen zusammen. »Oh Gott!«

Máire verscheuchte ihren Schock und ihre Erschöpfung. Sie schnitt eine Grimasse, hob den Zeigefinger und bedeutete Valerie, ihr zuzusehen. Dann beugte sie sich vor und drehte am Zahlenschloss, bekam den rechten Fuß frei und danach den linken.

Valerie trocknete sich die Augen und rief triumphierend: »Houdini!«

»Wo ist er?«, fragte Máire gehetzt. Ihre Stimme war heiser und rau und klang, als gehörte sie einer Fremden.

»Keine Ahnung. Im Wald irgendwo, vielleicht ist er auch zurück zum Haus gegangen. Viel weiter ist er wohl kaum gekommen. Er wird bald merken, dass ich abgehauen bin – wenn er das nicht schon gesehen hat. So viel ist schon mal sicher. Komm, beeil dich. Lass uns von hier verschwinden.« Sie reichte Máire die Hände und half ihr auf.

Sie kam auf die Beine und sah sich um. »Guck mal!«, sagte sie. »Es brennt!«

Valerie drehte sich um. Zwischen den Bäumen loderte ein Feuer.

»Komm, das Haus brennt. Stell dir vor, da sind noch

andere drin!« Máire musste schreien, um den Regen zu übertönen.

Valerie nahm den Hammer und hielt ihn in die Luft. »Den können wir vielleicht noch brauchen!«

Sie liefen zum Haus zurück, Valerie humpelte mit ihrem gebrochenen Knöchel vorneweg, und Máire folgte ihr dicht auf den Fersen. Hier gab es zahllose Verstecke, wo er sich verbergen konnte, und die beiden schienen zu denken, dass er sie nicht finden könnte, wenn sie nur immer weiter liefen. Bei jedem Schritt, den Valerie machte, schnitt sie eine Grimasse, so sehr schmerzte ihr Fuß. Der Verband war durchnässt und gab keinen Halt mehr. Máire lief nun neben ihr und versuchte, sie zu stützen. Ein einziges Mal blieb Valerie stehen und wollte aufgeben, aber Máire redete ihr gut zu: »Komm. Du schaffst das! Es ist nicht mehr weit.«

Warmer Regen hüllte die Bäume ein wie ein schwerer Vorhang und dämpfte die Laute des Waldes, während sie sich durch den Wolkenbruch kämpften, der alles noch dunkler erscheinen ließ. Nur die Baumkronen und die silbrigen Moosschleier boten ihnen ein wenig Schutz.

Schließlich erreichten sie LeBelles Grundstück. Etwa dreißig Meter vom Haus entfernt hielt Máire inne. Durch den strömenden Regen hindurch sahen sie den Lichtschein der Flammen und kurz darauf die Silhouette des Hauses. Es brannte lichterloh. Die obere Etage war komplett ausgebrannt: Die Dachbalken ragten wie unheimliche schwarze Schattenarme in die Nacht. Der Regen hatte das Feuer im Dachstuhl gelöscht und ein verkohltes Gerippe übrig gelassen, das an die Häuser aus einem

Tim-Burton-Film erinnerte. Aber sie konnten durch die Fenster im ersten Stock sehen, wo das Feuer immer noch wütete, und die Flammen flatterten und zuckten wie blutrote Tücher, die zum Leben erweckt worden waren.

Valerie stellte sich neben Máire und griff ihren Arm. »Was glaubst du, was ist hier passiert? Meinst du, in das Haus ist der Blitz eingeschlagen? Oder wodurch wurde das Feuer ausgelöst?«

»Das weiß ich nicht. Aber wir werden es sicher bald herausfinden.«

Valerie umklammerte ihren Arm fester. »Willst du etwa in diese stinkende Hölle zurücklaufen? Was, wenn *er* da ist?« Sie bekam Regentropfen in ihren Mund und musste husten.

»Wir müssen Hilfe holen. Stell dir vor, da drinnen sind noch mehr Mädchen.« Máire dachte mit Grausen an C.J.

»Aber wie ... Was sollen wir ma...« Sie unterbrach sich. »Du willst doch nicht etwa wieder in den *Keller* runtergehen?«

»Mein Handy liegt im Auto. Ich muss es nur aufladen, dann können wir Hilfe rufen.« Máire kniff in dem dunklen Regen die Augen zusammen. Er strömte herab, als würden sie am Ende eines Wasserfalls stehen.

Valerie ließ den Blick schweifen und sagte düster: »Er muss hier irgendwo sein! Ich weiß das!«

Und sie hatte recht. Máire erspähte einen Umriss im Regen vor dem roten flackernden Schein des brennenden Hauses, der zu einem Mann – oder einem Felsen – gehören konnte. Ein Fels, der irgendetwas in der Hand hielt. Er steuerte zielstrebig auf sie zu.

Auch Valerie sah ihn jetzt. »Oh Gott!«, rief sie. »Das ist er! Da ist er! Er hat uns gesehen!« Im Widerschein der Flammen spiegelte sich in ihrem Blick die blanke Angst. Sie wollte schon die Flucht ergreifen, aber Máire packte ihren Arm und hielt sie fest.

»Was soll das? Lass uns von hier verschwinden, verdammt noch mal! Der bringt uns um!« Valerie begann zurückzuweichen. *»Komm jetzt!«*

Máire wusste nicht, warum sie stehen blieb – irgendetwas jenseits der fünf Sinne musste sie dazu bewogen haben. Der Kompass ihrer Instinkte. Irgendetwas …

Valerie rüttelte sie wie ein verzweifeltes Kind und versuchte, sie wegzuzerren. »Worauf wartest du noch?« Sie stieß einen gellenden Schrei aus. *»Komm jetzt! Bist du verrückt geworden? … Worauf wartest du?«*

Am Himmel zuckten mehrere Blitze hintereinander, und das folgende Donnergrollen ließ den Boden erbeben. Der Regen prasselte wie tausend kleine Glasmurmeln auf ihre Köpfe.

Máire streckte die Arme nach ihr aus und rief durch das Gewitter: »Warte doch! Ganz ruhig!«

»Ganz ruhig?« Valerie schüttelte den Kopf und zog Máire am Arm, dass sie ihr fast die Schulter ausgekugelt hätte, aber sie widerstand dem Reflex, die Beine in die Hand zu nehmen und sich in Sicherheit zu bringen. Sie rief: »Nein, nein, wir müssen laufen!« Sie wollte Máire mit sich ziehen. *»Komm jetzt!* Er bringt uns um, Máire. Wir müssen hier weg! Er ist der Teufel persönlich. Der *Teufel,* verstehst du? Kapierst du das? Oh Gott, du kannst dir nicht vorstellen, wozu er fähig ist … Herr im

Himmel! Komm *jetzt!*« Sie war kurz davor, in Panik zu geraten. Ihr Gesicht war vor Schreck und Verzweiflung verzerrt. Sie sah Máire durchdringend an. »Komm jetzt! Worauf wartest du noch?«, wiederholte sie.

Máire starrte unbeirrt geradeaus.

Der Mann kam direkt auf sie zu. Mit jeder Sekunde kam er näher.

Máires Herz raste.

»Allmächtiger, was ist denn los mit dir? Verdammt noch mal!« Valeries Stimme durchschnitt die geladene Atmosphäre, und sie taumelte rückwärts, schlotternd vor Angst, Máires Arm noch immer fest umklammert.

Máire reagierte nicht und fixierte den Mann, der den herabgefallenen Ästen auswich oder über sie herüberstieg. Er trug eine Schaufel. Oh Gott, vielleicht hatte Val recht, und es *war* LeBelle.

Aber als sich der Abstand zwischen ihnen weiter verringerte, erkannte sie durch den Regen, dass er es nicht war. Es musste jemand von der Polizei sein, Cooper oder Bondurant. Das war schwer zu sagen. Aber dann erkannte sie ihn eindeutig: Es war Bondurant. Sie sah sein Haar im Regen silbrig schimmern. Sein breiter Brustkorb spannte das tropfnasse Uniformhemd bis zum Bersten. Máire holte ein paar Mal tief Luft. Plötzlich fühlte sie sich leer und erschöpft vor Erleichterung, und sie wurde von dem Bedürfnis übermannt, in Tränen auszubrechen.

Mehr lachend als weinend rief sie aus: »Das ist er ja gar nicht!«

»Wer denn dann?«, wollte Val wissen und folgte ihm

mit dem Blick. Ihre blauen Augen blickten verwirrt vor Angst und wie verschleiert durch die Tränen.

»Die Polizei!«

Ihre Gedanken standen still. Bevor Máire wusste, was sie machen sollte, hörte sie eine Sirene heulen und sah das Blaulicht eines Einsatzwagens hinter dem Haus aufleuchten. In der Ferne waren mehrere Sirenen zu hören.

»Sind Sie verletzt?« Bondurant musste schreien, um den Regen und die Einsatzwagen zu übertönen.

»Nein, mir geht es gut. Aber ich glaube, meine Freundin hat sich den Knöchel gebrochen. Und im Haus sind möglicherweise noch andere Frauen!«

»Wo ist er?«, fragte Valerie beunruhigt.

Das wollte Máire auch gerne wissen. Sie warf Val einen raschen Blick zu. Bondurant stand jetzt vor ihnen, völlig durchnässt vom Regen, ließ die Schaufel fallen und breitete die Arme aus, als wollte er sie beschützen.

»Und wo ist er? … LeBelle?«, fragte Máire.

»Er ist tot. Er kann Ihnen nichts mehr tun.«

»Tot?«

Bondurant nickte.

»Sind Sie sicher?«

»Ja, ganz sicher.«

Máire zitterte am ganzen Körper und hätte am liebsten ihren Kopf an seine Brust gelehnt. Doch stattdessen legte sie sich Valeries Arm um die Schultern, um sie zu stützen. Valerie ging ein paar Schritte, verlor das Gleichgewicht und sah ein, dass sie nicht mehr konnte. Sie klammerte sich an Máire, die auch nicht viel mehr Kraft in ihren Beinen hatte als Val.

»Lassen Sie mich mal«, sagte Bondurant. Val starrte in sein verschwitztes, rußiges Gesicht und schien zu überlegen, ob er überhaupt vertrauenswürdig war oder ob sie den Weg lieber zu Fuß zurücklegen sollte. Dann lächelte sie matt und ließ sich helfen. Er hob sie mit einer Leichtigkeit hoch, als hätte die Schwerkraft keine Gültigkeit mehr.

29

Máire fühlte sich unglaublich schwach, als sie Bondurant und Val in strömendem Regen zum Haus folgte. Donner grollte in der Ferne, aber sie konnte nicht sehen, ob es blitzte: Der schwere Rauch hing in der Luft und verdunkelte den Himmel.

Das Haus glich einer Ruine, als sie es erreichten – ein dunkler Umriss, wie auf einem Negativ. Irgendetwas explodierte wie ein Kanister Nitroglyzerin. Der ohrenbetäubende Lärm ließ sie glauben, sie sei taub geworden, aber dann konnte sie sich selbst husten hören.

Valerie schrie vor Schreck auf.

Asche wirbelte auf – tellergroße Flocken tanzten in der Luft, als würden sie sich gegenseitig jagen, dann lösten sie sich auf und verwandelten sich in schwarzen Regen. Die Terrasse sowie mehrere Bäume standen in Flammen, und immer wieder knallte es laut, wenn ein Ast explodierte.

Nun hielten zwei Krankentransporter und ein Leichenwagen in der Auffahrt, und ein riesiger Löschzug stoppte im hohen Gras vor dem Haus, den Wasserwerfer volle Kraft auf die Fenster gerichtet. Die Männer in ihren rot-weißen Regenjacken arbeiteten fieberhaft, aber das Feuer wütete im Hausinneren hartnäckig weiter. Mehrere Feuerwehrmänner liefen mit ihren Löschgeräten auf dem Rücken ins Haus. Máire sah, wie sich die dunklen Gestalten vor den schlagenden Flammen abzeichneten, und hörte ihre lauten Stimmen und das Knacken der Funkgeräte.

Sie spürte, wie die erdrückende Hitze auf der Haut brannte und in den Lungen stach. Die Hitze wurde von Minute zu Minute größer, aber Máire blieb stehen und starrte sprachlos auf das flammende Inferno, während Bondurant Valerie eine Decke um die Schultern legte und ihr in einen Ambulanzwagen half. Máire sah die Feuerwehrmänner einen Toten oder Verletzten mit der Bahre hinaustragen. Sie konnte nicht sehen, um wen es sich handelte, denn der Kopf war zur Seite gedreht. Nun wurde die Bahre zum Leichenwagen getragen. Máires Magen zog sich zusammen, und ihr Herz pochte. Plötzlich merkte sie, dass sie weinte.

In dem Augenblick kam Bondurant zurück, legte den Arm um sie und drückte sie kurz an sich.

Sie blinzelte, um die Tränen zurückzuhalten. Wie immer. »Wird C.J. da gerade rausgebracht?«, fragte sie leise und war sich nicht sicher, ob er sie gehört hatte. Der warme schwarze Regen prallte wie Peitschenhiebe auf die Erde.

»Das weiß ich nicht«, gab er ruhig zurück.

»Können Sie das nicht rausfinden?« Sie konnte zwar ihre Trauer zurückhalten, aber in ihrer Stimme lag ein flehender Unterton.

Er musterte sie kurz. »In Ordnung«, sagte er und eilte über den Rasenplatz Richtung Sanitäter, die gerade die Bahre in den Leichenwagen schoben. Máire sah ihm nach, wie er tropfnass und zitternd durch den flutartigen Wolkenbruch lief.

»Nein, das war sie nicht«, erklärte er. »Er war's. LeBelle.«

»Und wenn C.J. noch da drinnen ist?«, fragte Máire ungeduldig und trat ein paar Schritte zurück. »Was ist, wenn sie da unten eingesperrt ist, so wie Valerie, oder wenn noch mehr Personen betroffen sind? Oh Gott.«

Bondurant sah sie mitleidig an. »Die haben das schon im Griff. Sie suchen drinnen alles ab, und wenn noch jemand im Haus ist, dann wird er auch gefunden, glauben Sie mir.«

»Ja, aber dann ist es vielleicht zu spät. Dann sind sie vielleicht alle tot.«

Er trat einen Schritt auf sie zu. Er wirkte mutlos. So gesehen gab es dazu nicht sehr viel zu sagen. »Ja, möglich. *Falls* jemand da drinnen ist«, sagte er. »Das wissen wir aber nicht. Mehr können wir hier auf keinen Fall tun. Kommen Sie!«

Seine Worte umschlossen sie wie ein dicht geknüpfter Teppich. Sie überlegte, wie groß die Wahrscheinlichkeit sein mochte, dass er recht hatte und niemand mehr im Haus war, aber sie hatte sich schon das Schlimmste ausgemalt und war alles andere als vom Gegenteil überzeugt. Sie war überhaupt vollkommen verunsichert. Ihre Gedanken waren wirr. Ein Chaos. Sie hatte gekämpft, um diesem Albtraum zu entkommen, doch die Angst ließ sie nicht los, genauso wie C.J.s Schreie sie noch viele Jahre lang heimsuchen würden, so viel war sicher. Am liebsten wollte sie stehen bleiben, den Löscharbeiten zusehen und abwarten, bis das Feuer gezähmt war, um zu erfahren, wer herausgetragen wurde. Sie schlotterte am ganzen Körper und hatte den Blick starr auf das Haus gerichtet, aber sie folgte den anderen langsam und schweigend.

»Was passiert jetzt?«, fragte sie, als sie den Ambulanzwagen erreichten, und warf Bondurant einen Blick zu.

»Zuerst fahren wir Sie und Ihre Freundin ins Krankenhaus.«

Bondurant stieg hinter Máire in die Ambulanz, schloss die Flügeltür und der Wagen fuhr los. Máire setzte sich neben Valerie und nahm ihre Hand. Sie schien das gar nicht zu bemerken. Val war wie gelähmt vor Angst und starrte ins Leere. Ihre Augen waren blank wie frisch geprägte Silberdollarmünzen.

Máire drückte ihre Hand, drehte sich um und blickte aus dem Rückfenster, als sie die Auffahrt unter den Eichen hinunterfuhren.

Ihre Verzweiflung war schier unbeschreiblich. Diese war bloß eine von den Höllennächten, sagte sie sich, eine nur von Tausenden. Aber es war, als weinte der Himmel, und die knorrigen regennassen Eichenstämme glichen einem Trauerzug.

30

Valerie hatte sich den Knöchel und drei Rippen gebrochen, und die Wunde an ihrem Handgelenk hatte sich infiziert. Außerdem war ein Nackenwirbel angebrochen, sodass sie die Nacht im Krankenhaus verbringen musste.

Máire hatte keinen physischen Schaden genommen. Ihre Verletzungen saßen in der Seele, innen auf der Haut, wie Tätowierungen, die nie wieder verschwinden.

Abgesehen von der notwendigen Behandlung ihrer Verletzungen wurde Valerie psychologische Hilfe angeboten. Máire wurde das gleiche Angebot gemacht, sie lehnte jedoch ab. Sie würde für den Rest ihres Lebens Albträume haben von dieser Nacht, das wusste sie. Das konnte niemand verhindern, geschweige denn ihr helfen, gleichgültig, wie viel sie darüber redete.

Valerie hatte noch im Krankenbett ihre Aussage für die Polizei gemacht, und nun schlief sie. Máire saß auf einem wackligen Stuhl an ihrem Bett und blickte in die Morgendämmerung hinaus, wo sich der Himmel im Osten allmählich rosa färbte.

»Sie schläft«, sagte Máire. »Endlich!«

»Gut. Das braucht sie dringend. Und was ist mit Ihnen?«, fragte er. »Wie geht es Ihnen?«

Máire zuckte mit den Schultern. »Den Umständen entsprechend gut. Ich komme schon klar.«

»Wir brauchen Ihre Aussage auch noch«, sagte er. »Darum kümmern wir uns später. Morgen vielleicht. Sie sind bestimmt müde.«

Máire nickte. Sie konnte sich nicht erinnern, dass sie je zuvor so müde gewesen war. Ihre Glieder schmerzten, und sie war erschöpft. Und sie wurde von einer unbeschreiblich großen Wehmut vollkommen übermannt.

»Soll ich Sie mitnehmen?«, fragte er.

Sie nickte. »Ja, danke. Sehr gern.«

»Wo müssen Sie denn hin?«

»Ganz egal. Ins erstbeste Hotel.«

Er musterte sie. »Sie können bei mir übernachten«, schlug er vor. »Ich habe zwar nur einen Junggesellenhaushalt, aber ich kampiere gern auf dem Sofa.« Er lächelte sie an.

Überrascht von seinem Vorschlag öffnete Máire den Mund, um etwas zu sagen.

»Wenn Sie Nein sagen, lasse ich die Antwort nicht gelten. Und wenn Sie ausgeruht sind, nehme ich Sie morgen früh oder besser gesagt im Laufe des Tages mit zur Dienststelle.« Er sah ihr an, dass sie unschlüssig war. »Guter Plan, oder?« Er lächelte schelmisch.

Sie warf ihm einen raschen Blick zu, und ihre Lippen bewegten sich, als wollte sie wieder etwas sagen. Aber sie brachte kein Wort heraus. Sie wollte jetzt nicht allein sein.

Er lächelte erneut, legte einen Arm um ihre Schulter und machte einen Schritt. »Kommen Sie!«

Máire blieb stehen.

»Okay?«, fragte er.

»Okay«, erwiderte sie leise.

Luis Bondurants Wohnung lag in der Abercorn Street, mitten in Savannahs Altstadt. Er bewohnte in einem dreistöckigen Haus der Jahrhundertwende mit weißen Fensterläden allein die oberste Etage. Sie war geschmackvoll eingerichtet, in keinem bestimmten Stil, aber Pastelltöne dominierten, und in jedem Zimmer war die Anwesenheit der Frau greifbar, die hier einst gewohnte hatte.

Er überließ Máire das große Schlafzimmer und schlief selbst im Wohnzimmer. Sie hatte zwei Mal geduscht, zog jedoch ihre getragenen Sachen wieder an.

Die Stille war dick wie Öl. Máire warf einen Blick auf den Digitalwecker. Es war kurz nach vier. Draußen begann es, hell zu werden, und vor dem Fenster bewegten sich die Moosschleier der Eichen im Wind. Das Unwetter war weitergezogen, aber es fiel noch immer leichter Sprühregen, der schnurgerade vom Himmel kam. Sie ging zum Fenster, um die Jalousie herunterzulassen, aber die Lamellen blieben oben hängen. Aus Versehen stieß sie einen birnenförmigen Krug von der Fensterbank.

»Mist!«, flüsterte sie.

Es klopfte leise an der Tür. »Ist alles in Ordnung?«, fragte Bondurant.

»Ja, alles okay«, gab sie ausdruckslos zurück. »Ich krieg nur dieses Ding nicht runter.« Sie ließ die Schnur los.

Er trat ins Zimmer. Er trug Jeans und T-Shirt und war barfuß. Sein Haar war feucht. Er musterte zuerst das unberührte Bett, danach sie und bemerkte, dass sie immer noch dieselben Kleider trug. Er fragte: »Können Sie nicht schlafen?« Er bückte sich und stellte den Krug wieder auf die Fensterbank zurück.

Schlafen, dachte sie sehnsüchtig. Sie konnte sich ziemlich genau vorstellen, wovon sie träumen würde, wenn sie einzuschlafen versuchte. Sie zwang sich, an etwas anderes zu denken. »Und Sie?«, fragte sie.

Bondurant zuckte die Achseln. »Ich musste sowieso noch ein paar Dinge klären.«

»Was Neues?«, fragte sie ängstlich.

Er schüttelte mutlos den Kopf. »Wir arbeiten bei der Spurensicherung mit den Kollegen in Atlanta zusammen. LeBelles Haus ist bis auf die Grundmauern abgebrannt. Jetzt werden die Reste akribisch untersucht. Ich bin gerade angerufen worden.« Er wandte den Blick ab und sah zu Boden, als würde er in einen Abgrund starren. »Es ist der reinste Albtraum. Bisher sind die Überreste von mindestens sieben Frauen gefunden worden.« Er schüttelte den Kopf. »Überall im Keller lagen Leichen und Leichenteile verstreut. Und Aufzeichnungen, Notizen … LeBelle und sein Komplize haben offenbar versucht, sich in ihrer Grausamkeit gegenseitig noch zu übertreffen.«

»Ich hab's gewusst, dass sie zu zweit waren«, sagte Máire. »Das habe ich Ihnen ja gesagt!«

»Ja, Sie hatten recht«, erwiderte er.

»Und was ist mit dem anderen? Läuft er immer noch frei rum?«

»Nein, er ist auch tot.«

»Tot? Wie das denn?«

»Alles deutet darauf hin, dass es zwischen den beiden zu einem Handgemenge gekommen ist und LeBelle ihn dabei getötet hat – er hat ihm die Kehle durchgeschnitten.« Bondurant schüttelte wieder den Kopf, und es entstand eine Pause. »Schon bei dem Gedanken daran, dass ich fünfzehn Jahre lang tagaus, tagein mit diesem Schwein zu tun gehabt habe ... ohne zu durchschauen, dass ... ohne irgendwie misstrauisch zu werden, ohne zu kapieren, dass da irgendwas mit ihm nicht gestimmt hat ... ich als Polizist! Wie in einem verdammten, schlechten Theaterstück!« Sein Gesicht schimmerte matt in der Morgendämmerung, und seine Stirn hatte tiefe Kummerfalten. »Wir haben eine gemeinsame Vergangenheit. Wehrdienst. Akademie. Einmal im Jahr haben wir zusammen Urlaub gemacht. Vor knapp drei Stunden habe ich noch sein feistes Grinsen gesehen.« Er unterbrach sich und lächelte, aber es war kein freundliches Lächeln. Er lächelte eher, um die bösen Geister fernzuhalten.

»Mit ihm zu tun gehabt? Um Gottes willen ...« Máire glaubte zu begreifen. »Wer ist es denn? *Ein Polizist?* ... *Cooper?* Er war's? *Er* war der andere?«

Bondurant nickte düster und schluckte. »Ein ganz übler Teufel. Verflucht noch mal ... diese ganzen Frauen ... diese armen, armen Frauen.«

»Ja, aber wie hätten Sie das denn merken sollen ... ich meine, man kann unmöglich in einen Menschen hineinsehen ... das Umfeld ist immer geschockt, wenn sich herausstellt, dass der Nachbar ein psychopathischer Serienmörder ist. Das hätte niemand für möglich gehalten – er war ja so ein netter Mann. So heißt es dann immer. Sie konnten ja nicht wissen ...«

Er machte eine ausholende Geste, und sie beschloss, ihn nicht weiter aufzumuntern. Stattdessen fragte sie: »Wer hat denn das Haus in Brand gesteckt?«

»Wir wissen noch nicht, ob es sich um Brandstiftung handelt. Möglicherweise hat LeBelle das Feuer gelegt, um Beweise zu vernichten. Oder es hat ein Blitz eingeschlagen.«

»Die Waffe Gottes?«

»Tja. Früher oder später trifft es wohl jeden von uns.«

Draußen vor dem Fenster löste sich ein Vogelschwarm aus der Krone einer Eiche, und die Vögel verteilten sich wie Fledermäuse am Himmel.

»Und C.J.?«, fragte Máire.

»Dazu kann ich leider nichts sagen. Die Leichen sind noch nicht identifiziert worden. Aber die Überreste werden untersucht und fotografiert.« Bondurant ließ die Jalousie herunter, und das schwache Licht der Morgendämmerung drang kaum noch ins Zimmer. Er stand am Fenster und betrachtete Máire mit leidenschaftlichem Interesse.

Máire erwiderte unsicher seinen Blick und lächelte verwirrt. Ihr kam es vor, als wäre sie zu einem anderen Zeitpunkt an einem anderen Ort, als träte sie durch einen Vorhang, und sie fühlte sich plötzlich auf ganz unerwartete Weise verloren. Sie wollte für niemanden mehr irgendetwas fühlen. Doch ihr Puls begann zu rasen, und sie schlang die Arme um ihren Körper.

Es entstand eine lange Pause, dann fragte er: »Warum weichen Sie meinem Blick aus? Warum sehen Sie mich nicht an?«

»Ich weiß nicht«, murmelte sie.

»Oder bilde ich mir das nur ein?«

»Was?«

Er machte eine ausholende Geste. »Und diese …«

Máire spürte ihren Puls hinter den Schläfen pochen. »Was?«, fragte sie wieder.

»Diese Art, wie Sie mich anstarren, wenn Sie glauben, dass ich es nicht sehe.«

Sie wollte etwas erwidern, aber ihr versagte die Stimme. Der bohrende Blick, der auf ihr ruhte, war so durchdringend, dass sie sicher war, er wusste, was hinter ihrer Fassade vor sich ging. Sie schluckte und schüttelte langsam den Kopf.

Er trat näher. »Hast du nicht Lust, dich auszuziehen?«, fragte er leise und blickte sie unverwandt an.

Máire schwieg, wusste nicht, wie sie seine Worte deuten sollte. Bevor sie antworten konnte, machte er noch einen langsamen Schritt auf sie zu. Sein finsterer Blick bohrte sich ohne ein Blinzeln in ihren. Wie in Zeitlupe hob er einen Arm, berührte mit einem Finger leicht ihre Schulter. »Ich mag dich«, sagte er und sah sie forschend an. »In der Nacht, als du in mein Büro gekommen bist, wusste ich, dass du keine Ruhe geben würdest. Ich mag Frauen, die nicht so schnell aufgeben.«

Máire rührte sich nicht, aber ihr Herz schlug doppelt so schnell, und sie spürte seine Wärme. *Oh Gott, was soll das?*, dachte sie. *Was mache ich hier? Wieso stehe ich hier? Wenn bloß mein Herz nicht so rasen würde!*

»Was hältst du von mir?«, fragte er rundheraus und ließ den Blick prüfend auf ihrem Gesicht ruhen, während er eine Haarsträhne aus ihrer Stirn strich. Eine pulsierende Ader zeichnete sich so deutlich an seiner Schläfe ab, als wäre sie in Stein gemeißelt.

»Eine ganze Menge ...« Máire sprach so leise, dass er sie kaum hören konnte. »Ich bin hier. Oder etwa nicht?«, sagte sie. Ihre Widerstände schwanden. Sie wollte ihn gern berühren, aber die Hände wollten ihr nicht gehorchen.

Sie konnte seine Zähne schimmern sehen, als er lächelte. »Hmmm ... doch, das bist du! Und ich bin froh, dass du da bist.«

Sie sahen sich an, und die Stille im Raum war spürbar. Dann beugte er sich in ihren Schatten und küsste sie zärtlich auf den Mund, küsste ihre Wangen und ihren Hals, während seine Hände auf ihrem Rücken spielten, und Máire spürte, wie sie immer weiter davonglitt, bis es kein Zurück mehr gab. Im Hintergrund begann der Regen plötzlich heftig, gegen das Fenster zu prasseln.

Er zog ihr die Bluse aus und knöpfte ihre Shorts auf, wortlos und ohne um Erlaubnis zu fragen. Sie ließ es geschehen. Dann schob er den Bettüberwurf zur Seite und legte sie auf das Laken.

Máires Herz pochte, während er sich auszog und sein T-Shirt auf einen Lehnstuhl warf. Das Zimmer begann zu schwanken und unwirklich zu werden, als er sich zu ihr ins Bett legte. Er küsste ihre Brüste, und ein Bein schob sich zwischen ihre, während er sie in die Matratze drückte.

Sie sah ihn an. Aber eigentlich nahm sie ihn gar nicht richtig wahr. Sie konnte nicht aufhören, an Jesse zu denken. Es war zu früh dafür. Schuldgefühle quälten ihr Herz. Sie bekam keine Luft. Trotz allem war Jesse nicht vollkommen tot. Er würde niemals sterben, denn er lebte weiter in ihr … in dem Teil von ihr selbst, dem sie vertraute. Er war in Tausenden Gedanken, im Lachen, das von Herzen kam, in Geheimnissen, Gesprächen und Wünschen, die ihre Erinnerung bewahrt hatte und die sie mit ins Grab nehmen würde.

Ihr Herz lief über vor Wehmut, und sie war den Tränen nahe. Sie kämpfte gegen die Dunkelheit an, die sie zu verschlingen drohte. Sie spürte Bondurants Herzschlag an ihrem, schmiegte sich an ihn, aber ihre Arme fühlten sich wie Gummi an.

»Du kannst nicht«, flüsterte er. Sie konnte ihn kaum hören bei dem Trommelsolo an der Fensterscheibe. Er stützte den Ellbogen auf und legte das Kinn in die Handfläche. Er musterte sie, und sie erwiderte seinen Blick. Sie biss sich auf die Lippe. Er hatte recht. Sie konnte nicht. Es war nichts anderes als vernunftgesteuertes Leugnen. Sie hasste ihr Einsiedlerdasein. Sie wünschte sich Liebe und Leidenschaft, wollte nichts sehnlicher – ein Gefühl, das völlig verschwunden war. Aber dennoch konnte sie nicht akzeptieren, dass in ihr ein Feuer entfacht worden war, das vollkommen neu für sie war. Er beugte den Kopf und küsste sie wieder. Sie unternahm einen weiteren Versuch, ihn wegzuschieben, und am Rand des Abgrunds nach etwas zu greifen. Dann fiel sie, brachte ihre inneren Stimmen zum Schweigen und ließ sich in die Dunkelheit hinabfallen.

31

Máire erwachte allmählich und begann langsam, ihre Umgebung wahrzunehmen. Es war warm. Sie lag in Luis Bondurants Schlafzimmer im Bett und fühlte sich fast ausgeruht, aber die Erlebnisse des vergangenen Abends lauerten unter der Oberfläche ihres Bewusstseins, und ihr Blick verdüsterte sich. C.J. war mit Sicherheit tot. Bisweilen wurden vermisste Personen nie gefunden. Máire wusste, dass zwischen ihr und C.J. eine Verbindung bestehen bleiben würde bis zu ihrem letzten Tag, begleitet von der Erkenntnis, dass sie versagt hatte … und einen Menschen im Stich gelassen hatte. Wieder. Es war ungerecht, dass C.J. sterben musste, nachdem sie mit letzter Kraft um ihr Leben gekämpft hatte und der Rettung so nahe gewesen war. Der Gedanke daran war kaum zu ertragen.

Máire sah zum Fenster. Die Lamellen standen waagerecht, und sie sah das spanische Moos der Eichen im Regen wehen, der, wie es ihr jetzt schien, schon seit Anbeginn aller Zeiten fiel. Eine Mücke summte blutdürstig um ihren Kopf. Sie schlug danach, stieg langsam aus dem Bett und zog sich an. Bondurant streckte den Kopf zur Tür herein und sagte: »Komm, ich habe Kaffee gemacht, und es gibt Spiegeleier.«

»Wunderbar«, sagte sie.

Vielleicht war das Leben trotz allem lebenswert.

Sie ging ins Bad, spritzte sich Wasser ins Gesicht und spülte sich mangels Alternative den Mund mit Zahnpasta aus. Sie seufzte, als sie in den Spiegel blickte, und fuhr sich mit den Fingern durchs Haar, ohne die platt gedrückte Frisur merklich zu verbessern.

Máire hatte Hunger. Die Tür zur kleinen Küche stand offen, und sie hörte ihn darin rumoren. Es duftete herrlich nach gebratenem Speck und Kaffee.

»Kann ich dir helfen?«, fragte Máire und trat in die Küche.

»Ah, da bist du ... nein, setz dich und trink eine Tasse Kaffee!«, erwiderte er, gab ihr einen Kuss auf die Wange und schenkte die schwarze Flüssigkeit ein. »Na, habe ich nicht gesagt, dass es beim Sheriff Kaffee gibt, wann immer du vorbeikommst?«

»Ja«, sagte sie. »Unter anderem ...«

Er setzte sich an den Tisch und bestrich eine Scheibe geröstetes Brot. Er lächelte sie an: »Unter anderem ...«

Máire setzte sich auf den Stuhl gegenüber und trank einen Schluck Kaffee. Er schmeckte kräftig und bitter und vermischte sich im Mund mit dem Zahnpastageschmack. Sie verzog das Gesicht.

Er nahm einen Schluck und fragte amüsiert: »So schlimm? Willst du lieber etwas anderes?«

»Ja, Saft vielleicht, wenn du hast.«

»Ich habe keinen, aber ich kann welchen machen.«

»Nein, das ist nicht nötig. Ein Glas Wasser tut's auch.«

»Doch, doch. Ich mache welchen. Kein Problem, ich habe alles da.« Er stand auf und begann, im Schrank zu wühlen. »Hier«, sagte er und hielt einen Mixer in die Höhe. »Alt, aber er funktioniert. Was möchtest du denn? Orangensaft?«

Ein *Mixer,* dachte Máire und musste schmunzeln. *Männer!* Na, dann musste sie das Fruchtfleisch eben hinterher absieben. »Das kann ich doch machen!«

»Nein, das mache ich schon. Und solange ich damit beschäftigt bin, kannst du mir ja erzählen, warum du das getan hast.«

»Was denn?«, fragte Máire.

»Dich für die Suche nach C.J. einzusetzen.«

Máire zuckte die Schultern. »Es war Freitagabend ... und den Spielfilm im Fernsehen kannte ich schon.«

Er nickte und lächelte. »Das kenne ich«, meinte er. »Besser, als ich zugeben würde.«

»Einsam?«, fragte Máire.

»Oft.«

»Und was ist mit der Frau, die hier mal gewohnt hat?«

»Ach, die!« Er warf Máire einen kurzen Blick zu. »Das ist eine lange Geschichte, die besser begann, als sie endete. Die Kurzversion geht so: ein hübsches kluges Mädchen mit der einen oder anderen Schwäche im Gepäck. Es ist ja nie so, dass man die Schwächen nicht schon im Voraus entdeckt. Das tut man sehr wohl, man sieht sie alle. Man hört auch die inneren Stimmen, die rufen: *Sieh dich vor! Verbrenn dir nicht die Finger!* Sie hatte sogar ein großes Schild um den Hals hängen, auf dem stand: FRISCH GESTRICHEN. Aber ich musste sie natürlich berühren, um mich zu überzeugen.« Er fuhr mit seltsam tonloser Stimme fort: »Geistig verwirrt. Im einen Augenblick manisch, im anderen depressiv. Sie hat auch versucht, sich mit Alkohol umzubringen. Mit ihr zu leben, hat sich irgendwie so angefühlt, wie an eine Zeitbombe gekettet zu sein. Ich habe mir eine Zeit lang eingebildet, ich könnte sie vor sich selbst retten. Aber manchmal begegnet man seinem Schicksal genau auf dem Weg, den man geht, um ihm zu entkommen.« Er schwieg einen Moment und schüttelte den Kopf. »Jetzt liegt sie auf dem windgeschüttelten kleinen Friedhof in Gloucester ... mit all ihren Träumen.«

Máire nickte und senkte den Blick.

»Aber das trifft auch auf deine Träume zu, oder? Du hast sie auch begraben, meine ich.«

Máire sah auf.

»Das sind dann die Geschichten, die man bei ein paar Drinks auseinandernimmt«, meinte er.

»Ja ...«

Es wurde still, dann fragte er: »Wie hast du LeBelle eigentlich gefunden?«

Das Telefon im Flur klingelte, und er stand auf. »Okay«, sagte er. »Meine Küche ist deine Küche. Im Korb da drüben liegt Obst!« Er deutete auf einen großen Korb auf dem Küchentisch und verschwand.

Máire schälte zwei große Orangen, wickelte das Kabel des Mixers ab und schob den Stecker in die Steckdose. Sie gab die Früchte in den Kunststoffbehälter und drückte den Startknopf. Der Mixer begann, laut zu knattern, Funken flogen aus der Steckdose und der Motor stand abrupt still. Máire kratzte sich am Kopf und prüfte den Stecker. Nichts passierte. Sie seufzte. Vielleicht hat es einen Kurzschluss gegeben? Oder irgendetwas in dem verdammten Ding klemmte? Sie zögerte, dann steckte sie eine Hand in den Behälter und entfernte mit einem Finger das Fruchtfleisch von dem Messer. Sie spürte das kalte Metall, und genau in diesem Augenblick begann der Motor wieder zu surren, und ein stechender Schmerz durchzuckte sie. Máire schrie auf. Dann stoppte der Mixer wieder, nachdem der Motor ein paarmal vergeblich versucht hatte, das Messer zu drehen. Máire merkte, wie das warme Blut in ihren Fingern pulsierte. Ängstlich betrachtete sie das dreigezackte Messer, dessen eine Schneide sich tief in ihren Finger gebohrt hatte, und sie begann, erschrocken zu schluchzen.

»Was ist passiert? ... Herrje!« Bondurant kam in die Küche und starrte auf das Blut. »Das sieht ja übel aus, muss bestimmt genäht werden. Sofort!«

Máire befreite ihren Finger langsam und vorsichtig von der kurzen Schneide. Übelkeit stieg in ihr auf, und sie holte tief Luft. Unter Schock und besorgt starrte sie auf den Zeigefinger. Die Fingerkuppe war nach unten geklappt und baumelte nur noch an einem dünnen Hautfaden. Máire stöhnte und zog die Hand behutsam aus dem Kunststoffbehälter. Ihr wurde schwarz vor Augen, und sie drohte in Ohnmacht zu fallen. Bondurant griff ihr unter die Arme und wickelte rasch ein Küchentuch um ihre blutende Hand, legte einen Eisbeutel darauf und brachte sie schnell zum Auto.

Draußen war es unerträglich heiß, und es regnete noch immer. Máire schwitzte hauptsächlich wegen der Schmerzen.

Es war kaum Verkehr, und sieben Minuten später hielt Bondurant unter einer Überdachung vor einem Gebäude, das ein Schild als medizinische und chirurgische Klinik auswies.

»Tut es sehr weh?«, fragte er, als er die Tür öffnete und ihr beim Aussteigen half. »Du bist blass.«

Es tat ziemlich weh; der Finger fühlte sich an wie durch einen Fleischwolf gedreht, und das Küchentuch war schon blutdurchtränkt, aber sie schüttelte den Kopf und sagte: »Es geht schon.«

Bondurant stand neben ihr in dem ambulanten OP-Raum des Krankenhauses.

»Sie haben aber einen besonderen Namen«, fand der Arzt, ein junger Inder in schneeweißem Kittel, der aussah, als hätte er sein Staatsexamen mindestens ein Jahr zu früh gemacht. »Wie wird er ausgesprochen?«

»Mary«, antwortete Máire.

»Versuchen Sie hin und wieder, sich mit Haushaltsgeräten umzubringen, Máire?«, wollte er wissen, während er eine Spritze aufzog.

Máire musste lächeln und zuckte die Achseln, weil sie nicht wusste, was sie erwidern sollte.

»Können Sie die bitte da drüben auf den Tisch stellen?«, fragte der Arzt und reichte Bondurant eine Flasche mit Betäubungsmittel.

Bondurant nahm die Flasche und starrte mit hochgezogenen Brauen auf das Etikett. »Das ist doch wohl kein Lokalanästhetikum mit Adrenalin?«, erkundigte er sich.

Der Arzt musterte erst ihn und dann die Spritze. »Ähm, doch. Das Adrenalin sorgt dafür, dass sich die Blutgefäße zusammenziehen. Dann blutet die Verletzung nicht so stark«, erklärte er.

»Ja, genau«, gab Bondurant zurück. »Und genau deshalb sollte das nicht bei Fingern oder Zehen angewendet werden, denn dann ist das Risiko für Wundbrand stark erhöht, weil das Adrenalin die Blutversorgung verringert.«

Der Arzt schwieg und sah Bondurant an. »Da haben Sie recht. Gut, dass einer von uns aufpasst. Ich hole sofort ein anderes Betäubungsmittel. Sie haben es gleich überstanden«, sagte er an Máire gewandt.

Es hatte aufgeklart, und die Sonne schien, als sie sich von dem Arzt verabschiedet hatten und ins Freie getreten waren. Als sie Arm in Arm zum Auto gingen, fragte Máire: »Woher wusstest du denn das mit dem Adrenalin? Lernt man so was etwa auf der Polizeischule?«

Er sah sie an und schmunzelte, dann wandte er den Blick wieder ab und sagte: »Nein, ich habe früher mal Medizin studiert.«

»Wirklich?«

»Ja, acht Semester.«

Epilog

Ich spüre dich, auch wenn du weit weg bist, und es ist, als hieltest du mich fest bis zum nächsten Mal, wenn wir wieder tanzen – falls wir jemals wieder miteinander tanzen.

Ich denke an Rot, an Straßen mit Kopfsteinpflaster, an Trauben und Blut, an Zypressen und Rauch, der aus einem Schornstein aufsteigt … ich denke an die Asche der Toten und an weiße Calla-Lilien. Jede einzelne Note erinnert mich an dich … dich …

Dich … meine Mortebella.

Du erweckst Träume in mir wieder, ein Gefühl von Glut und sprühenden Funken. Wenn ich an dich denke, kommen mir die Tränen.

Und ich träume.

Wieder.

Ich will deine Dunkelheit, deine Abwesenheit, deine Stille.

Ich will dich.

Wenn auch nur für einen Augenblick.

Wenn du schläfst wie die Toten.

Nachwort der Autorin

Das NCIC (National Crime Information Center der USA) registrierte 778 161 Vermisstenmeldungen im Jahr 2008. Etwa zweihundert dieser vermissten Personen wurden den Angaben zufolge von einem Fremden entführt und konnten nicht wiedergefunden werden. Auch wenn dieser Roman, den Sie in den Händen halten, von dieser Statistik inspiriert worden ist, ist die Handlung frei erfunden. Jede Ähnlichkeit mit realen Personen oder Begebenheiten ist rein zufällig.

Vier Südstaatenstädte – Savannah, Garden City, Charleston und Charlotte – dienen diesem Roman als Kulisse: in erster Linie, um das richtige Lokalkolorit einzufangen, aber auch, weil mir der Bibelgürtel sehr am Herzen liegt, da ich mich dort längere Zeit aufgehalten habe. Einige Orte und Friedhöfe des Romans gibt es in Wirklichkeit nicht; ich habe mir die künstlerische Freiheit genommen, sie für meine Zwecke zu erfinden. Außerdem bin ich sicher, dass die Polizisten von Garden City und Savannah kluge, pflichtbewusste Menschen sind, die nichts Böses im Schilde führen.

Den Bonaventure-Friedhof in Savannah, der abgesehen von seiner eigentlichen Verwendung auch eine große Touristenattraktion ist, gibt es natürlich, und falls Sie mal in der Gegend sein sollten, kann ich Ihnen einen

Besuch nur wärmstens empfehlen. Vergessen Sie jedoch nicht, dass die Pforten um fünf Uhr geschlossen werden. Und sollten Sie (ebenso wie ich) den Wunsch hegen, dort die letzte Ruhe zu finden, wenn der Tag kommt, können Sie unter dem raschelnden Blattwerk der Eichen in Sektion T noch einen Platz erwerben …

Ich danke meinem Sohn Lukas von Holdt, von dem ich trotz seiner fünf Jahre mehr gelernt habe, als ich ihn jemals lehren werde. Alles, was ich tue, ist für dich! Ich danke Birger von Holdt, der (fast) alle meine dunklen Geheimnisse kennt und mich trotzdem liebt, und ich danke Jette Schinkel Stamp – sie ist wie eine Schwester für mich – für ihre Unterstützung und unsere gegenseitige Freundschaft, die nie versiegt. Ganz besonderer Dank geht an meinen kompetenten Lektor Hans Henrik Schwab, denn er beantwortet auch spätabends noch E-Mails und sieht mir großzügig meine Launen nach. Es war ein seltenes Vergnügen, dich kennenzulernen. Ganz großer Dank gebührt dem Verlag Lindhardt & Ringhof, der das Manuskript lange vor seiner Fertigstellung gekauft hat, noch dazu ohne die Handlung zu kennen – ihr hättet euch gewundert, wenn ein Kochbuch daraus geworden wäre!

Annika von Holdt
Dunmore, Harbour Island, 11. Juli 2009